AUF DÄMONENJAGD

OLYMPUS-AKADEMIE BUCH 3

ELIZA RAINE

EINS

»Mama?«, wiederholte ich und starrte die blonde Gestalt an, die in das schummrige Licht des Bullauges trat.

»Pandora«, sagte sie mit einem leichten Neigen ihres Kopfes. »Du bist überrascht, mich zu sehen.«

»Was machst du hier? Wie bist du überhaupt an Bord gekommen?« Die Fragen wurden lauter, je wütender und verwirrter ich über das plötzliche Erscheinen wurde. Das letzte Mal hatte ich sie gesehen, als sie mich in einer Welt eine Million Kilometer von zu Hause entfernt abgesetzt hatte, ohne sich dafür zu entschuldigen, dass ich mich nie von meiner Familie hatte verabschieden können. Wie kann sie es wagen, jetzt hier aufzutauchen! »Warum?«, rief ich, und meine Augen füllten sich mit Tränen, als ich in ihr teilnahmsloses Gesicht blickte. »Warum bist du hier?«

»Du wirst meine Hilfe bei deiner Suche brauchen«, sagte sie.

»Meine Suche? Woher weißt du davon?«

»Das ist das Schiff von Oceanus«, sagte sie achselzuckend. »Da kann es nur eine Sache geben, die du hier tun würdest.« Ich starrte sie an, unsicher, was ich sagen sollte, während sich die Gedanken in meinem Kopf überschlugen.

»Dora?«, hörte ich Zalis zögerliche Stimme hinter mir.

»Zali, Vronti, das ist meine Mutter. Diejenige, die zu meinem Geburtstag zu spät kam. Und auch diejenige, die ich das letzte Mal an dem Tag sah, als ich meinen Vater und meine Schwester das letzte Mal sah.«, zischte ich, drehte mich um und rannte auf den Schlepper zu. Als ich über die Planken sprintete, wusste ich, dass es mich unreif und schwach aussehen lassen würde, aber ich konnte nicht anders. Der Gedanke an das erwartungsvolle Gesicht von Mandy kam mir in den Sinn, gefolgt von Papas grinsendem, wettergegerbtem Gesicht. Die Tränen liefen mir immer noch über die Wangen, als ich im Schlepper zum Stillstand kam. Er setzte sich fast augenblicklich in Bewegung, und ich atmete tief durch, während Schluchzer versuchten, sich einen Weg aus meiner Brust zu bahnen. Instinktiv konzentrierte ich mich auf das Meer weit unter uns und nutzte seine Kraft, um mich zu beherrschen.

Ich würde zu ihnen zurückkehren. Wenn ich Oceanus gefunden und wir die gestohlenen Seelen gerettet hatten, würde ich herausfinden, wie ich mächtig genug werden konnte, um zu ihnen zurückzukehren.

»Dora?« Thoms Stimme durchbrach meine Gedanken, als ich aus dem Schlepper auf das Oberdeck der *Tethys* trat. »Dora, geht es dir gut?«

»Nein, nicht wirklich«, murmelte ich und rieb mir die Tränen von den Wangen.

»Was ist passiert?«

»Meine Mutter hat sich an Bord geschlichen.« Thom fiel die Kinnlade runter.

»Ist deine Mutter nicht eine Meeresnymphe?«

»So ähnlich.« Ich zuckte mit den Schultern, während eine weitere Träne über mein Gesicht rollte. »Wäre sie pünktlich gekommen, um mich zur Akademie zu bringen, hätte ich noch Zeit gehabt, mich von meinem Vater und meiner Schwester zu verabschieden. Aber sie kam zu spät«, flüsterte ich.

»Es tut mir leid«, sagte Thom und ließ seinen Blick auf das Deck sinken. »Es muss wirklich schwierig sein, sie nicht sehen zu können.«

»Ja«, sagte ich. »Das ist es. Aber ich werde zu ihnen zurückkehren.« Er zog die Augenbrauen hoch und ich sah ihm in die Augen und straffte meine Schultern. »Ich kann es schaffen, das weiß ich.« Er schenkte mir ein unsicheres Lächeln und es war klar, dass er mir nicht glaubte.

»Ikarus ist wach.« Ich drehte mich um, als ich die Stimme hinter mir hörte und Arketa über das Deck auf uns zu schlenderte. Ihr wallendes Haar war oben auf dem Kopf zu einem Dutt gebunden und sie sah wunderschön aus. Verärgert rieb ich mir die Tränen aus dem Gesicht, die mir noch immer über die Wangen liefen.

»Den Göttern sei Dank«, sagte ich und lief zurück in den Innenraum des Bootes.

»Dora?«

»Ich bin hier, Ikarus«, sagte ich und ergriff seine feuchte Hand, während ich mich auf das massive Bett setzte, in das wir ihn gelegt hatten.

»Wo sind wir?« Seine stechend grünen Augen suchten meine, Verwirrung und Sorge erfüllten sie, während seine Flügel auf der Matratze hinter ihm raschelten. Ich spürte, wie mein Herz anschwoll und mein Ärger wich, als ich sein Gesicht berührte.

»Wir sind in Sicherheit«, sagte ich und beugte mich vor, um ihn zu küssen.

Ich erzählte ihm alles, was passiert war, langsam und detailliert, vom Kampf mit dem Keres-Dämon, Thoms Angriff als Mantikor, Neos, der ihm das Leben rettete, bis hin zu meiner Entscheidung, die *Tethys* vom Meeresgrund hochzuziehen, in der Hoffnung, dass sie ihren wahren Meister finden würde. Ich stockte kurz, als ich zu meiner jüngsten Entdeckung auf dem Frachtdeck kam. Aber ich atmete tief durch und beendete die Geschichte, wobei ich Ikarus Gesicht beobachtete. Angst und Besorgnis wichen einem kalten Blick, als ich meine Mutter erwähnte.

»Das ist ganz schön viel«, sagte er schließlich.

»Ja«, nickte ich. »Ich weiß.«

»Es tut mir so leid, dass ich nicht da war, um dir zu helfen«, sagte er leise.

»Wenn du nicht gewesen wärst, hätten wir den Keres-Dämon nicht gefangen. Du warst unglaublich.« Er lächelte mich schwach an und ich erwiderte es.

»Vertraust du Vronti?«

»Nein«, schüttelte ich den Kopf. »Und Arketa auch nicht. Aber sie war während des Kampfes richtig gut. Sie ist wirklich stark.«

»Was ist mit Neos?«

»Er hat dein Leben gerettet. Warum sollte er das tun, wenn er uns etwas Schlechtes antun wollte?«

»Er könnte uns benutzen.«

Ich seufzte. Ich wusste, dass Ikarus recht hatte, aber bei der bloßen Erwähnung von Neos spürte ich, wie meine Feuermagie unter meiner Haut zum Leben erwachte. Dasko war ein guter Lehrer, aber Neos brachte noch mehr in mir hervor. Etwas wirklich Mächtiges. Der Gedanke an meinen Lehrer ließ mich jedoch Bedauern empfinden.

»Ich wünschte, Dasko wäre hier«, sagte ich.

»Ja. Ich auch. Aber wir müssen wohl mit deiner Mutter als einzigen Erwachsenen auskommen.« Ich verzog das Gesicht und hob die Augenbrauen.

»Ich werde sie auf keinen Fall wie eine Erwachsene behandeln. Sie hat keine Ahnung, was es heißt, Verantwortung zu tragen.«

»Aber ich wette, sie weiß viel mehr über den Olymp und die Titanen als wir«, antwortete er sanft. Er hatte recht.

»Dora?« Es klopfte an der Tür, und Zali kam mit

einem entschuldigenden Gesichtsausdruck herein. »Dora, ist alles in Ordnung?« Ich nickte ihr zu.

»Tut mir leid, dass ich weggestürmt bin. Ich war ein bisschen überwältigt.«

»Das ist okay«, sagte sie und trat ans Ende des Bettes. »Es ist schön, dass du wieder wach bist, Ikarus«, strahlte sie ihn an.

»Danke«, sagte er und schenkte ihr ein angestrengtes Lächeln.

»Wie geht es dir?«

»Ziemlich schlecht, ehrlich gesagt.«

»Oh Gott, es tut mir so leid, dass ich dir nichts angeboten habe!« Ich sprang auf und schämte mich dafür, dass ich ihn seit dem Betreten seines Zimmers nur vollgequatscht hatte. Er lachte leise.

»Ist schon gut. Thom hat mir dieses Cremezeug hinterlassen, das er in der Krankenstation gefunden hat«, sagte Ikarus, richtete sich langsam auf und zeigte auf eine Wanne auf seinem Nachttisch. »Es riecht ein bisschen komisch, aber ich glaube, es wirkt.«

»Thom fühlt sich schrecklich wegen allem, was passiert ist«, sagte Zali und biss sich auf die Lippe, als sie Ikarus bandagierten Arm betrachtete.

»Er hat es mir gesagt«, sagte Ikarus und das Lächeln verließ sein Gesicht.

»Du nimmst es ihm nicht übel, oder?«, fragte ich. Ikarus antwortete nicht. Ich machte mir in Gedanken eine Notiz, um sicherzugehen, dass er es Thom nicht übelnahm, dass er ihn angegriffen hatte und beschloss, das Thema zu wechseln.

»Wo ist meine Mutter?«, fragte ich Zali.

»Sie hat eine Kabine mit einer großen Badewanne gefunden. Anscheinend braucht sie eine Menge Wasser.«

»Woher bekommt das Schiff Wasser?«, fragte Ikarus.

»Ich weiß es nicht. Magie, denke ich«, zuckte ich mit den Schultern. »Ikarus, warte erst, bis du die Segel an Deck siehst! Sie schimmern, leuchten und kräuseln sich, als wäre das Licht auf ihnen flüssig, es ist so schön.«

»Ich kann es kaum erwarten, sie zu sehen«, sagte er, schaute mir wieder in die Augen und zuckte dann zusammen. »Aber im Moment bin ich ein bisschen müde.«

»Oh, tut mir leid, wir lassen dich jetzt in Ruhe. Ruf uns einfach, wenn du etwas brauchst.« Ich beugte mich vor und küsste seine Stirn, die heiß an meinen Lippen brannte.

»Das werde ich. Ich danke dir.«

Sobald wir die Tür hinter uns geschlossen hatten, schlang Zali ihre Arme fest um mich. Ich drückte sie.

»Dora, ich bin mir nicht sicher, wie viel Spaß diese Reise machen wird«, sagte sie und ließ mich los. »Vronti will dich umbringen, Ikarus ist verletzt, Arketa ist unglücklich und jetzt auch noch deine Mutter...«

»Wir kriegen das schon hin«, seufzte ich. »Wir müssen nur aufpassen, dass wir Oceanus finden.«

»Wo wir gerade dabei sind... Hast du eine Ahnung, wo wir sind?« Ihre großen bernsteinfarbenen Augen blickten mich hoffnungsvoll an. Ich schüttelte traurig den Kopf.

»Nein. Ich hoffe, dass das Schiff weiß, wohin die Reise geht.«

»Kannst du es fragen?«

»Vielleicht, wenn ich mich mit ihm verbinden kann. Probieren wir es aus.«

Wir machten uns wieder auf den Weg zum Oberdeck, wo Thom immer noch auf und ab ging. Er warf uns beiden ein unbeholfenes Lächeln zu und verschwand dann in Richtung des vorderen Teils des Schiffes, der, wie ich mich vage erinnerte, *Bug* genannt wurde.

»Glaubst du, es geht ihm gut?«, fragte ich Zali.

»Er ist ziemlich aufgewühlt wegen dem, was er Ikarus angetan hat, aber er wird schon wieder werden. Irgendwann«, antwortete sie, ohne davon überzeugt zu sein.

Wir erreichten das riesige Speichenrad auf dem Achterdeck der *Tethys* und ich legte meine Hände auf das kühle Holz und hielt zwei der Speichen fest. Sofort drang das Rauschen der Wellen an meine Ohren, und der salzige Geruch des Ozeans umwehte mich. Bevor ich es merkte, grinste ich schon. *Wo sind wir?* Ich projizierte den Gedanken auf das Schiff und schloss meine Augen. Die Wellen rauschten lauter, aber ich hörte nichts weiter. Dann, mit einem leichten Ruck, sank das Schiff und Zali zuckte neben mir zusammen.

»Dora? Was hast du getan?«

»Ich weiß es nicht!« Das Schiff sank immer weiter, während pastellfarbene Wolken auf beiden Seiten an uns vorbeizogen, und ich flehte es mit aller Kraft an, den Kurs zu halten. Das Schiff reagierte, und ich griff fester in die Speichen, als wir wieder nach vorne taumelten.

»Du musst mehr Zeit mit dem Schiff verbringen, wenn du es verstehen und kontrollieren willst«, kam eine monotone Stimme von hinten. Ich versuchte, nicht die Augen zu verdrehen, als ich mich zu meiner Mutter umdrehte.

»Richtig, denn wir haben jede Menge Zeit«, sagte ich sarkastisch.

»Es muss kein langer Zeitraum sein. Nur qualitativ hochwertige Zeit.«

»Was weißt du schon darüber, was es heißt, qualitativ hochwertige Zeit mit jemandem zu verbringen?«, spuckte ich aus, bevor ich mich zurückhalten konnte. Sie starrte mich an und sprach dann leise weiter.

»Pandora, ich bin mit dir auf diesem Schiff, ob du es willst oder nicht. Ich kann dir jetzt auf eine Weise helfen, wie ich es vorher nicht konnte. Es wäre unklug, diese Hilfe abzulehnen.«

»Du hättest mir im letzten Monat hundertmal helfen können! Ein einziger Besuch hätte mir das Gefühl gegeben, weniger allein zu sein!«

Für eine Sekunde war ich mir sicher, dass ich Schmerz in ihrem Gesicht aufblitzen sah, aber der stoische Ausdruck war so schnell wiederhergestellt, dass ich mir das wohl nur eingebildet hatte.

»Ich wollte nicht, dass du dich im Stich gelassen

fühlst. Aber die Akademie ist ein schwieriger Ort für mich. Eines Tages werde ich es dir erklären können. Du glaubst mir vielleicht nicht, aber ich bin froh, dass ich jetzt hier bin.«

»Wie schön für dich«, brummte ich und wandte mich von ihr ab, um mich wieder den wogenden Segeln zuzuwenden.

»Darf ich dir beibringen, wie man die *Tethys* fliegt? Bitte!« Sie fragte so sanft, dass ich überrascht war.

»Hast du schon mal ein Schiff geflogen?«, fragte ich und drehte mich zu ihr um. Zali trat zur Seite, als meine Mutter sich neben mich stellte und eine Hand langsam auf das Steuerrad des Schiffes legte.

»Nur theoretisch jedenfalls.« Ich verdrehe wieder die Augen. Monatelang hatte ich im Unterricht in Magische Objekte und Geografie gelernt, wie man sich magisch mit Gegenständen verbindet und wie die fliegenden Schiffe des Olymps funktionieren. »Wohin soll das Schiff fliegen?«

»Letztendlich zu Oceanus, aber jetzt sollten wir erst einmal ein paar Vorräte holen.«

»Ich habe gehört, dass du einen verletzten Jungen auf dem Schiff hast?« Ich schaute zu meiner Mutter auf und fühlte mich sofort in die Defensive gedrängt.

»Er ist nicht nur ein Junge. Er ist ein Held. Er hat uns geholfen, den Keres-Dämon aufzuhalten. Ohne ihn hätten wir es nicht geschafft.« Sie schaute mich unverwandt an. »Sein Name ist Ikarus«, murmelte ich. Meine Mutter zog die Augenbrauen hoch.

»Du hast einen Keres-Dämon bekämpft?«

»Ja. Es ist...« Ich zögerte. Sollte ich ihr sagen, dass der Dämon in einer Kiste an Bord des Schiffes war? Ich wusste nichts über sie, und ich wusste nicht, ob man ihr solche Informationen anvertrauen konnte. »Ja. Wir haben ihn alle zusammen besiegt, auch Ikarus«, beendete ich schließlich.

»Ikarus ist der Junge mit den Flügeln?«

»Ja. Er ist ein Nachkomme von Prometheus. Und er wurde im Kampf gegen den Dämon verletzt.«

»Inwiefern verletzt?«

»Sein Arm ist gebrochen. Es sieht so aus, als könnte er ihn eine Zeit lang nicht benutzen.« Ich erwähnte absichtlich nicht, dass der Schaden an seinem Arm von dem Mantikor-Shifter verursacht wurde, der gerade am anderen Ende des Decks auf und ab geht.

»Nun, wenn er ein Nachfahre von Prometheus ist, sollte er in der Lage sein, Ambrosia einzunehmen. Das würde ihn sehr schnell heilen.«

»Ambrosia?«, fragte Zali aufgeregt. »Ich habe schon von Ambrosia gehört. Bringt es dich nicht um, wenn du kein Ichor in deinen Adern hast?«

»Ja«, nickte meine Mutter. »Und es ist sogar für Halbgötter gefährlich. Es kann tödlich süchtig machen. Aber da er Titanen-Blut in seinen Adern hat, sollte er damit umgehen können.« Ich runzelte die Stirn. Es klang riskant, und wir wussten nicht, wie schwer Ikarus Verletzungen waren. Aber es war nicht meine Entscheidung.

»Und wo finden wir Ambrosia?«, fragte ich.

»Dort, wo du auch alle anderen Vorräte findest. Auf jedem Marktplatz gibt es einen Verkäufer, der Ambrosia verkauft, wenn der Preis stimmt.«

Ich dachte schnell an die Landkarte des Olymps, die ich mir eingeprägt hatte. Im Süden des Reiches der Zwillinge lag die nächstgelegene sichere Stadt. *Bitte bring uns in den Süden des Reiches der Zwillinge*, richtete ich meine Gedanken auf das Schiff und drückte auf die Speichen.

»Ich habe das Schiff gebeten, uns ins Reich der Zwillinge zu bringen.« Ich wollte nicht so klingen, als wüsste ich nicht Bescheid oder als bräuchte ich ihre Hilfe, aber ich wusste nicht, wie ich die Frage beenden sollte. »Ist das deiner Meinung nach ein guter Ort?«

»Ja, das wird schon gehen. Aber weißt du, dass das Schiff dich tatsächlich dorthin bringt?« Ich zuckte zweifelnd mit den Achseln. Am liebsten hätte ich *ja* gesagt, aber in Wahrheit konnte das Schiff überall hinfahren. Ich hatte keine Ahnung.

»Nein.«

»Das Steuerrad des Schiffes oder der Hauptmast sind die einfachsten Orte, um eine Verbindung zu spüren. Da du das Blut von Oceanus in deinen Adern hast, kannst du wahrscheinlich überall eine Verbindung mit dem Schiff spüren, aber fangen wir damit an, es so einfach wie möglich zu machen. Halte die Speichen, schließe deine Augen und stelle dir den Olymp vor. Weißt du, wie eine Karte des Olymps aussieht?« Ich warf ihr einen sarkastischsten Blick zu.

»Es ist schon ein paar Monate her, dass du mich ganz

allein in einer Welt ausgesetzt hast, von der ich nichts wusste«, sagte ich. »Seitdem habe ich ein paar Dinge gelernt. Und ich habe das Steuer bereits in der Hand.« Ich beobachtete ihr Gesicht, und erwartete eine Reaktionen. Sie zog ihre Augenbrauen zusammen. Sie war verärgert.

»Gut. Dann stell dir das Reich der Zwillinge vor. Vor allem den südlichen Teil. Wenn du dich so gut auskennst, kannst du dir einen bestimmten Hafen aussuchen. Das Schiff sollte dir ein Gefühl der Bestätigung geben. Ein positives, glückliches, warmes Gefühl. Wenn das Schiff nicht antwortet und du nichts fühlst, dann fährt es nicht ins Reich der Zwillinge.«

Ich seufzte, wohl wissend, dass ich mich wie eine Diva aufführte, aber ich konnte nicht anders. Ich packte die Speichen des Schiffsrads noch fester. Je länger meine Haut mit dem Holz verbunden war, desto mehr summte meine Wasserkraft in mir auf. Das Gefühl des Ozeans überflutete plötzlich all meine Sinne und ich genoss es. Meine müden Seufzer verwandelten sich in ein freudiges Einatmen, als ich die aufgewühlten Wellen weit, weit unter uns roch und den Rausch des Lebens spürte, der parallel zum Schiff floss. Mühsam rief ich mir die Karte des Olymps wieder ins Gedächtnis. Ich konzentrierte mich, so gut ich konnte, auf die Südinsel im Reich der Zwillinge. Nicht, dass ich es meiner Mutter gegenüber zugeben würde, aber ich hatte keine Ahnung, wo die Häfen lagen. Aber solange wir nah genug an der Küste waren, konnten wir bestimmt einen finden. Ich stellte mir das Waldreich vor und war mir bewusst, dass ich nur ahnte, wie es dort aussah. Ich hatte darüber gelesen oder in der Flammenschale im Erdkundeunterricht einen flüchtigen Eindruck davon bekommen. Das schien aber gereicht zu haben, denn wie Mama gesagt hatte, überkam mich ein warmes, glückliches Gefühl und ich hätte schwören können, dass das Schiff leicht beschleunigte, wobei die Bewegung kaum wahrnehmbar war.

»Wir fahren zur Südinsel im Reich der Zwillinge.« Ich öffnete meine Augen nicht, als ich sprach, weil ich die Verbindung zum Schiff nicht lösen wollte, aber ich hörte, wie Zali in die Hände klatschte.

»Gut. Ich würde gerne mit diesem Jungen, Ikarus, sprechen, wenn ich darf?« Auf die Worte meiner Mutter hin öffnete ich meine Augen und drehte mich langsam zu ihr um.

»Warum?«

»Pandora, ich bin älter, als du dir vorstellen kannst, und ich hatte die meiste Zeit meines Lebens eine sehr enge Beziehung zu den Titanen. Ich wäre sehr daran interessiert, mit einem Jungen zu sprechen, der von Prometheus abstammt.«

»Ikarus weiß nichts über Prometheus. Er spricht nicht gerne über seine Vergangenheit oder seine Familie. Du darfst nicht mit ihm reden.«

»Du bist ein Kind. Du kannst mir nicht verbieten, mit den anderen Leuten auf diesem Schiff zu reden.« Ihre Augen waren jetzt noch schmaler als meine, und sie presste ihre Lippen zu einer dünnen Linie zusammen. Sicher, sie war einschüchternd, aber ich war dieser Frau

nichts schuldig. Ich würde mich von ihr nicht herum-
schubsen lassen.

»Auf diesem Schiff bin ich der Kapitän und mein
Wort gilt«, sagte ich und blickte ihr in die kalten Augen.
»Du darfst nicht mit Ikarus über seine Familie
sprechen.«

KAPITEL
ZWEI

Ich hatte mich so sehr darum gekümmert, dass es Ikarus gut ging, als wir das Schiff betraten, dass ich meine Sachen einfach in die erste leere Kabine warf, die ich gefunden hatte. Als ich mich jetzt in dem kleinen holzverkleideten Raum auf die Matratze fallen ließ, fragte ich mich, ob ich nicht ein bisschen voreilig gewesen war. Das war der erste Moment, den ich für mich allein hatte, und jetzt, wo ich mich neugierig in der Kabine umsah, war ich doch ein bisschen enttäuscht.

Der Raum war nur ein Viertel so groß wie die Kabine von Ikarus, und während seine Kabine mit reichem Mahagoniholz getäfelt war, war meine mit blasser, abgenutzter Buche getäfelt. Ich hatte das Gefühl, dass er sich in der ehemaligen Kapitänskajüte befand, denn seine Kabine lag ganz am Ende des Korridors, der sich über die gesamte Länge des Decks erstreckte und am Ende mit großen Panoramafenstern versehen war, die in die Fahrtrichtung des Schiffes zeigten. Meine Kabine hatte kleine runde Bullaugen, durch die zwar sanftes Licht einfiel, die aber nicht annähernd so eine tolle Aussicht boten. Ich gönnte Ikarus sein Zimmer, aber da ich vor meiner Mutter gerade lautstark verkündet hatte, dass ich der Kapitän des Schiffes war, hatte ich das Gefühl, dass ich etwas Besseres als diese Kabine hätte wählen können. Und es gab genügend Kabinen auf der *Tethys*, aus denen ich wählen konnte. Entschlossen und neugierig warf ich mir meinen Rucksack über die Schulter, schob die knarrende kleine Tür auf und machte mich auf den Weg durch den schwach beleuchteten Korridor, um auf Entdeckungstour zu gehen und nach einem besseren Zimmer zu suchen.

Ich schätzte, dass es auf dem Deck etwa zwanzig Kabinen gab, dazu eine große Kombüse mit Öfen, Kochgeschirr und eine kleine Krankenstation. Arketa hatte drei Türen weiter ein Zimmer mit einem riesigen Waschraum gefunden, und Zali hatte mir erzählt, dass meine Mutter das Zimmer gegenüber von ihr mit einer ebenso großen Badewanne genommen hatte.

Ich öffnete und schloss Türen und schaute in Räume, die fast alle gleich aussahen. Sie hatten alle Einzelkojen an der hinteren holzgetäfelten Wand und einfache Möbel wie Schränke, Truhen und kleine Schreibtische an den anderen Wänden. Sie hatten alle eine Tür, die zu kleinen, funktionalen Waschräumen mit Kupferwaschbecken und einer Badewanne führte. Mir wurde klar, dass ich die Dusche vermissen würde. Allein der Gedanke, unter fallendem Wasser zu stehen, ließ meine Haut kribbeln. Wir waren erst seit ein paar Stunden in der Luft und ich vermisste das Wasser schon. Das war nicht verwunderlich, denn ich hatte monatelang unter Wasser gelebt, umgeben von der pulsierenden, lebensspendenden Energie. Ich seufzte und zog eine weitere Tür zu. Keines dieser Zimmer fühlte sich irgendwie richtig an. Ich unterdrückte den Drang, mir einfach eines auszusuchen, um mich endlich ausruhen zu können, und ging weiter den Korridor hinunter. Die Kabinen wurden immer spärlicher, die Kojen kleiner und die Waschräume immer kahler. Bis ich die letzte Tür erreichte. Es war die Tür gegenüber des Zimmers von Ikarus am anderen Ende des Schiffes. Ich befand mich direkt unter dem Achterdeck im hinteren Teil des Schiffes. Der Atem stockte mir in der Brust, aber der Atemzug kam mir nicht über die Lippen, als ich den Raum betrat. *Das* war das Zimmer von Oceanus. Das musste es sein. Im Gegensatz zu der polierten Mahagonikabine, in der Ikarus wohnte, fühlte sich dieser Raum an wie das Meer selbst. Ein riesiges Bett stand an der mittleren Wand und sein Kopfteil hatte die Form einer Muschel, die wie Perlmutt glänzte. Zu beiden Seiten des Kopfteils befanden sich Fenster, die so hoch waren wie ich selbst, und mir blieb der Mund offenstehen, als ich die glitzernden Wolken beobachtete, die wie Wattebäusche an uns vorbeizogen. Die Wand auf der rechten Seite war mit Regalen gesäumt, und jedes Regal war vollgepackt mit uralten Büchern. Der Geruch des Meeres umwehte mich, als ich den Kopf drehte und den Rest des Raumes in Augenschein nahm. An der linken Wand befanden sich ein hoher Kleiderschrank und etwas, das wie ein Getränkeschrank aussah, mit Kristallgläsern darauf und einer Tür. Alle Möbel wirkten verwittert und abgenutzt. Dann bemerkte ich, dass am Fußende des Bettes eine massive Truhe stand, deren vernarbtes altes Holz mit Eisenriemen zusammengehalten wurde. Die Neugierde packte mich und ich schloss die Eingangstür hinter mir und eilte zur Truhe. Ich ließ meinen Rucksack auf den Boden fallen und kniete vor der Truhe nieder. Enttäuschung stieg in mir auf, als ich feststellte, dass sie mit einem schweren Vorhängeschloss versehen war. Ich konzentrierte mich, beschwor einen winzigen Wasserwirbel in meiner Handfläche und führte ihn vorsichtig in das Schloss ein, so wie Ikarus es mit seiner Luftmagie getan hatte. Plötzlich wurde das Schloss in meinen Händen glühend heiß und ich ließ es schreiend fallen. Es hatte keinen Sinn, sich daran zu schaffen zu machen, dachte ich, als ich das rotglühende Schloss anstarrte. Ich tröstete mich, indem ich durch die Tür in den Waschraum ging, wo ich wieder aufschrie, dieses Mal vor Freude. Jede Wand war aus weißem Marmor gefertigt. Er glitzerte, als wäre er nass, aber als ich die kühle Oberfläche berührte, war sie trocken. Anstelle einer Badewanne war die Rückwand des Raumes genau wie die in den Elementarräumen mit einer Wasserwand versehen. Das Wasser floss sanft den glatten weißen Stein hinunter. Am Fuß des Wasserfalls sammelte sich das Wasser in einem Becken, das in den Boden eingelassen war. Zwei Becken waren aus einer Marmorplatte gemeißelt, die aus der anderen Wand ragte, unter einem langen Fenster, das das Licht des funkelnden Himmels hineinließ.

Dies her war die Kabine, in der ich sein sollte, dachte ich, während sich ein breites Grinsen auf mein Gesicht legte.

»Wie bist du überhaupt in diesen Raum gekommen? Es war doch verschlossen«, jammerte Arketa, als sie zuhörte, wie ich Zali ein paar Stunden später von meiner Kabine erzählte. Wir waren alle in der Kombüse, mit Ausnahme von Ikarus, der noch zu schwach war, um aufzustehen. Ich hatte ihm sein Abendessen gebracht, einen ziemlich geschmacklosen Eintopf, bei dem Thom und Zali ihr Bestes gegeben hatten, und es tat mir weh, seine Frustration zu sehen, als er versuchte zu essen. Er sagte, er könne seinen Arm nicht einmal spüren, geschweige denn bewegen. Das hörte sich gar nicht gut an, aber ich sagte nichts, als ich ihm half, den Eintopf langsam mit seinem funktionierendem Arm in den Mund zu löffeln. Ich war einfach nur froh, dass er noch lebte.

»Die Tür war nicht verschlossen, als ich versucht habe, sie zu öffnen«, sagte ich zu Arketa.

»Wie auch immer«, höhnte sie und widmete ihre Aufmerksamkeit wieder ihrem Essen.

»Wir brauchen bessere Verpflegung, wenn wir das Reich der Zwillinge erreichen wollen«, sagte Vronti und ließ seinen Eintopf von seinem Löffel zurück in seine Schüssel gleiten.

»Das werden wir. Und sei nicht so unhöflich«, sagte ich und warf einen Seitenblick auf Zali. »Der Eintopf ist gut. Ich würde gerne sehen, wie du etwas Besseres kochst.«

»Ich koche nicht«, sagte er und sah mich verächtlich an. »Wir beschäftigen Leute, die für uns kochen.« Ich schüttelte den Kopf.

»Natürlich tust du das.«

»Ich mag es«, sagte Arketa leise und ich drehte mich überrascht zu ihr um. »Danke, Zali. Danke, Thom«, sagte sie, als sie den letzten Bissen heruntergeschluckt hatte. »Ich gehe auf das Oberdeck.« Sie stand auf, warf uns allen einen vernichtenden Blick zu, als wolle sie die freundliche Bemerkung ausgleichen, und verließ dann den Raum, unnahbar wie immer. Ich starrte ihr hinterher.

»Wo ist deine Mutter?«, fragte mich Thom und riss mich aus den Gedanken.

»Ich habe keine Ahnung«, sagte ich achselzuckend. Das stimmte zwar nicht ganz, ich hatte gesehen, wie sie mit ihrer Schüssel Eintopf zum Schlepper gegangen war, aber ich wollte nicht so aussehen, als würde es mich interessieren. Um ehrlich zu sein, wusste ich nicht, was ich von der ganzen Situation halten sollte. Ich wollte mit Ikarus über sie reden, aber er wurde so schnell müde und ich fühlte mich schlecht dabei, über meine Familie zu jammern, wenn ich ahnte, dass seine *viel* schlimmer war. Ich wandte mich an Zali. »Ich hätte wirklich Lust auf ein Gespräch nach dem Essen, wenn du nichts anderes vorhast?«, fragte ich sie. Sie lachte.

»Pläne? Was denn? Es ist ja nicht so, als gäbe es hier oben viel zu tun.«

»Es gibt viel zu tun«, sagte Vronti. »Im Frachtraum gibt es jede Menge Kisten mit Waffen. Du könntest deine Fähigkeiten trainieren.« Wir sahen ihn beide an.

»Was ist noch im Laderaum?«, fragte ich und versuchte, das besitzergreifende Gefühl zu unterdrücken, das in mir aufstieg, als ich daran dachte, dass er im Bauch der *Tethys* herumwühlte. Es war nicht *mein* Schiff, erinnerte ich mich. Es gehörte Oceanus.

»Alles Mögliche«, antwortete er ein wenig ausweichend und sah mir nicht in die Augen.

»Wenn du etwas Nützliches oder Wertvolles findest, sagst du es allen anderen«, sagte ich so selbstbewusst wie möglich. »Nichts auf diesem Schiff gehört uns.«

»Klar.«

Wir aßen alle schweigend zu Ende und das Misstrauen, das ich empfand, wuchs mit jedem Bissen. Ich zog Zali praktisch in meine neue Kabine, gleich nachdem sie ihren Löffel in die Spüle mit dem schmutzigen Geschirr fallen ließ.

»Er hat etwas gefunden, da bin ich mir sicher«, sagte ich, während Zali nach Luft schnappte.

»Dora, dieser Raum ist... unglaublich! Es *fühlt* sich tatsächlich an wie das Meer!« Ich unterbrach meine Schimpftirade, als ihre großen bernsteinfarbenen Augen den wunderschönen Raum in Augenschein nahmen.

»Ja, nicht wahr«, sagte ich, während die Kabine langsam mein Lächeln zurückbrachte. »Du solltest mal den Waschraum sehen.«

Nachdem ich sie herumgeführt hatte, ließen wir uns auf das Muschelbett fallen und ich versuchte, meine chaotischen Gedanken so weit zu ordnen, dass ich Zali sagen konnte, worüber ich mir Sorgen machte.

»Ich traue weder Vronti noch meiner Mutter«, sagte ich.

»Was ist mit Arketa? Ich dachte, du vertraust ihr auch nicht?« Ich seufzte und rollte mich auf den Rücken. Zum ersten Mal bemerkte ich, dass die Deckenbretter mit langen grünen Schilfhalmen bemalt waren.

»Sie will Kiko retten. Ich glaube nicht, dass sie uns etwas Böses will, zumindest nicht so lange bis sie das getan hat.«

»Will Vronti nicht das Gleiche für seine Schwester?«

»Vielleicht, aber ich denke, er wird versuchen, die Gunst von Zeus wiederzugewinnen, sobald er seine Schwester zurückbekommt.«

»Du meinst... indem er dich tötet?« Zali klang erschrocken und ich rollte herum, um sie anzusehen.

»Vielleicht. Oder indem er Oceanus Schaden zufügt. Zeus hasst Titanen, das wäre eine gute Möglichkeit, ihn zu beeindrucken.«

»Vronti kann einem Titanen doch nichts anhaben, oder?«

»Das bezweifle ich, aber was ist, wenn er auf diesem Schiff etwas findet, das ihm helfen könnte. Was ist, wenn er es schon hat?«

»Ich weiß es nicht. Er hat wahrscheinlich nur ein paar Drachmen gefunden oder so.«

»Seine Familie ist reich, er wird sich nicht um Geld kümmern«, sagte ich. Ich war überzeugt, dass er gefähr-lich war.

»Wir werden ihn im Auge behalten«, versprach Zali, setzte sich aufrecht hin und griff nach meiner Hand. »Deine Mutter hingegen...« Ich stöhnte.

»Ich weiß. Warum ist sie hier?«

»Ich bin mir nicht sicher. Aber, Dora, mir ist vorhin etwas aufgefallen. Sie hat gefragt, ob Ikarus, der Junge mit den Flügeln ist.«

»Ja, und?«

»Du hast sie zuletzt gesehen oder gesprochen, als sie dich an der Akademie abgesetzt hat. Da kanntest du Ikarus noch gar nicht. Woher sollte sie also etwas über einen Jungen mit Flügeln wissen?« Ich starrte Zali an, als ich ihre Worte verstand. Sie hatte recht. »Wenn deine Mutter wirklich gespürt hat, dass das Schiff von Oceanus vom Meeresgrund geborgen wurde, wie sie sagte, dann erklärt das, dass sie jetzt hier auf der *Tethys ist*, aber es erklärt nicht, warum sie von einem Jungen mit Flügeln wusste.« Ich spürte, wie das Herz in meiner Brust raste.

»Glaubst du, sie hat mit Chiron gesprochen? Heimlich?« Ich konnte die Hoffnung nicht aus meiner Stimme heraushören.

»Vielleicht, aber dann würde sie doch den Namen von Ikarus kennen, oder?«

»Meinst du, ich sollte sie fragen?«

»Ich weiß nicht, sie ist... kratzbürstig.«

Ich schnaubte.

»So kann man es auch ausdrücken. Sie ist wirklich kalt«, sagte ich verbittert.

»Sie hat heute versucht, eine Verbindung zu dir

aufzubauen«, protestierte Zali. »Sie wollte dir etwas über das Schiff beibringen.«

»Sie wollte nur sichergehen, dass wir in die richtige Richtung fahren, das ist alles. Sie will Oceanus finden. Sie ist nicht meinetwegen hier.«

»Da bin ich mir nicht so sicher. Es kann nicht schaden, ihr eine Chance zu geben.«

»Warum sollte ich das tun? Sie hat mir nie eine gegeben.«

»Vielleicht hatte sie wirklich einen guten Grund dafür. Versteh das bitte nicht falsch, Dora, aber sie ist kein Mensch. Und sie lebt nicht mit Sterblichen zusammen wie die meisten Bürgerinnen und Bürger des Olymps. Sie denkt wahrscheinlich nicht so wie du und ich.« Ich sah Zali an.

»So habe ich das noch nie gesehen«, sagte ich leise. »Weißt du viel über Seenymphen?«

»Ja«, zuckte Zali mit den Schultern. »Ziemlich viel. Ein paar haben in meine Familie eingeheiratet.«

»Wie sind sie denn so?«

»Stumpf und nicht sehr gefühlvoll oder gar liebevoll. Bis jetzt wie deine Mutter«, sagte sie mit einem beruhigenden Lächeln auf dem Gesicht.

»Es fühlt sich aber nicht so an, als wäre ich ein halb kalter, emotionsloser Fischmensch«, sagte ich finster. Zali lachte.

»Vielleicht hatte dein Vater genug Gefühl und Wärme, um ihre Gefühlskälte auszugleichen«, sagte sie und mir stiegen unwillkürlich Tränen in die Augen, als ich an Papas Gesicht dachte. »Oh Dora, das tut mir leid.

Das war dumm von mir«, sagte sie und legte ihre Arme um mich.

»Ich vermisse ihn so sehr«, hauchte ich, während mir die Tränen über die Wangen liefen. »Er war der herzlichste Mann der Welt. Glaubst du, er vermisst mich? Was würde ich dafür geben, jetzt mit ihm zu reden.« Weitere Tränen, heiß und nass, liefen mir über das Gesicht und Zali drückte mich fester an sich.

»Du wirst wieder mit ihm sprechen, Dora. Und ich bin sicher, dass er dich genauso vermisst wie du ihn.«

DREI

Als ich am nächsten Morgen aufwachte, fühlte ich mich tausendfach besser. Ich war mir nicht sicher, was es mit dem riesigen Muschelbett auf sich hatte, aber ich konnte mich nicht mehr daran erinnern jemals so gut geschlafen zu haben, trotz meiner aufgewühlten Gefühle und meiner sich in mir auftürmenden Sorgen. Nach einer längeren Dusche in meinem unglaublichen Marmorbadezimmer war ich fest entschlossen, den neuen Tag anders anzugehen. Ich würde höflich zu meiner Mutter sein und alles Mögliche von ihr lernen, denn das war es, was wir tun mussten, um Ikarus zu heilen, Oceanus zu finden und die Seelen zu retten. *Um Taks Seele zu retten.* Ich durfte nicht vergessen, was am wichtigsten war: den Schaden reparieren, anstatt mir den Kopf über Dinge zu zerbrechen, die ich nicht kontrollieren konnte oder die in der Vergangenheit passiert waren. Ich zog meine Jeans und meinen roten

Lieblingskapuzenpulli an und rubbelte mein kurzes Haar mit einem Handtuch trocken, bevor ich meine Kabine verließ und direkt zu Ikarus ging.

»Dora?« Ich blieb auf halbem Wege stehen und drehte mich zu der offenen Kombüse zu meiner Linken. Thom reichte mir eine Schüssel mit Haferbrei. »Könntest du Ikarus sein Frühstück bringen?«

»Klar«, antwortete ich, trat in die Küche und griff nach der Schüssel, um sie ihm abzunehmen.

»Danke. Ich glaube nicht, dass er sich jemals freut, wenn ich ihm etwas bringe«, sagte er leise.

»Ich bin mir sicher, dass er nicht sauer auf dich ist, Thom«, sagte ich beruhigend.

»Dora, er kann seinen Arm immer noch nicht spüren. Was ist, wenn er ihn nie wieder benutzen kann?« Er flüsterte diese Worte und ich konnte die Angst und das Bedauern in seinen Augen sehen.

»Dann wäre es trotzdem nicht deine Schuld. Du hast uns vor der Gefahr gewarnt.«

»Es war dumm von mir, mich überhaupt einzumischen. Ich meine, ich habe nicht einmal etwas Hilfreiches getan.«

»Das ist nicht wahr. Ich weiß nicht, wie es den anderen erging, aber ich habe mich – mit dir an unserer Seite - viel stärker gefühlt.«

»Das hättest du mal lieber nicht tun sollen«, sagte er und drehte sich wieder zu den Öfen hinter ihm um.

»Du wirst deine Mächte immer besser kontrollieren können. Lass dir von Zali helfen.« Er nuschelte nur vor sich hin und wollte offensichtlich nicht mehr reden, also nahm ich die Schüssel mit dem Brei und überließ ihn seinen Gedanken.

»Klopf, klopf?«, sagte ich laut, als ich an die Tür von Ikarus klopfte. Ich hörte eine gemurmelte Antwort und stieß die Tür auf. »Wie geht es dir heute?«, fragte ich Ikarus, als ich das schwach beleuchtete Zimmer betrat. Ich stellte die Schüssel mit dem Brei auf einem leeren Regal ab und eilte zu den großen Panoramafenstern, um die Vorhänge aufzuziehen.

»Es tut nicht mehr so weh, aber ich kann meinen Arm immer noch nicht spüren«, sagte Ikarus bleich, als das Licht den Raum erhellte. Ich unterdrückte meine Angst und drehte mich mit einem strahlenden Lächeln zu ihm um.

»Du kannst dich also besser von deinem Bett zum Bad bewegen?«

»Ja, zum Glück wird es immer einfacher.«

»Du wirst schon bald auf dem Oberdeck stehen und die Sonnensegel bewundern«, sagte ich strahlend. Seine Mundwinkel verzogen sich zu einem Lächeln.

»Du wirkst heute Morgen sehr... munter.« Er hob die Augenbrauen. »Was gibts Neues?« Ich zuckte mit den Schultern, als ich seinen Brei nahm und die Schüssel zu seinem Bett brachte.

»Nichts. Mir ist nur klar geworden, dass wir nichts erreichen werden, wenn wir in der Vergangenheit schwelgen oder nachtragend sind. Ich werde mich einfach auf das konzentrieren, was wir tun müssen, und mich von nichts anderem ablenken lassen.«

»Gute Idee.«

»Und ich muss mit dir über etwas reden. Meine Mutter sagt, dass Ambrosia deinen Arm sofort heilen würde.« Ikarus Augen richteten sich plötzlich auf mich und seine Hand erstarrte in der Luft, als er nach dem Löffel griff.

»Ambrosia? Ich dachte, das tötet Halbgötter.«

»Anscheinend ist es für Halbgötter nur dann tödlich, wenn sie süchtig danach werden. Für Sterbliche ist es tödlich. Aber Mama glaubt, dass das Blut der Titanen – wie du es in dir hast - es vertragen kann.«

»Und was denkst du?« Ich biss mir auf die Lippe und runzelte die Stirn.

»Ich glaube, wenn du wegen deines verletzten Arms nicht mehr fliegen könntest, wärst du sehr unglücklich. Aber das ist ein Risiko, das nur du abwägen kannst.«

»Müssen wir die Entscheidung sofort treffen?«

»Nein, ich glaube nicht«, schüttelte ich den Kopf. »Wir können Ambrosia im Reich der Zwillinge besorgen und es nur dann verwenden, wenn dein Arm weiterhin keine Anzeichen von Heilung zeigen sollte.«

Ikarus leuchtend grüne Augen bohrten sich für ein paar Sekunden in meine. Dann sagte er: »Gute Idee«, und fing an, den Brei in seinen Mund zu löffeln.

Als ich das Oberdeck erreichte, wusste ich sofort, dass etwas los war. Zali, Arketa und Vronti standen am Reling-Geländer vom Schlepper. Meine Mutter stand ein paar Meter weiter entfernt und blickte in die Richtung, in die alle zeigten.

»Was ist los?«

»Wir sind da!«, quietschte Zali.

Ich konnte mir ein Grinsen nicht verkneifen, als ich mich mit den anderen über die Reling lehnte. Wir flogen im Tiefflug, der Himmel war jetzt meist blassblau, und direkt unter uns lag eine Insel mit dichtem, dunkelgrünem Dschungel, und das Meer plätscherte an die Sandstrände.

»Bäume«, hauchte ich. Nach Monaten in der Akademie hatte ich mich immer noch nicht an die Bäume gewöhnt.

»Und Sand«, strahlte Zali.

»Bäume und Sand sind das, wovon ihr begeistert seid?« Vronti starrte uns beide an, als wären wir Idioten. »Ich nehme an, ihr wart noch nie in diesem Reich?« Keiner von uns antwortete, und er fuhr fort, bevor wir es konnten. »Das Reich des Zwillings ist das Reich von Hermes, dem Gott der Betrüger und Diebe. Die Städte sind im Dschungel versteckt, aber auch geheime Schätze, kostbare Edelsteine, Berge von Gold und magische Gegenstände. Aber der Dschungel ist auch voll von wilden Kreaturen und Fallen, die einen ohne zu zögern töten würden. Schatzsucherinnen und Schatzsucher aus dem ganzen Olymp sind hier bereits gestorben.« Ich schluckte.

»Und die Händler haben einen sicheren Zugang zur Hauptstadt«, sagte meine Mutter und sah Vronti verwundert an. »Es gibt nichts Gefährliches in Korinth.« Erleichterung durchflutete mich. Ich klammerte mich an das Holz des Schiffes und schloss die Augen. *Bring uns zum Hafen von Korinth*, dachte ich. Ein warmes Gefühl durchströmte meine Haut und als ich die Augen öffnete, sah ich wie das Schiff leicht nach links wendete.

»Vronti hat etwas im Frachtdeck gefunden«, sagte Zali, und ich drehte mich zu ihm um. Widerwillig zog er einen Beutel aus seinem Gürtel und reichte ihn mir. Er war schwer, und ich löste aufgeregt die Schnürung. *Drachmen.*

»Da war eine kleine Kiste voller Geld«, sagte er. Ich sah ihn mit zusammengekniffenen Augen an.

»Hast du dir etwas daraus genommen?« Er schnaubte und sah mich finster an.

»Ich brauche dein dreckiges Titanen-Gold nicht«, höhnte er und drehte mir den Rücken zu. Ich band den Beutel an meinen eigenen Gürtel. Damit würden wir alles bezahlen können, was wir brauchen und das Schiff mit Vorräten auffüllen. Aber... ich hatte das Gefühl, dass es nicht das war, weshalb sich Vronti am Abend zuvor in der Kombüse so verdächtig verhalten hatte. Ich würde ein wachsames Auge auf ihn halten müssen.

Wir waren jetzt nahe genug an Korinth, sodass ich durch die dunklen Baumkronen hindurch einen Blick auf den Ort werfen konnte. Dann sah ich eine Reihe von langen, erhöhten Anlegestellen, die von den Strände ausgingen. Jede einzelne war mit Schiffen besetzt, die nicht wie die *Tethys* aussahen, aber alle schwebten ein paar Meter über dem Meer. Einige waren viel kleiner, mit nur zwei Masten, und eines war riesig, mit vier Masten und einem Achterdeck an jedem Ende. Es war eine

Zephyr, wie ich mich aus dem Unterricht erinnerte. Das ist die größte Schiffsklasse, die oft als Frachtschiff oder als Vergnügungsschiff eingesetzt wird, und die wir im Reich der Sterblichen als Kreuzfahrtschiff kannten. Ich begann, die Piers nach Schiffsklassen abzusuchen, über die ich im Unterricht etwas gelernt hatte. Ich entdeckte drei metallene Wirbelwindschiffe, die absolut kampfbereit aussahen, und vier lange Typhoons, die mich an die Wikingerschiffe aus meinem Geschichtsunterricht erinnerten, bevor ich in den Olymp kam. Sie hatten lange, spitze Masten an der Vorderseite und dreieckige Segel, die sich von den anderen abhoben.

»Was für eine Schiffsklasse ist unser Boot?«, fragte ich mich laut.

»Die Klassen gab es noch nicht, als dieses Schiff gebaut wurde. Die *Tethys* könnte Aufmerksamkeit erregen. Sag niemandem etwas über deine Herkunft, auch wenn sie es erraten«, sagte meine Mutter und starrte immer noch über die Insel.

»Kommst du mit uns mit?«, fragte ich.

»Nein. Ich bin in diesem Reich nicht willkommen.«

»Aber du hast gesagt, du würdest uns helfen, Ambrosia zu besorgen«, protestierte ich.

»Für Ikarus?«, fragte Arketa. Ihre Stimme ließ mich aufschrecken.

»Ja«, antwortete ich und starrte meine Mutter immer noch an.

»Ich weiß, wo wir das herbekommen können«, sagte Arketa.

»Wirklich? Danke!«

»Nur weil er Kiko das Leben gerettet hat«, murmelte sie und wandte sich wieder der Reling zu.

»Warum bist du hier nicht willkommen?«, fragte ich, als das Schiff langsamer wurde und wir uns einem der langen Piers näherten. »Muss ich versuchen, das Ding zu parken?«, fügte ich nervös hinzu.

»Nein. Das Schiff weiß, was zu tun ist.« Ich nickte und versuchte den Atem nicht anzuhalten, als wir tiefer gingen und uns fast in einer Linie mit einem Wirbelwindschiff zu unserer Linken befanden. Die Segel flatterten, blaues Licht schimmerte und wirbelte über sie hinweg, aber ich spürte keine Brise.

»Seenymphen sind in Korinth nicht erlaubt.«

»Warum nicht?«

»Das ist eine lange Geschichte. Ich werde sie dir ein anderes Mal erzählen.«

Ich überlegte, ob ich widersprechen sollte, aber die *Tethys* fuhr gerade an einem leeren Abschnitt des Piers vor und meine Aufmerksamkeit wurde auf das Boot neben uns gelenkt. Eine Kreatur schaute auf, als sie ein schweres Seil aufrollte, und ich blinzelte überrascht.

»Ist das ein Minotaur?«

»Ja, und zwar ein großer«, sagte Arketa und sprang ohne ein weiteres Wort über die Reling des *Tethys*.

»Warte!«, rief ich, doch dann sah ich, dass sie nur wenige Meter unterhalb der Reling harmlos auf dem Pier gelandet war und nun auf einen Mann zuging, der eine Toga trug und ein schweres Bündel Papier bei sich hatte.

»Sie bezahlt den Hafenmeister«, sagte Zali leise. Ich warf ihr einen dankbaren Blick zu. Langsam begann ich mir Sorgen zu machen, dass ich mein Wissen über den Olymp überschätzt hatte.

Ich widerstand dem Drang, Zalis Hand zu ergreifen, als wir darauf warteten, dass Thom über die Reling kletterte und zu uns auf den Pier kam. Ich konnte den Dschungel hören, trotz der Geräusche der Schiffsbesatzungen um uns herum. Das Gezwitscher der Vögel durchbrach die Rufe der Männer sowie den Lärm der herumgeschleppten Fracht. Die Neugierde brannte in mir und ich wollte fragen, wie wir von hier aus in die Hauptstadt von Korinth kommen, aber ich wollte auch nicht mein Unwissen zeigen. Als Vronti zielstrebig den Pier in Richtung Strand hinunterlief, eilte ich ihm hinterher und gab mein Bestes, gleichgültig zu wirken. Arketa wartete ein Stück weiter unten am Pier auf uns.

»Ich habe für vier Stunden bezahlt«, sagte sie.« Das sollte genug Zeit sein.«

»Danke«, murmelte ich. Sie antwortete nicht.

»Wie weit ist es noch bis Korinth?«, fragte Zali, und

ich hätte sie für die Frage küssen können, aber ich tat es nicht.

»Etwa zwanzig Minuten zu Fuß. Es gibt eine Brücke durch den Dschungel, wenn wir hier unten weitergehen.«

»Eine Brücke?«

»Ja. Die Menschen im Reich des Zwillings haben künstliche Wasserwege entlang ihrer eigenartigen viereckigen Pyramiden gebaut. Außerdem gibt es hier jede Menge wilde Kreaturen. Die Brücke ist der einzige sichere Weg in die Stadt.«

Als wir das Ende des Piers erreichten, verschmolz er mit den anderen Piers entlang des Ufers und mündete in eine breite Brücke mit einem aufwendigen Metallgeländer. Das Muster war eine quadratische Spirale, die ich mit meinen Fingern nachzeichnete, als wir weitergingen. Das Licht wurde dunkler, als wir den Strand verließen, und um uns herum begann dichtes Laub zu sprießen, das von hohen Bäumen hing, die die Brücke überragten. Es dauerte nicht lange, bis wir komplett vom Dschungel verschlungen wurden. Lianen schlängelten sich an den Baumstämmen hinunter und riesige Palmwedel, die größer waren als ich, leuchteten grün, wenn Lichtstrahlen sie trafen. Die Luft wurde schnell heiß und feucht, und zu den krächzenden Vögeln gesellte sich ein ständiges Rascheln und Krabbeln. Auf der Brücke waren noch andere Menschen, die in beide Richtungen liefen. Viele davon waren mit großen Taschen unterwegs.

»Also, haben wir unsere Einkaufsliste mitgenommen?«, sagte Zali neben mir, ihre Stimme war übermäßig fröhlich. Sie war auch nervös, das merkte ich.

»Ja, das haben wir. Wir brauchen...«

»Solange es kein Eintopf ist«, unterbrach mich Vronti mitten im Satz.

»Wie wäre es dann, wenn du etwas zum Kochen kaufst?«, schnauzte ich zurück.

»Nein. Ich muss mich um meine Geschäfte kümmern«, sagte er.

»Geschäfte?« Ich starrte ihn an. Was glaubte er, wer er war? Dieser Junge hatte ein ernsthaftes Problem mit seinem Ego.« Was für Geschäfte?«

»Nichts was dich angeht.«

Wut stieg in mir auf.

»Vronti, wir müssen als Team arbeiten, wenn wir das schaffen wollen. Das ist kein Schulausflug, das ist eine ernste Sache. Es stehen echte Leben auf dem Spiel! Wir versuchen eines der mächtigsten Wesen ausfindig zu machen, das je existiert hat!«

»Dessen bin ich mir bewusst«, zischte er, blieb stehen und starrte mich an. Ich starrte zurück.« Und du tust gut daran, deine dumme Stimme leise zu halten. Ich kenne Leute, die du nicht kennst. Ich war schon einmal in Korinth. Ich werde jemanden aufsuchen, der uns vielleicht helfen kann.«

»Wer?«

»Das werde ich dir sagen, wenn es klappt«, sagte er und schritt weiter über die Brücke. Ich biss die Zähne zusammen und ballte die Fäuste hinter seinem spießigen, selbstgerechten und verwöhnten Rücken. So viel dazu, dass ich Kapitän war. Niemals würde ich ihn dazu bringen können, das zu tun, was ich wollte, selbst wenn mein Leben davon abhinge.

Schweigend marschierte ich hinter ihm und Arketa die Brücke entlang, bis mir auffiel, dass die Baumkronen um uns herum lichteten und die Brücke immer schmaler wurde. Dann erblickte ich in der Ferne blassgelbe Ziegelsteine und beschleunigte meine Schritte, weil ich mehr sehen wollte. Als Korinth in Sichtweite kam, war meine Wut vorübergehend vergessen und wurde durch großes Staunen ersetzt. Im Geschichtsunterricht hatte ich Zeichnungen von Dschungelstädten wie dieser gesehen, als wir über die Azteken und Mayas lernten. Eine hoch aufragende Pyramide befand sich auf einer erhöhten Lichtung in der Ferne. Aber statt einer glatten dreieckigen Pyramide, wie sie die alten Ägypter gebaut hatten, bestand diese aus vielen abgeflachten Quadraten, die übereinandergestapelt waren und immer kleiner wurden. Sie war mit hohen, geometrischen Statuen bedeckt, die Kreaturen zeigten, ich noch nie zuvor gesehen hatte, und selbst aus dieser Entfernung konnte ich erkennen, dass sie aus Gold waren und im Dämmerlicht glitzerten. Kleine Wasserfälle stürzten von allen Ebenen der Pyramide herab und wurden durch geschickt gemeißelte Steinkanäle in die richtige Richtung gelenkt. Viele kleinere Steinbrücken ragten aus der untersten Ebene der Pyramide heraus und führten zu kleineren Bauten im gleichen Stil, die alle auf verschiedenen

Ebenen des unebenen Dschungelbodens standen. Das Wasser der Wasserfälle floss in Bäche, die sich zwischen den Gebäuden hindurchschlängelten, und ich spürte, wie meine Kraft zum Leben erwachte, als ich meine Aufmerksamkeit auf die fließende Flüssigkeit richtete. Ich konnte viele Fische in den Flüssen wahrnehmen, die in dichten Schwärmen eng beieinander waren. Es gab auch etwas, das wie ein Barrakuda aussah, aber als ich eine große Kraken ähnliche Kreatur wahrnahm, lenkte Zalis Stimme meine Aufmerksamkeit vom Wasser ab.

»Dora, ist es nicht wunderschön?«, hauchte sie.

»Es ist unglaublich«, stimmte ich zu.

»Und es gibt so viele Menschen!« Ich schaute mich um und merkte, dass sie recht hatte. Es waren Hunderte von Menschen aller Art, die sich auf den Brücken bewegten und eilig in die Gebäude hinein- und hinausliefen.« Meinst du, die ganze Stadt ist ein Marktplatz?«, fragte sie.

»Ich habe keine Ahnung. Die Hauptpyramide sieht zu wichtig aus, da wohnt doch bestimmt jemand Reiches?«

Unsere Füße schienen sich von selbst schneller zu bewegen, als wir in Richtung der großen Stadt eilten. Ich wollte unbedingt mehr sehen. Ich wollte die riesige Pyramide von innen sehen, ich wollte wissen, was für Waren an einem solchen Ort zum Verkauf angeboten werden, ich wollte mehr von den Bewohnern von Olymp sehen und wissen, wie sehr sie sich von den Leuten zu Hause unterschieden. Wir mussten noch zehn Minuten laufen, bevor die Brücke eine Kurve machte und zur Hauptpyramide hinunterführte. Aus der Nähe war sie noch atembe-raubender. Jetzt konnte ich sehen, dass die vielen, vielen Statuen schimmernde Edelsteine in ihren Augen hatten und dass sie eindeutig aus Gold gefertigt waren. Das Edelmetall schien in die Ziegelsteine der Gebäude einge-arbeitet zu sein und schimmerte wie Adern, die sich durch die Steinstrukturen zogen. Die ganze Stadt strahlte ein Gefühl von Reichtum aus.

»Wir sehen uns in einer Stunde wieder hier«, sagte Vronti, als wir einen hohen Torbogen erreichten, auf dem viele Menschen standen.« Das ist der Haupteingang zur Stadt. Wenn du dich verirrst, kannst du jeden fragen, wie du hierher zurückkommst.« Ich hasste es, dass er sich so anhörte, als hätte er das Sagen. Aber die Wahrheit war, dass ich so wenig darüber wusste, wo wir eigentlich waren, dass ich keine Chance hatte, Befehle zu erteilen.

»Gut«, murmelte ich.« Wir sehen uns in einer Stunde.« Er schaute nicht zurück, als er durch den Torbogen schritt, und ich rollte mit den Augen, als ich Zali und Thom ansah. »Meint ihr, wir sollten uns aufteilen?«

»Es wird ein bisschen dauern, bis wir jemanden finden, der Ambrosia verkauft.« Ich sah Arketa an, als sie sprach.

»Okay. Ich gehe mit dir. Zali und Thom, ihr besorgt das Essen, das wir brauchen, und kümmert euch um neue Kleidung.« Wir hatten gemeinsam beschlossen, dass wir uns mit traditionellerer Kleidung besser anpassen würden, wenn wir uns in bestimmten Teilen des Olymps bewegen müssten, und obwohl ich es für wahrscheinlich hielt, dass es im Frachtraum der *Tethys* Kleidung geben würde, war es nicht so, dass es uns an Drachmen mangelte. Es machte mehr Sinn, Sachen zu kaufen, die uns hier im Reich des Zwillings passten.

»Warum musst *du* mit mir kommen?«, spottete Arketa. Die Wahrheit war, dass ich ihr zwar mehr vertraute als Vronti, aber ich wollte trotzdem sicher gehen, dass, wenn sie Ikarus etwas geben würde, es auch das war, was sie sagte.

»Ich bin nur neugierig, das ist alles.« Sie seufzte und verschränkte die Arme.

»Gut. Wie auch immer.«

Ich wandte mich an Zali und ergriff ihre Hand.

»Sehen wir uns in einer Stunde wieder hier?«

»Klar doch. Wir werden alles bekommen, was wir brauchen.« Thom nickte neben ihr und warf regelmäßig nervöse Blicke auf die Bürger, die an uns vorbeistapften. Es tat mir weh, ihn so anders zu sehen. Er war nicht mehr der selbstbewusste, freundliche Junge, mit dem ich mich letzten Monat angefreundet hatte. Ich hoffte wirklich, dass wir ihm helfen konnten.

»Toll. Wir sehen uns bald.«

Wir gingen alle zusammen durch den Torbogen, dann nahmen Zali und Thom eine Brücke auf der rechten Seite, die zu einem offenen Hof mit vielen Ständen führte. Der Anblick von so viel glitzerndem Schmuck und bunt bemalten Töpfen sowie der Geruch von köstlich duftendem Essen hätten mich fast dazu gebracht meine Meinung zu ändern und mit ihnen zu gehen, aber der Gedanke an Ikarus brachte mich wieder auf Kurs.

»Wie oft warst du schon hier?«, fragte ich Arketa, als ich ihr über eine schmalere Brücke links vom Bogen folgte.

»Einmal.«

»Oh. Bist du mit deiner Familie gekommen?«

»Ich mache das, um mich bei deinem dummen Freund dafür zu revanchieren, dass er Kiko das Leben gerettet hat, nicht um mich mit dir anzufreunden«, schnauzte sie.

»Richtig«, sagte ich mit zusammengebissenen Zähnen.« Für einen Moment habe ich vergessen, dass du eine voreingenommene Tyrannin bist.« Ich sprach die Worte leise aus, aber ich war mir ziemlich sicher, dass sie sie hörte, denn ihre zielstrebigen Schritte gerieten leicht ins Stocken. Wir gingen schweigend weiter, entlang eines rieselnden Baches, vorbei an drei kleinen, geometrisch geschnitzten Gebäuden aus demselben goldenen Stein. Ich wollte ihn unbedingt anfassen, aber alle Gebäude sahen wie Wohnhäuser aus, mit hellen Stoffen in den Fenstern und gemalten Mustern auf den Holztüren. Hier gab es weniger Menschen. Die meisten von ihnen, an denen wir vorbeikamen, sahen aber menschlich aus. Es gab den einen oder anderen Satyr und ein paar schöne, hochgewachsene Menschen, die ich für Dryaden hielt. Sie alle trugen aber eine unpassende Kombination aus altmodischer und moderner Kleidung, sodass ich mich mit meinem Kapuzenpulli überhaupt nicht fehl am Platz fühlte. Allerdings war mir heiß. Die Luft war feucht und drückend.

Arketa blieb abrupt stehen und ich sah, wie sie die Stirn runzelte, als sie sich umsah.

»Hier müsste irgendwo eine Treppe sein«, sagte sie. Ich sah mich auch um. Korinth kam mir wie ein Labyrinth vor, und obwohl ich mir sicher war, dass die Hauptpyramide von überall in der Stadt zu sehen war, hatte ich keine Ahnung, wie ich sie erreichen sollte. Es gab so viele verschiedene Steinebenen, die in den unebenen Boden gemeißelt waren, und überall standen Gebäude und Hütten verstreut.

»Brauchst du Hilfe?«, rief eine ältere Stimme und ich zuckte erschrocken zusammen. Eine Frau mit Buckel trat aus dem schattigen Eingang des Steinhauses neben uns.

»Wir versuchen, zum...« begann ich, aber Arketa unterbrach mich.

»Wir suchen nach einem Apotheker.«

»Was brauchst du?«, antwortete die alte Frau und neigte den Kopf zur Seite. Sie trug eine Toga in einem tiefen Blattgrün, das zum Dschungel passte, mit violetten Stickereien am Saum, und ihr Haar war schwarz mit herausblitzendem Grauschimmer.

»Ambrosia«, antwortete Arketa. Der hilfsbereite Gesichtsausdruck der Frau versteifte sich und ihre Augen wanderten zu mir.

»Du weißt, dass Ambrosia nicht billig ist?«, fragte sie streng und erinnerte mich an Professor Fantasma.

»Ja, natürlich weiß ich das«, sagte Arketa, rollte mit den Augen und verschränkte die Arme in einer Weise, die ich langsam als ihr Markenzeichen ansah. Die Frau entspannte sich sichtlich und ihr freundliches Lächeln kehrte zurück.

»Dann komm hier entlang. Ich kenne jemanden, der euch helfen kann.« Sie machte sich auf den Weg und wir folgten ihr, bis sie an einer grasbewachsenen Felswand zum Stehen kam.« Hier sind wir«, murmelte sie und legte ihre Hand auf eine Schnitzerei, die ein bisschen wie ein Affe aussah und am Felsen von hängenden Lianen bedeckt war. Ein tiefes Grollen ertönte, dann öffnete sich ein dunkles Tor im Felsen. Ich wich überrascht einen Schritt zurück, aber Arketa reagierte kaum. Als die Tür weiter aufging, konnte ich den Schein des Feuers darin sehen und ging näher heran.

»Vromikos? Ich habe Kunden für dich!«

»Schick sie rein«, grummelte eine tiefe Stimme zurück. Wir traten ein, und meine Augen gewöhnten sich an das Licht. In der Mitte des Raumes brannte ein großes Feuer mit einem darüber hängendem Topf. Jede Wand war zudem mit Regalen bedeckt, die mit Flaschen, Fläschchen und Gläsern gefüllt waren. Der Inhalt einiger glitzerte und fing das Licht ein, während andere das Licht komplett aus dem Raum zu saugen schienen, je länger ich sie ansah.

«Was kann ich für dich tun?«, fragte eine männliche Stimme, dann trat ein Satyr aus einem dunklen Durchgang zwischen den Regalen hervor. Er war etwa einen Meter groß und hatte viel größere Hörner als Gida damals in der Akademie. Das Fell um sein Gesicht war grau und dünn und seine Hufen klapperten laut, als er sich uns näherte.

»Wir wollen Ambrosia kaufen«, sagte Arketa. Ich wartete auf die gleiche Warnung, dass es gefährlich sei, aber der Satyr sagte nichts.

»Wie viel?«

»Genug für einen.«

»Sollten wir nicht etwas mehr besorgen? Nur für den Fall?«, fragte ich. Die beiden sahen mich an, Arketa mit Dolchen in den Augen.

»Halt die Klappe«, zischte sie und wandte sich dann wieder dem Satyr zu.

»Kannst du bezahlen?«, fragte er nach kurzem Zögern. Arketa bedeutete mir, ihr den kleinen Beutel mit Drachmen zu geben, was ich auch tat. Sie machte eine Show daraus, ihn zu öffnen und die Münzen darin zu suchen.

»Ja«, antwortete sie schließlich. »Wenn du einen vernünftigen Preis nennst.« Der Satyr gab ein leises Schnauben von sich.

»Wenn du hinter etwas so Wertvollem wie Ambrosia her bist, dann musst du leider bezahlen, was ich verlange«, sagte er langsam.

»Dann werden wir unsere Angelegenheiten woanders regeln«, sagte sie, steckte den Beutel in ihre Tasche und drehte sich um.

»Es gibt nur ein paar Verkäufer in Korinth. Sie werden alle dasselbe verlangen wie ich.«

»Wir haben es nicht eilig. Das werde ich mir selbst bestätigen lassen«, sagte sie und schritt selbstbewusst zur Tür. Sie war so mutig, dachte ich, und Bewunderung überkam mich. Die hochmütige Haltung des reichen Mädchens, die ich an ihr hasste, erschien mir jetzt erwachsen, weltgewandt und absolut notwendig. Ich beneidete sie sogar. An diesem schmuddeligen Ort, allein und ohne eine Ahnung vom Wert dessen, was wir kauften, hätte ich ihm alles bezahlt, was er verlangt hatte. Der Satyr gluckste.

»Du wirst nicht einmal die anderen finden.« Arketa drehte sich um und blickte ihn an.

»Da wäre ich mir nicht so sicher«, zischte sie und ich erkannte das Giftige in ihrem Tonfall. So sprach sie normalerweise mit mir. »Ich weiß genau, wo Therapeftis ist.« Der Satyr hob die Augenbrauen.

»Du hast schon mal bei ihm gekauft?« Sie antwortete ihm nicht, sondern machte auf dem Absatz kehrt und verließ den Raum.

»Ähm, danke!«, sagte ich und eilte ihr hinterher, während mich das helle Licht draußen blinzeln ließ. Die alte Dame lehnte an der Felswand und sah überrascht aus, als sie uns sah.

»Habt ihr bekommen, was ihr braucht?«, fragte sie, aber Arketa marschierte bereits den Weg zurück, den wir gekommen waren.

»Nein, aber trotzdem danke«, sagte ich, als wir an ihr vorbeigingen, und ich sah, wie sich flüchtige Panik in ihrem Gesicht breit machte. Ich runzelte die Stirn.

»Warte, warte, ja? Ich bin sicher, dass wir es finden

können«, sagte sie eindringlich. Misstrauen durchströmte mich, und ich beschleunigte mein Tempo.

»Nein, danke«, sagte ich und begann, den Steinweg hinunterzujoggen, um Arketa einzuholen.

»Ich denke, es war richtig, dass du gegangen bist«, sagte ich leise, als ich sie erreichte. »Ich traue ihnen nicht.« Sie antwortete mir nicht und sah mich nicht einmal an. Ich merkte, dass sie die Lippen zusammenkniff und die Augenbrauen zusammenzog.« Ist alles in Ordnung mit dir?«, fragte ich zögernd.

»Alles okay.«

»Du siehst nicht gut aus.«

»Und wer ist daran schuld?«, fauchte sie und drehte sich zu mir um. Ich hob abwehrend meine Hände.

»Ich schätze wohl ich, auch wenn ich nicht weiß, warum du dich aufregst«, sagte ich und sie ließ ein frustriertes Raunen los und blieb stehen, während sie gegen lose Steine am Wegesrand trat. Ich hörte, wie die Steine in den Bach unter uns fielen. Wir waren fast wieder an der schmalen Brücke angelangt, wo ich wieder viele Menschen sehen konnte.

»Das letzte Mal, als ich hier war, um Ambrosia zu kaufen, war es für meine Schwester«, sagte Arketa mit kaum hörbarer Stimme. Ich konnte Tränen in ihren Augen sehen und dachte an Mandy.

»Es tut mir leid. War sie krank?«

»Nein. Sie wäre bei einem Unfall fast ums Leben gekommen«, antwortete sie, wobei ihr trauriger Gesichtsausdruck von Hass überlagert wurde. Sie blickte mir in die Augen, und ich widerstand dem Drang, einen

Schritt zurückzutreten.« Ein Unfall auf der Akademie vor vielen Jahren.« Mein Herz begann zu rasen, als ich begriff, was sie als Nächstes sagen wollte. Als mir endlich klar wurde, warum sie mich so sehr hasste. Warum sie Titans so sehr hasste.

»Der Titan, der fast die Schule niedergebrannt hat... Es war deine Schwester, die verletzt wurde.« Meine Stimme zitterte, als ich die Worte sagte.

»Das Ambrosia hat nicht gewirkt. Sie ist am nächsten Tag gestorben.« Eine Träne glitt über ihre Wange und mein Magen fühlte sich an, als würde er sich zu einem Knoten verdrehen.

»Arketa, es tut mir so leid. Das muss schrecklich gewesen sein. Hierher zurückzukommen, und mehr davon zu kaufen. Das muss wirklich schwer für dich sein. Es tut mir leid«, stotterte ich und wusste nicht, was ich sagen sollte oder wie ich es besser machen konnte. Aber es erklärte so viel, ihre Angst und ihren Hass auf mich, all die vielen Male, die sie mir sagte, ich sei gefährlich.

»Du hast diese blöde Kiste geöffnet und jetzt habe ich wegen dir, *einem anderen Titanen*, meinen besten Freund verloren. Ich brauche dein Mitleid nicht«, zischte sie.« Ich will, dass du deine Fehler korrigierst. Und jetzt halt die Klappe und lass mich Therapeftis finden.«

Ich sagte kein weiteres Wort, als wir uns einen Weg durch das Labyrinth aus steinigen Pfaden, Bächen und goldverzierten Hütten bahnten. Ich war immer noch verwirrt von dem, was Arketa gesagt hatte. Ein Titan hatte den Tod ihrer Schwester verursacht. Ich versuchte mir vorzustellen, wie ich mich fühlen würde, wenn mir das passiert wäre, aber es war einfach zu schmerzhaft, um daran zu denken. Ich konnte verstehen, dass sie glaubte, dass die Kräfte der Titanen gefährlich sein könnten. Ich dachte an meine eigene Feuermagie, die unter meiner Haut knisterte und die, wenn sie zum Leben erwachte, unberechenbar, schnell und unruhig sein konnte. Ein ungutes Gefühl machte sich in meiner Magengrube breit, während die Frage, die ich nicht beantworten wollte, in meinem Kopf immer lauter wurde. *Könnte ich meine Kraft kontrollieren?* Hatte Arketa das Recht, mich zu fürchten und zu hassen? Könnte ich die Schule niederbrennen und jemanden verletzen oder sogar töten? Bei dem Gedanken wurde mir schlecht. Nein, sagte ich mir fest. Ich tat alles, was ich konnte, um zu lernen, wie ich meine Macht im Griff behalten konnte. Die Tatsache, dass ich sowohl mit Feuer als auch mit Wasser arbeitete, war der Beweis dafür, dass ich die gefährliche Energie nicht unterdrückte, sondern sie nutzte. Ich nahm mir im Stillen vor, mehr zu üben, solange wir auf dieser Reise waren. Ich wusste nicht, wie lange wir auf der *Tethys* bleiben würden, und ich durfte nicht zulassen, dass mir wegen des Schulausfalls die Kontrolle entglitt.

»Er ist hier drinnen«, murmelte Arketa, und ich richtete meine Aufmerksamkeit wieder auf meine Umgebung. Mit einem Ruck stellte ich überrascht fest, dass wir uns am Fuße der gewaltigen Pyramide befanden. Ich starrte hinauf und das Licht, das von den vergoldeten Statuen reflektiert wurde, war so hell, dass ich gezwungen war, meine Augen zu schließen. Auf der untersten Ebene der Pyramide befanden sich etwa alle zehn Meter große Türen, durch die sich viele Menschen bewegten. Eine besonders ledrig aussehende Harpyie fiel mir auf, als sie aus der Pyramide eilte und mehr Taschen trug, als sie eigentlich tragen konnte.

Wir gingen durch die nächstgelegene Öffnung und ich schaute mich erstaunt um. Wir befanden uns in einer riesigen Halle mit mehreren Türen an der hinteren Wand, ähnlich wie im Haupttempel der Akademie, nur dass es hier Marktstände gab, wo sonst Tische standen. Überall, wo ich hinsah, fiel mir glitzernder Schmuck ins Auge, Edelsteine in allen erdenklichen Farben glänzten auf den Tischplatten, gefasst in Gold und Silber. Es gab auch Stände, die mit Stapeln von Stoffen bedeckt waren, einige mit hängenden Stangen, die mit durchsichtigen, schimmernden Stoffen drapiert waren. Aber noch beeindruckender als die Stände waren die Wände der Halle selbst. Sie waren geschnitzt wie die Statuen, die ich draußen gesehen hatte, mit geometrischen Mustern, die jede Oberfläche bedeckten. In den Mustern waren Gesichter zu sehen, große, viereckige Augen, die aus den Schnitzereien hervorlugten, wohin ich auch schaute. Das hätte eigentlich gruselig sein müssen, aber ich fand sie seltsam niedlich. Als ich Arketa in den hinteren Teil des Raums folgte, konnte ich meinen Blick nicht von einem Stand mit Tontöpfen abwenden, die mit neonfarbenen Pulvern gefüllt waren.

»Willst du, dass sich dein Schwarm in dich verliebt? Ich habe etwas, das das möglich macht«, fragte die Dame hinter dem Tisch mit einem bösen Schimmer in den Augen.

»Äh, nein, danke«, murmelte ich und eilte weiter. Dann sah ich einen Stand, der mich völlig aus dem Konzept brachte. Dort lag - inmitten von Stapeln aus Büchern – ein Mobiltelefon auf einem mit grünem Stoff bezogenen Tisch.

»Wie...« Ich griff danach und drehte das Telefon in meinen Händen herum. Eine schmerzhafte Welle von Heimweh überkam mich.

»Das ist aus der Welt der Sterblichen, mein Lieber«, sagte ein Mann, der fast wie ein Mensch aussah, aber einen Schnabel als Nase und tiefschwarze, glänzende Augen hatte.

»Ich weiß«, sagte ich und starrte das Telefon an. Der Bildschirm war schwarz und tot.« Hast du das Ladegerät dafür?«

»Ladegerät?«, fragte er mit hochgezogenen Augenbrauen. Ich seufzte. Ich konnte mir nicht vorstellen, dass es in Olymp funktionieren würde, selbst wenn ich es aufladen könnte. Aber der Gedanke, dass ich mit Papa sprechen könnte...«Habt ihr noch etwas anderes aus der Welt der Sterblichen?«, fragte ich den Standbesitzer.

»Klar«, sagte er und hob eine Kiste vom Steinboden auf den Tisch. Ich kramte eifrig darin herum, aber es waren hauptsächlich Klamotten zu finden. Band-T-Shirts, eine Packung Aspirin, ein paar Kugelschreiber. Alles Dinge, die man normalerweise in einer Handtasche oder einem Rucksack aufbewahrt.« Siehst du irgendetwas, das dir gefällt?«

»Pandora, was machst du da? Wir haben keine Zeit für so etwas.« Ich wandte mich an Arketa.

»Wir müssen Kleidung kaufen«, sagte ich verteidigend.

»Und du willst diesen Schrott? Das wird uns nicht helfen, uns anzupassen. Komm schon«, sagte sie. Ich zuckte entschuldigend mit den Schultern, ließ die T-Shirts zurück in die Kiste fallen, um ihr nachzugehen. Schließlich erreichten wir die hintere Wand und ich sah, dass über jeder Tür kleine Schilder angebracht waren. Arketa blieb vor einer stehen und stieß sie auf.

»Guten Tag«, sagte eine dröhnende Stimme, als wir

den Raum betraten.« Es tut mir leid, dass Sie medizinische Hilfe benötigen, aber ich hoffe, ich kann Ihnen helfen.« Der Raum war ähnlich wie die letzte Apotheke, nur viel heller. Die Regale waren mit Gläsern und Fläschchen gefüllt, und in der Mitte des Raumes brodelte ein großer Topf über einer Feuerstelle. Aber der Mann, der ihn bediente, hätte nicht unterschiedlicher sein können als der Satyr. Er war riesig. Richtig groß. Er war ein paar Meter größer als ich, während er saß.

»Therapeftis«, sagte Arketa und er schaute sie genau an. Sein Gesicht sah irgendwie zerknittert aus, und er hatte stechend blaue Augen unter schwarzen, buschigen Augenbrauen. Ich vertraute ihm sofort, obwohl ich keine Ahnung hatte, warum.

»Du bist vor vielen Jahren zu mir gekommen, um Ambrosia zu bekommen. Hat es funktioniert?« Arketa schüttelte den Kopf.

»Nein. Aber ich brauche heute mehr.«

»Es tut mir leid, das zu hören.« Seine Augen blickten mich an.« Ambrosia macht stark süchtig. Es kann einen Menschen in den Wahnsinn treiben, wenn es stärker ist als seine Kraft.«

»Es ist für einen Nachkommen der Titanen«, sagte ich. Arketa starrte mich an, aber das war mir egal.« Er kann seinen Arm nicht mehr benutzen. Wird Ambrosia ihn heilen?«

Der Riese starrte mich einen Moment an, dann nickte er.

»Ja. Titan-Blut sollte den gefährlichen Nebenwirkungen widerstehen können.« Er stand langsam auf und mein Mund blieb leicht offenstehen. Er passte gerade noch in den Raum. Er humpelte zu einigen Regalen und nahm mit erstaunlicher Geschicklichkeit, angesichts seiner riesigen Hände, ein Fläschchen heraus. Die Flüssigkeit darin war dick und bernsteinfarben, wie Honig. »Hier«, sagte er und reichte es Arketa. »Es tut mir leid, dass ich dir damals nicht helfen konnte.«

»Wie viel?«, antwortete sie kurz.

»Gar nichts. Es kostet dich nichts. Ich hoffe, dass es dieses Mal besser für dich funktioniert.«

»Nein«, sagte sie und schüttelte den Kopf. »Nein, wir müssen dich bezahlen. Ich werde keine Almosen annehmen.«

»Das ist keine Wohltätigkeit. Deine Familie hat das letzte Mal, als du hier warst, gut bezahlt, und außerdem verkaufe ich kaum etwas von diesem Zeug. Nur wenige können es verwenden und ich weigere mich, es an Süchtige zu verkaufen. Es verstaubt in meinem Regal.«

Ich hatte das Gefühl, dass er nicht ganz aufrichtig war. Nach allem, was ich über das Zeug gehört hatte, wusste ich, dass es wertvoll war.

»Danke«, sagte ich, bevor Arketa etwas anderes sagen konnte. »Hoffentlich können wir uns eines Tages für deine Freundlichkeit revanchieren.« Er nickte mir zu und schenkte mir ein breites Lächeln.

»Das würde mich freuen. Ich wünsche euch einen schönen Tag.«

· · ·

Wir sagten nichts, als wir durch die Halle zurückgingen, wobei Arketas Schritt noch schneller war als zuvor. Unbehagen machte sich in mir breit. Ich wusste nicht, was ich sagen sollte. Ich konnte mir nicht vorstellen, wie schwer es für sie gewesen sein musste, an einen Ort voller schrecklicher Erinnerungen zurückzukehren, und ich war kaum die richtige Person, um sie zu trösten. Zali hätte mit ihr gehen sollen, dachte ich und verfluchte mich dafür, dass ich darauf bestanden hatte, sie zu begleiten.

»Du bist sehr mutig«, sagte ich leise, als wir wieder in die pralle Sonne und die feuchte Hitze traten. Sie wirbelte herum und Tränen liefen ihr über die Wangen.

»Der Tod meiner Schwester hat deinem Freund, der ein Titan ist, geholfen! Verstehst du, wie falsch das ist?« Ihre gequälte Stimme brach, und mein Magen verkrampfte sich angesichts des Hasses in ihren Augen.

»Er ist ein guter Mensch«, flüsterte ich. Sie starrte mich an, während weitere stille Tränen über ihr Gesicht liefen.« Und er wird uns helfen, Kiko zurückzuholen.«

»Das sollte er auch«, zischte sie und stapfte von mir weg.

Thom und Zali waren genau dort, wo wir sie am Torbogen zurückgelassen hatten, und auch Vronti lehnte gelangweilt am Stein. Zalis Gesicht erhellte sich, als sie uns sah, dann wurde es finster, als Arketa an ihr vorbei in Richtung Brücke stürmte.

»Habt ihr beide euch gestritten?«, fragte sie.

»So ähnlich«, murmelte ich. »Hast du alles bekommen?« Thom trat zur Seite und enthüllte einen kleinen Wagen, der wie eine Schubkarre aussah. Er war beladen mit in Stoff gewickelten Fleischstücken, Gemüse, Säcken voller Stoff und Glasflaschen.

»Ja«, sagte er. Er sah etwas glücklicher aus als beim letzten Mal, und ich war froh, dass die beiden sich besser verstanden hatten als Arketa und ich.

»Und du?«, fragte ich Vronti. Er zuckte mit den Schultern.

»Nein.«

»Das ist eine Schande«, sagte ich misstrauisch. »Lass uns gehen.«

SECHS

Als wir wieder auf der *Tethys* ankamen, luden wir alle Lebensmittel aus und verstauten sie in den Schränken der Kombüse. Dann verteilte Zali neue traditionelle Togas an alle sowie Seife, Zahnpasta und ein paar anderen Kleinigkeiten, die sie mitgebracht hatte. Arketa nahm ihre Sachen ohne ein Wort zu verlieren und verschwand sofort.

»Was ist passiert?«, fragte Zali, nachdem sie gegangen war. Vronti sah mich erwartungsvoll an.

»Ich erzähle es dir später«, murmelte ich.

»Thom und ich haben uns überlegt, dass wir auf dem Oberdeck das Gleiten üben wollen.«

»Gute Idee«, sagte ich und lächelte Thom an. Er schaute mich nervös an.

»Ich glaube, die Masten sind stabil genug, um mich daran festzubinden. Aber nur für den Fall... Würde es dir etwas ausmachen, mit uns da oben zu bleiben? Deine

Wasserkraft reicht wahrscheinlich aus, um mich zurückzuhalten, falls etwas schief geht.«

»Natürlich. Ich schaue mal nach Ikarus und treffe euch dann da oben.«

Ikarus schlief noch, als ich seine Tür aufstieß, also küsste ich ihn leicht auf die Wange und ließ ihn in Ruhe. Meine Mutter lehnte an dem Schlepper, als ich auf dem Oberdeck ausstieg.

»Hast du alles bekommen?«, fragte sie.

»Ja.«

»Gut. Wohin gehen wir als Nächstes?«

»Wohin auch immer das Schiff gehen will. Wir haben jetzt alles, was wir brauchen. Wir sind bereit.« Ich schritt an ihr vorbei zum vorderen Teil des Schiffes.

»Das musst du dem Schiff ansagen.« Ich blieb stehen und drehte mich zu ihr um.

»Wirklich?« Sie nickte.

»Du bist der Kapitän, wie du gestern lautstark verkündet hast. Das Schiff wird dorthin fahren, wohin du es befiehlst. Oder nirgendwohin, wenn du es nicht tust.«

Ich starrte sie an und streckte dann unmerklich mein Bewusstsein nach dem Schiff aus. Unruhige Energie summte durch meinen Geist, und mir wurde klar, dass sie recht hatte. Die *Tethys* ging nirgendwohin.

»Wie kann ich es bitten, Oceanus zu finden?«

»Lege deine Hände auf das Steuerrad oder den Mast und konzentriere dich auf das Gefühl, das dir das Schiff gibt. Dieses Gefühl für ihn.«

Ich ging zum Hauptmast des Schiffes, welcher direkt vor mir stand. Er war breit genug, dass sich zwei von uns dahinter verstecken konnten. Das Holz war dunkel und lebendig. Ich blickte hinauf zu den riesigen, schillernden Segeln, die im Licht pulsierten.

»Sie sind so schön«, hauchte ich.

»Ja. Aber alles Schöne an ihnen ist das, was sie flüssig aussehen lässt«, sagte Mama und starrte zu ihnen hoch.

»Denkst du?«

»Ja. Die Art, wie sie sich bewegen, die Brechung des Lichts, das Flattern... Sie sind wie Licht, das sich durch Wasser bewegt, flüssige Ströme, die wirbeln.«

»Ich habe sie noch nie so ernst sprechen hören, und ihre Worte waren von echter Emotion getragen.«

»Lebst du am Meer?«, fragte ich sie, bevor ich mich zurückhalten konnte.

»Ja«, sagte sie und sah mich an.« In einer Kuppel, die den Kuppeln in Aquarius ähnelt, und wie die, in der die Akademie gebaut ist. Nur gibt es dort viel mehr Becken, die den Zugang zum Meer ermöglichen.«

»Wie lange kannst du die Luft anhalten?«

»Auf unbestimmte Zeit.«

Sobald ich anfing, Fragen zu stellen, konnte ich nicht mehr aufhören.

»Kannst du unter Wasser sprechen?«

»Ja.«

»Wird dir beim Schwimmen manchmal kalt oder wirst du müde davon?«

»Das würde Tage dauern.«

»Brauchst du überhaupt Luft oder kannst du dauerhaft unter Wasser leben?«

»Das sind genug Fragen für den Moment«, sagte sie und ein kleines Lächeln erschien an ihren Lippenwinkeln. Ich erinnerte mich daran, dass ich wütend auf sie war, und unterdrückte die Neugier, die mir die Fragen aus dem Mund trieb. »Leg deine Hände auf das Holz und denke an Oceanus.«

Ich tat, was sie mir sagte, schloss die Augen, atmete tief durch die Nase ein und konzentrierte mich auf den Geruch des Meeres und die schwache Brise, die seinen Duft trug. Die Energie des Schiffes erwachte unter meinen Händen zum Leben. Die *Tethys* wollte über die Wellen fliegen, die Meeresbrause an ihrem Rumpf spüren und in unendlicher Freiheit über die Welt sausen. Der Rausch machte mich fast schwindelig, und in diesem Moment wünschte ich mir nichts sehnlicher, als für immer durch die Lüfte zu segeln. Aber ich zügelte mein Verlangen und dachte an den Ozean, an das Wasser, an das Leben unter der Oberfläche und an den allmächtigen Gott, dem das alles einst gehört hatte. *Oceanus*, projizierte ich auf das Schiff. *Bring uns zu Oceanus.* Aber die Unruhe verstärkte sich, ich war nicht mehr aufgeregt, sondern frustriert, die Energie fühlte sich gestaut an, anstatt in Bewegung zu geraten.

»Ich glaube nicht, dass das Schiff weiß, wo er ist«, sagte ich langsam und öffnete meine Augen.« Die *Tethys* ist frustriert, wenn ich an die Oceanus denke.«

»Wirklich? Bist du sicher?« Die Besorgnis in ihrem Gesicht ließ meine eigene Angst aufkommen. Was, wenn das alles umsonst war? Wir waren von der Akademie weggelaufen, hatten Drachmen aus dem Schiff gestohlen und waren den Anweisungen eines Dämons gefolgt - vielleicht alles umsonst. Könnte ich mich irren? Ich wusste nicht, was ich da tat. Ich sah meine Mutter an und mir fiel etwas auf.

»Du stammst doch auch von ihm ab, warum kannst du das nicht tun?«, fragte ich sie und war überrascht, dass mir der Gedanke nicht früher gekommen war.

»Weißt du, wie viele Meeresnymphen von Oceanus abstammen?« Ich schüttelte den Kopf. Ich hatte keine Ahnung. »Weißt du, du hast erstaunlich wenig über dein eigenes Erbe nachgeforscht«, sagte sie trocken. Meine Wut kochte hoch.

»Das sagt die Frau, die ihr eigenes Kind ausgesetzt hat? Du hast kein Recht, mich zu verurteilen, weil ich nicht mehr über dich wissen will!«

»Das ist wohl fair«, sagte sie und zog missbilligend die Augenbrauen zusammen. »Meeresnymphen haben sehr selten menschliche Kinder. Normalerweise sind sie auch Nymphen. Und Nymphen sind keine Halbgötter. Das ist ein großer Unterschied.«

»Stammen alle Meeresnymphen von Oceanus ab?«

»Nein, die meisten stammen von Poseidon ab.«

»Warum können Nymphen dann nicht das Schiff fliegen?«

»Ich könnte es versuchen, aber ich bezweifle, dass ich mich so tief mit ihm verbinden kann, wie du es kannst. Meine Kräfte sind nicht dieselben wie deine.«

Ich trat zur Seite und deutete auf den Mast.

»Versuchs doch mal.« Sie seufzte und legte ihre Hände auf das Holz. Ihre Fingernägel sahen aus, als wären sie aus Perlen und ihre blasse Haut schimmerte fast wie Schuppen der Fische. Ich schaute auf meine eigenen Hände hinunter. So menschlich sie auch sein mochten, sie gaben keinen Hinweis auf das Erbe einer Meeresnymphe.

»Das wird nicht funktionieren, Pandora.«

»Denk doch mal positiv«, forderte ich. Sie antwortete nicht, sondern schloss ihre Augen. Nach ein paar Sekunden wurde es mir zu langweilig, ihre glänzenden Nägel anzustarren, und mein Blick wanderte über das Holz hinauf zu den Sonnensegeln. Ich fragte mich, wie es zu Hause wohl wäre, wenn wir solche Magie hätten. Würden die Segel auch in der Welt der Sterblichen funktionieren? Mein Nacken schmerzte vom Hochschauen, und als ich meinen Kopf wieder senkte, bemerkte ich etwas im Holz vor mir. Meine Augenbrauen zogen sich zusammen. Es sah aus, als wäre dort etwas eingeritzt.

Ich drehte mich um und suchte nach etwas, auf das ich mich stellen konnte, um einen besseren Blick zu erhaschen, als Mama sich gerade zu mir umdrehte.

»Ich kann überhaupt keine Verbindung zu diesem Schiff aufbauen«, sagte sie mit fester Stimme.

»Kannst du sehen, was das ist?«, fragte ich sie und zeigte auf die Schnitzerei über uns. Ich bezweifelte, dass sie das konnte, sie war nicht viel größer als ich.

»Nein. Ich werde dich hochheben«, sagte sie. Ich sah sie erschrocken an.

»Ich... suche mir einfach etwas, worauf ich stehen

kann«, murmelte ich und rannte zum Schlepper. Im Frachtdeck fand ich eine kleine leere Kiste, die die richtige Größe hatte, und schleppte sie so schnell ich konnte auf das Oberdeck. Als ich wieder am Mast ankam, ließ ich sie vor Überraschung fallen. Meine Mutter war wie ein Affe um den Mast gewickelt, einen halben Meter über dem Deck.

»Es ist ein Rätsel«, rief sie. »Hast du Stift und Papier?«

Ich stieß ein leises Geräusch der Verzweiflung aus und rannte wieder los, dieses Mal zu meiner Kabine. Ich schnappte mir meinen Rucksack und rannte zurück. Sie war immer noch da, die Beine wie ein Schraubenschlüssel um den Mast geschlungen.

»Du hast dir Zeit gelassen«, sagte sie. Ich sah sie finster an.

»Lies es vor.«

Das Zeitalter des Friedens kann herbeigeführt werden.
Löse das Rätsel und du kommst einen Schritt näher:

Weiblicher Todesdämon, angezogen von Gewalt und Blut
Eine großartige Frau, deren Bemühungen, ihre Kinder zu retten, nicht umsonst waren
Flog zu nah an die Sonne
Das Selige Feld, vom Okeanos umflossen
Unsterblich und unendlich mächtig
Mischgeschöpfe, die Vollen

Ein Edelmetall, aus der Erde gewonnen
Der Besitzer dieses Schiffes, Titan
Die tiefste Hölle
Die Macht des Thanatos, den alle Sterblichen hassen

Ich starrte auf die Worte, eine Mischung aus Ärger und Aufregung mischte sich in meinem Kopf. Noch mehr Rätsel. Es kam mir so vor, als hätte ich schon viel Zeit damit verbracht, dumme Rätsel zu lösen, und für das letzte hatten wir Wochen gebraucht. Aber dieses Mal waren es nicht nur Ikarus und ich, die versuchten, es zu lösen. Und das bedeutete sicher, dass wir auf dem richtigen Weg waren, Oceanus zu finden.

SIEBEN

»Ich habe was gefunden«, sagte ich, als ich Zali und Thom erreichte, die am Bug des Schiffes warteten. Sie eilten beide auf mich zu.« Es war in den Mast geritzt.« Ich las das Rätsel noch einmal laut vor.

»Das stand alles auf dem Mast?« Zali starrte mich an.

»In ganz kleiner Schrift, ja.«

»Ich weiß, was ein paar davon sein könnten«, sagte Thom.

»Ich glaube, ich auch«, sagte ich. »Lasst uns alle in Ikarus Zimmer treffen, wir werden ihn auch dazu brauchen. Weißt du, wo Vronti ist?«

Schon wenige Minuten nachdem sich alle um das Bett von Ikarus versammelt hatten, wollte ich Vronti eins auf die Nase hauen.

»Zum letzten Mal, Vronti, halt die Klappe, und lass es mich vorlesen!«, schrie ich ihn an.

»Ich hätte es schon längst lösen können, warum müssen wir so einen Zirkus veranstalten?«, spottete er.

»Halt die Klappe, Vronti«, sagte Arketa, die am Fußende des Bettes faulenzte, während Ikarus mir zu Hilfe eilte.

»Reiß dich zusammen, Blitzknabe«, schnauzte er, und Vronti blickte ihn mit hochgezogenen Augenbrauen an.

»Blitzknabe?«

»Ja. Der Flügeljunge und das Titanen-Mädchen dachten, du könntest einen Spitznamen gebrauchen«, sagte er und funkelte sie an. »Jetzt ist sie der Kapitän auf diesem Schiff, also hör gut zu.«

Schmetterlinge flatterten quer durch meinen Bauch, als ich Ikarus anstarrte. Ich hatte ihn noch nie so selbstbewusst gesehen. Das gefiel mir.

»Gut«, zischte Vronti.« Dann mach mal weiter.« Ich warf ihm meinen fiesesten Blick zu und las das Rätsel laut vor.

Das Zeitalter des Friedens kann herbeigeführt werden.
Löse das Rätsel und du kommst einen Schritt näher:

Weiblicher Todesdämon, angezogen von Gewalt und Blut
Eine großartige Frau, deren Bemühungen, ihre Kinder zu retten, nicht umsonst waren

Flog zu nah an die Sonne
Das Selige Feld, vom Okeanos umflossen
Unsterblich und unendlich mächtig
Mischgeschöpfe, die Vollen
Ein Edelmetall, aus der Erde gewonnen
Der Besitzer dieses Schiffes, Titan
Die tiefste Hölle
Die Macht des Thanatos, den alle Sterblichen hassen

Als ich fertig war, fingen alle gleichzeitig an zu sprechen.

»Wartet!«, brüllte ich.« Lasst uns eine Zeile nach der anderen lesen.«

»Die erste Zeile muss Keres sein«, sagte Arketa.

»Es könnte auch ein anderer Dämon sein«, sagte meine Mutter, die sich gegen die Tür lehnte.

»Wir schreiben erst einmal Keres auf«, sagte ich und schrieb es nieder.

»In der zweiten Zeile geht es um Rhea.« Ich sah Vronti an, der die Arme vor der Brust verschränkt hatte. Wahrscheinlich hatte er recht, dachte ich, als ich die Zeile noch einmal durchlas.

»Gut.«

»Ikarus ist zu nah an die Sonne geflogen«, sagte Thom. »Und das selige Feld muss Elysion sein.«

»Und die nächste Zeile ist offensichtlich: Unsterblich und mächtig sind die Götter«, fügte Zali hinzu. »Aber von welchen Mischwesen könnte hier die Rede sein?«

Ich sah meine Mutter an.

Satyr mutmaßte sie.

»Das glaube ich auch«, sagte Arketa.

»Und das Edelmetall könnte Gold sein«, sagte Zali und sah sich fragend um.

»Schreiben wir es erst einmal auf und dann können wir uns später immer noch andere überlegen, wenn es nicht passen sollte«, stimmte ich ihr zu. »Und der Besitzer dieses Schiffes ist natürlich Oceanus.«

»Die tiefste Hölle ist der Tartarus«, sagte Vronti.

»Ja, auf jeden Fall«, nickte Arketa.

Ikarus sagte: »Ich glaube, die Macht des Thanatos ist der Tod.«

»Welche Wörter haben wir nun?« Vrontis Stimme lenkte meine Aufmerksamkeit zurück in den Raum.

»Keres. Rhea. Ikarus. Elysion. Götter. Satyr. Gold. Okeanos. Tartarus. Tod«, las ich vor.

»Das ergibt doch alles keinen Sinn«, sagte Arketa.

»Warte, stelle die Wörter übereinander und beginne sie in Großbuchstaben«, sagte Ikarus. Ich tat, was er mir sagte, schaute auf die Liste und dann auf sein strahlendes Gesicht.

»Ich habe es!«, sagte er mit leuchtenden Augen. »Der erste Buchstabe von jedem Wort.«

Keres.

Rhea.

Ikarus.

Elysion.

Götter.

Satyr.

Gold.

Oceanus.

Tartarus.

Tod.

»Kriegsgott«, rief ich aus. Angst und Aufregung stiegen gleichzeitig in mir auf. »Wir werden Ares besuchen müssen.«

Eines der Dinge, die ich nicht zurücklassen wollte, als ich die Akademie verließ, war Nix Feder und als seine grummelige Stimme in meinem Kopf erklang, als ich sie in der Nacht in meinem Zimmer an meine Brust drückte, fühlte ich ein Meer der Erleichterung. Ich wusste, dass er die meisten meiner bisherigen Entscheidungen missbilligen würde, aber er war mir jetzt vertraut, und ich brauchte ihn. Der alte Vogel war mir wirklich wichtig.

»Pandora, deine Gedanken sind ein einziges Wirrwarr«, sagte er mit entschlossener Stimme. *«Das ist nicht gut, du musst sie mit mir besprechen. Was um alles in der Welt ist hier los?«*

Ich fing also von vorne an und erzählte ihm einfach alles, ohne auch nur irgendetwas auszulassen. Nachdem ich aufgehört hatte zu sprechen, sagte er eine Weile nichts und ich begann mir Sorgen zu machen.

»Nix? Bist du sauer auf mich?«

»Ganz im Gegenteil junge Pandora«, sagte er, und sein Tonfall überraschte mich. *»Du zeigst Mut und das bewundere ich.«*

»Oh«, sagte ich. »Danke. Hast du einen Rat, wie man Ares findet oder auf ihn trifft?«

»Ares ist zwar hitzköpfig, aber berechenbar. Sei höflich,

ehrfürchtig und halte deinen Mund, wo es nur geht«, sagte er streng.

»Richtig«, sagte ich. Nicht der einfachste Ratschlag für mich, aber ich würde mein Bestes versuchen.

»*Viel Glück*«, sagte er und ich war mir sicher, ich konnte seine Nerven in seiner Stimme vibrieren hören.

Wir unterhielten uns noch eine Weile, aber er hatte mir nichts weiter zu sagen, was mir mit dem Kriegsgott hätte helfen können. Nachdem ich seine Feder sicher im Bücherregal verstaut hatte, wollte ich versuchen etwas zu schlafen, fühlte mich aber so unruhig und angespannt, dass ich schließlich aufgab und stattdessen beschloss, etwas frische Luft zu schnappen.

In Olympus wurde es nie ganz dunkel, doch der Himmel war in einem satten, dunklen blau als ich auf das obere Deck trat, so dass die glitzernden Silberwirbel, die an uns vorbeizogen, noch viel mehr hervorstachen als im Tageslicht. Ich ging zur Reling und stützte meine Ellbogen darauf ab.

»Ich kann nicht glauben, dass wir ins Reich des Widders fahren«, sagte eine Stimme hinter mir, und ich drehte mich um, als mir der Atem stockte.

»Ikarus? Was machst du denn hier oben?« Er schenkte mir ein kleines Lächeln.

»Ich dachte, etwas frische Luft würde mir guttun. Und jemand hat mir gesagt, dass ich unbedingt die Sonnensegel sehen muss.« Wir sahen beide zu den prächtigen Segeln hinauf, die riesig waren und silberfarben schimmerten. »Du hattest recht«, hauchte er.« Sie sind einfach unglaublich.

»Ich weiß.«

»Dieses Schiff ist einfach unglaublich.«

»Nicht wahr? Ich hätte mir nie träumen lassen, dass es so etwas geben könnte, bevor ich nach Olympus kam.« Ikarus warf mir einen gequälten Blick zu und gesellte sich zu mir an das Geländer. Er zuckte zusammen, als er sich bewegte.

»Bist du sicher, dass du hier oben sein solltest?«

»Ich bin da unten verrückt geworden. Ich mag es nicht, eingesperrt zu sein.«

Ich nickte. Er hatte mir immer noch nicht erzählt, was ihm als Kind passiert war und ich wollte ihn auf keinen Fall dazu drängen.

»Wie geht es deinem Arm?«

»Ich kann ihn weder fühlen noch bewegen«, sagte er und ich konnte regelrecht die Angst in seinen Augen sehen, denn das bedeutet, dass er nicht fliegen kann.

»Wann glaubst du, dass du stark genug sein wirst, um deine Flügel zu testen?«, fragte ich und lächelte darüber, wie sie hinter ihm flatterten.

»Bald, hoffe ich. Vermisst du das Wasser so sehr, wie ich es vermisse, dort oben zu sein?«, fragte er.

»Es rief mich ins Reich der Zwillinge, aber es waren nur Ströme. Nicht so mächtig wie der Ozean.« Ikarus kicherte.

»Lass das niemanden im Reich der Zwillinge hören. Die Flussnymphen dort sind sehr wild.«

»Flussnymphen?«

»Ja. Ich nehme an, deine Mutter ist nicht mit dir gegangen? Die würden eine Meeresnymphe sofort töten, wenn sie sie sehen.«

»Wow. Woher weißt du das?«

Er zuckte mit den Schultern.

»Genauso wie ich alles andere weiß.«

»Bücher«, lächelte ich ihn an.

»Wenn man jahrelang keine Freunde hat, hat man viel Zeit zum Lesen.«

»Nun, jetzt hast du ja Freunde«, sagte ich, während ich dicht an ihn herantrat und seine Wange berührte. Seine stechend grünen Augen schienen bei meiner Berührung zum Leben zu erwachen.

»Ich weiß«, sagte er und küsste mich.

»Apropos Freunde«, sagte ich, als wir uns gemeinsam über das Geländer lehnten und in den Himmel schauten. »Bist du immer noch sauer auf Thom?«

Ikarus holte tief Luft.

»Ich bin nicht böse auf ihn. Ich ertrage es nur schwer, in seiner Nähe zu sein.«

»Du weißt, dass er dir das nicht absichtlich angetan hat, oder? Er kann seine veränderte Form noch nicht so kontrollieren«, sagte ich. Ikarus schaute mich von der Seite an, ein kleines Lächeln auf den Lippen und ein leicht ungläubiger Gesichtsausdruck.

»Glaubst du, dass ich deshalb so abweisend zu ihm bin? «

»Was sollte es sonst sein?« Er starrte mich mit hochgezogenen Augenbrauen an.

»Du weißt es wirklich nicht?«

»Warte«, sagte ich als mir etwas in den Sinn kam. »Du machst dir immer noch Sorgen um mich und ihn?« Mir fiel der Mund herunter und mein Herz hämmerte in meiner Brust.

»Ich mache mir keine Sorgen«, sagte er schnell. »Wie ich schon sagte, ich finde es nur unangenehm.«

»Ikarus, er ist nicht an mir interessiert, das verspreche ich dir. Er hat nur noch nie jemanden gefunden, der sich so sehr für Mantikore interessiert, und er war ein bisschen überdreht.«

»Meinst du?«

»Ich weiß es.«

Ikarus blickte zurück über die Wolken.

»Okay. Ich werde mich mehr um ihn bemühen, versprochen.«

»Danke. Er fühlt sich schrecklich wegen deines Arms.«

»Das war nicht seine Schuld, er hat uns vor der Gefahr gewarnt.«

»Ich weiß. Hoffentlich zahlt sich sein Üben mit Zali aus.«

»Hoffentlich.«

Ich betrachtete Ikarus Gesicht noch einen Atemzug länger, bevor ich wieder in die Wolken starrte und eine kleine Glücksblase in mir entstanden ist, die die Angst ein wenig verdrängte.

ACHT

In dieser Nacht wurde mein Schlaf von Träumen geplagt, die alle auf dieselbe Art und Weise enden: Ich zerstörte die *Tethys* und tötete alle an Bord. Manchmal kenterte ich das Schiff, manchmal setzte ich es in Brand und manchmal entfachte meine Kraft eine chaotische Mischung aus beidem und blendete mich so sehr, dass ich das verheerende Ende nicht sehen konnte. Ich wachte früher auf als ich wollte und meine Haut kribbelte und pochte als würde das Feuer über die Wasserströme in meinem Körper tanzen. Unruhe erfüllte mich und ein panisches Gefühl überflutete meinen Verstand. Ich musste diese gefangene Energie freisetzen, ich musste meine Kräfte spielen lassen. Ich sprang aus dem Bett, zog meine Jeans und meinen Kapuzenpullover an und machte mich eilig auf den Weg zum Oberdeck. Dort angekommen war ich nicht überrascht meine Mutter zu sehen.

»Du bist früh auf«, sagte sie.

»Ich muss meine Kräfte trainieren«, sagte ich leise. Warum musste sie hier sein? Ich brauchte kein Publikum.

»Kann ich helfen?« Ich sah sie an und versuchte das Kind in mir zu unterdrücken, dass sich sein ganzes Leben lang nach der Hilfe seiner Mutter, der magischen Meeresgöttin, sehnte.

»Wenn ich ein Feuer mache, kannst du es dann löschen?«, fragte ich sie.

»Ich kann Wasser heraufbeschwören«, antwortete sie und runzelte die Stirn. Sie machte einen Schritt auf mich zu und legte den Kopf zur Seite. »Aber warum solltest du ein Feuer entfachen?«

»Ich muss beide Kräfte trainieren«, sagte ich kurz. Ich spürte, wie der Ozean weit unter uns an mir zerrte, ich schloss kurz die Augen, um mich von dem Gefühl überwältigen zu lassen. Das Schiff sackte bedrohlich ab und ich schrie auf, als ich meine Gedanken wieder auf die *Tethys* konzentrierte. *Nein! Fahre nicht auf den Ozean hinaus, fahre weiter ins Reich des Widders!* Das Schiff flachte sofort wieder ab und ich atmete tief durch. *Jetzt hör mir mal zu,* dachte ich ernsthaft. »*Ich werde mich jetzt eine Weile auf ein paar Dinge konzentrieren. Ich möchte, dass du sie ignorierst und weiter ins Reich des Widders fährst. Hast du das verstanden?* Ich spürte, wie mich ein Gefühl der Freude durchfuhr und nahm das als Zeichen, dass Tethys damit einverstanden war. Ich öffnete meine Augen und sah die blauen Augen meiner Mutter auf mein Gesicht gerichtet.

»Pandora, übst du Feuerzauber?«, fragte sie mich langsam.

»Ja.«

»Und... bist du gut?« Ich schnaubte.

»Ich weiß nicht, ob ich gut bin, aber man hat mir gesagt, dass ich stark bin«

Sie stieß eine Reihe von Worten in einer Sprache aus, die ich nicht verstand, und ihre Augen wirkten lebendiger, als ich es je für möglich gehalten hätte.

»Warum hast du mir das nicht vorher gesagt?« Ich spürte ihre Verärgerung.

»Wenn du dich auch nur jemals bemüht hättest, in der Akademie nach mir zu sehen, wüsstest du es schon«, blaffte ich. Da fielen mir auf einmal die Worte von Zali wieder ein, dass sie von dem Jungen mit den Flügeln wusste. »Und es ist ja nicht so, als hättest du keine Geheimnisse«, schoss ich ihr entgegen.

»Stimmt «, sagte sie ruhig. »Bitte. Übe. Ich kümmere mich um alle abtrünnigen Flammen.«

Schnaubend warf ich ihr einen Seitenblick zu, als ich an ihr vorbeistapfte. Jetzt war ich richtig verärgert und das war keine gute Voraussetzung, um zu üben. Aber sie hatte mich an meine wahre Motivation erinnert und das war der Schlüssel, um die Kontrolle zu behalten. Sie hatte mich daran erinnert, wie sehr ich zu meiner richtigen Familie zurückkehren wollte.

Als ich das Geländer erreichte, beugte ich mich vor und blickte hinunter auf das aufgewühlte Meer. In das Blau starrend gab ich mein Bewusstsein an das Wasser ab und ein Gefühl der Freude überrannte mich. Ich konnte alles im Wasser um mich herum wahrnehmen, die einsamen Haie, die sich an ihre Beute heranpirschten, die vollen Fischschwärme, die spielenden Delfinscharen und das eine oder andere nicht identifizierbare Monster, das in der Tiefe lauerte. Dieses Gefühl der Ungeheuerlichkeit und des Lebens erfüllte meinen ganzen Körper und ich kehrte mit einem Lächeln des Glücks zu mir zurück. Ich hob meinen Arm und eine Wassersäule brach aus dem Meer hervor, schoss an der *Tethys* vorbei und besprühte ihre Segel. Ich streckte meine andere Hand aus und mein mir vertrautes Wasserseil sprang von meiner Handfläche auf die Säule über. Es wickelte sich wie ein Lasso um sie, dann hörte ich einen Schritt hinter mir und das ganze brach in sich zusammen, als ich mich umdrehte.

»Das ist beeindruckend, Pandora«, sagte meine Mutter.

»Du solltest mir doch aus dem Weg gehen!«, protestierte ich. »Jetzt hast du dafür gesorgt, dass ich die Kontrolle darüber verliere.«

»Du hast Probleme, das Wasser unter Kontrolle zu halten?«

Ich knirschte mit den Zähnen als ich sie ansah und ich spürte das Zucken meiner Augen. Das Letzte, was ich tun wollte, war, mit dieser Frau über meine Schwächen zu sprechen. »Das ist ein psychologisches Problem«, sagte sie. Zischend stieß ich die Luft aus und meine Verärgerung verwandelte sich in Wut. »Versuche ein kleines Band aus Wasser um dein Handgelenk zu legen wie ein Armband«, sagte sie und hielt ihren Arm hoch. Ein schimmerndes Band aus Wasser floss aus ihrer Handfläche und begann sich, um ihr schmales Handgelenk zu bewegen. »Wenn es dir zu viel wird, eine große Wassermenge zu kontrollieren, konzentriere dich auf das kleinere Band. Solange sich das Band um dein Handgelenk dreht, weißt du, dass du die Kontrolle hast.« Ich dachte über ihre Worte nach und beobachtete, wie sich das Wasserband um ihren Arm drehte. Ich hielt meinen eigenen hoch, zog den Ärmel meines Pullovers zurück und machte es ihr nach. Das Wasser fühlte sich kühl an, als es um meine Haut rauschte und meine Wut verflog. Ich blickte zurück auf den Ozean und rief wieder nach der Wassersäule. Sie rauschte aus den Wellen empor. Erneut ließ ich mein Seil los und wickelte es um die Säule, als würde es tanzen.

Meine Mutter stampfte laut auf die Bretter hinter mir und ich drehte mich beinahe erschrocken um, als ich merkte, dass sie damit nur meine Konzentration testen wollte. Die Säule begann zu fallen, aber ich konzentrierte mich auf das Band, das immer noch um mein Handgelenk wirbelte. Meine Mutter hatte recht. Ich konnte es ohne jeden Gedanken an Ort und Stelle halten, was bedeutete, dass ich die Kontrolle hatte. Ich fühlte mich, als wäre eine lang verlorene Erinnerung wieder aufgetaucht und meinen Blick auf die Säule gerichtet, sprang sie hoch, das Wassertau peitschte durch sie hindurch und teilte sich daraufhin in fünf Teile, die sich ausbreiteten und sich wie ein kurvenreicher Käfig um sie schlangen.

»Gut gemacht.« Ich ließ die Säule langsam und vorsichtig zurück ins Meer fallen und drehte mich zu ihr um.

»Danke.«

»Gern geschehen. Jetzt lass mich dein Feuer sehen.«

Ich machte keine großen Anstalten und ließ stattdessen nur ein paar unterschiedlich große Feuerbälle in der Luft über mir los und sie einen Moment lang schweben, bevor ich sie nervös wieder löschte. Der Einsatz meiner Wasserkräfte hatte meine Unruhe größtenteils beseitigt und ich zögerte, meine Feuermagie einzusetzen. Besonders auf einem Holzschiff. Viele Male hatte Neos meine unbeherrschten Flammen in der Klasse der Steinelementare in den Griff bekommen. Ich war mir nicht sicher, was ohne ihn passieren würde, aber ich wusste, dass ich extrem vorsichtig sein musste. Ich fragte mich, ob es einen Trick wie das Wasserarmband auch für Feuer gab.

»Du bist talentiert, Pandora«, sagte meine Mutter, während Zali auf der anderen Seite des Decks erschien.

»Ähm, danke«, sagte ich unbeholfen.

»Dora, können wir bald schwimmen gehen? Wir waren schon seit Tagen nicht mehr im Wasser und ich verzweifle langsam«, sagte Zali, als sie uns erreichte.

»Dann sind wir schon zwei«, sagte meine Mutter.

»Ich will das Reich des Widders nicht in der Nacht erreichen, sondern am späten Nachmittag. Also haben wir jetzt keine Zeit «, sagte ich selbstbewusst, obwohl ich nichts lieber wollte, als auch ins Wasser zu gehen. »Sobald wir im Reich des Widders sind, verspreche ich, dass wir gemeinsam schwimmen gehen.«

»Das ist klug«, sagte meine Mutter und Zali nickte.

»Ja, das ist besser«, sagte sie mürrisch.

»Nutze in der Zwischenzeit meinen Waschraum. Die Wanne ist groß genug, um sich darin zu bewegen«, sagte ich und sie strahlte mich an.

»Danke Dora. Das wäre wirklich eine große Hilfe. Du musst mich aber reinlassen, sonst kann niemand deine Tür öffnen.«

»Privileg des Kapitäns«, grinste ich, als wir zum Schlepper gingen.

Ein paar Stunden später saßen wir alle wieder auf dem Oberdeck und beobachteten wie sich das Reich des Widders langsam näherte. Es wirkte als wäre es komplett mit Sand bedeckt, eine blassbraune, klumpige Landmasse.

»Ich wollte schon immer einmal hierherkommen«, schnaufte Vronti.

»Du meinst, du warst noch nie dort? Du wirst also nicht unerträglich arrogant sein, wenn es darum geht, wer was weiß?«, sagte Ikarus sarkastisch. Es kam so rüber, als hätte er die Nase voll von Vronti, dachte ich, als ich den erschrockenen Gesichtsausdruck des silberhaarigen Jungen bemerkte.

»Ich weiß immer noch eine Menge über das Reich, wenn du das damit meinst«, sagte er schnippisch.

»Weißt du, warum Ares das Reich nach sich selbst benannt hat?«, fragte Thom und klang dabei aufrichtig interessiert.

»Eitelkeit«, sagte Vronti und zuckte mit den Schultern.

»Glaubst du, es ist so gefährlich, wie die Leute sagen?«, fragte Zali.

»Auf jeden Fall«, antwortete Thom.

»Ich schätze, das werden wir gleich herausfinden«, bemerkte ich, während das Adrenalin in mir pulsierte.

Wir hatten als Gruppe beschlossen, irgendwo in der Mitte der Insel zu landen. Das Reich des Widders war riesig, und wir dachten, wenn wir uns ungefähr in der Mitte befänden, hätten wir eine bessere Chance, in der Nähe eines Ortes zu sein, von dem aus wir Ares erreichen könnten. Keiner von uns trug moderne Kleidung. Zali, Arketa und ich waren mit einer ledernen Kampfhose und einem Toga ähnlichen Wickelhemd bekleidet, bei dem Zali mir zeigen musste, wie man es richtig anzog. Ein breites Lederband war fest um das Hemd gewickelt, um die Brust des Trägers zu schützen. «Ich hatte gesehen, dass ältere Schüler so etwas auf dem Trainingsplatz der Akademie trugen, aber ich hatte nie besonders darauf geachtet. Es war nicht sonderlich bequem, aber ich war mir sicher, dass die Kleidung uns helfen würde, im Land des Krieges nicht aufzufallen. Die Jungen waren ähnlich gekleidet, nur hatten sie statt eines Bandes eine Art Weste aus Leder. Ikarus trug keine, weil er sie nicht um seine Flügel legen konnte, und ich war mir nicht sicher, ob *sie* uns dabei helfen würden nicht aufzufallen. Sie flatterten nervös, als ich sie ansah.

»Ist alles okay?«, fragte ich ihn leise.

»Ich kann es kaum erwarten, von diesem Schiff

runterzukommen«, sagte er. Ich nahm das zunächst als Beleidigung gegenüber des Schiffes auf, erinnerte mich dann aber daran, dass Ikarus einfach nicht gerne an einem Ort gefangen war. Er wurde geboren, um zu fliegen und frei zu sein.

»Wenn du dich besser fühlst, kannst du mit der *Tethys* fliegen«, sagte ich und drückte seine Hand. Er blickte auf seinen tauben Arm, der in einer von Zali angefertigten Schlinge an seine Brust geschnallt war.

»Ich hoffe es«, sagte er. Ich war erleichtert, dass es ihm gut genug ging, um mit uns zu kommen.« Ich hatte ihn im Reich der Zwillinge vermisst.

Plötzlich traf uns ein warmer Windstoß und ich hörte, wie die Sonnensegel eingefahren wurden. Ich spürte, dass wir sanken und lehnte mich über die Reling. Sand bedeckte den Boden unter uns, und ich konnte eine große Steinstadt sehen, die zu unserer Linken immer größer wurde, während wir hinunterfuhren. Es wehte eine Flagge von einer Pyramide, die genauso glatt war, wie sie auch die alten Ägypter in meiner Welt gebaut hatten. Als wir näherkamen, sah ich ein paar Schiffe, die an langen Molen an einer der größeren Pyramiden angedockt waren, und lenkte das Schiff gedanklich dorthin.

»Auf der Flagge steht Ägypten«, sagte Ikarus, als wir uns der Anlegestelle näherten.

»Ägypten?« Ich sah ihn überrascht an. »So etwas gibt es auch in meiner Welt und sie haben auch solche Pyramiden gebaut!«

»Ihr Götter, ihr seid so ignorant«, stöhnte Vronti. »Die meisten eurer Länder wurden von Menschen aus

Olympus gegründet. Eure Welt ist ein Experiment der Athene.«

»Was?«

»Darüber reden wir später«, bemerkte meine Mutter scharf. »Du musst jetzt einen klaren Kopf behalten. »Ich wollte etwas dagegen sagen, aber Ikarus drückte meine Hand und schaute mich ernst an.

»Gut«, brummte ich und Vronti schenkte mir ein spöttisches Lächeln. Das Schiff kam zum Stehen und ein weiterer heißer Luftzug fegte über uns hinweg. Ich war noch nie in der Wüste gewesen, aber ich stellte mir vor, dass es bei uns zu Hause auch so war.

»Ich bezahle den Hafenmeister«, sagte Vronti und sprang über die Reling, bevor auch nur jemand reagieren konnte.

»Dummer Junge«, sagte meine Mutter. »Wir sollten zusammenbleiben.« Ich verdrängte die Genugtuung, dass jemand anderes Vronti einen Narren nannte.

»Dann sollten wir uns ihm anschließen«, sagte ich, kletterte über die Reling und landete auf dem sandigen Steinsteg.

NEUN

Die Luft war trocken und roch staubig, als wir am Pier entlang in Richtung der imposanten Pyramide liefen. Ich fragte mich, ob die Einheimischen das tragen würden, was die alten Ägypter zu Hause trugen, und stellte mir Männer mit freiem Oberkörper in weißen Röcken vor. Dann sah ich den Hafenmeister und fing leicht an zu Stolpern. Er war *aus Gold*. Das heißt, seine Haut hatte die Farbe von Gold. Sie glänzte sogar im hellen Licht. Sein Kopf war bis auf die Haut rasiert und seine Augen waren tiefschwarz, so dass kaum weiß zu erkennen war. Ich musste an Tak und die anderen denken, die der Keres-Dämon angegriffen hatte und unterdrückte ein Schaudern. Der Hafenmeister blickte zu uns auf, als wir uns näherten, seine Augen musterten uns, bevor sein Blick auf Ikarus Flügel fiel. Er trug kein Oberteil und kurze schwarze Hosen, seine Muskeln waren riesig. Ich schluckte, was ich sofort bereute und schob mein Kinn nach vorne.

»Alles in Ordnung, Vronti?«, fragte ich, um wichtig zu klingen.

»Du bist der Kapitän?«, fragte mich der Hafenmeister. Ich nickte. »Seenymphen kommen hier nicht oft vorbei«, sagte er und schaute dabei meine Mutter an. Ihre schuppige Kleidung reflektierte das Licht so sehr, dass sie in unserer Gruppe fast genauso auffiel wie Ikarus. Sie weigerte sich aber etwas anderes zu tragen. »Es ist hier ein bisschen trocken für deine Art.«

»Wir haben nicht vor, lange zu bleiben«, antwortete meine Mutter. Er warf ihr einen Blick zu, als wollte er sagen: »Ich denke nicht«, und kritzelte etwas auf.

»Ein bisschen jung für einen Kapitän, oder?«, sagte er zu mir.

»Das glaube ich nicht«, sagte ich ausweichend.

»Wir haben Kämpfer in deinem Alter, die ziemlich gut sind«, sagte er achselzuckend und nahm die angebotenen Münzen von Vronti. »Auf gehts. Sechs Stunden sind bezahlt.«

»Kämpfer?«, murmelte ich zu Zali, nachdem wir uns bedankt hatten und den Steg hinuntergingen. »Glaubst du, dass es hier Kampfgruben gibt?« Ich hatte über die Ares-Gruben gelesen. Sie hörten sich an wie ein antikes Kolosseum oder ein Kampfplatz für Gladiatoren und so etwas musste ich nun wirklich nicht in echt sehen.

»An den meisten Orten im Reich des Widders schon«, flüsterte sie zurück. »Ich bin sicher, dass wir nicht in die Nähe eines solchen gehen müssen.« Ich hoffte nicht.

. . .

Als wir am Ende des Piers ankamen, gab es einen quadratischen Eingang zur Pyramide und es war so viel dunkler als draußen, so dass ich zuerst nichts sehen konnte. Sobald sich meine Augen an die Dunkelheit gewöhnten, konnte ich bunte Kunstwerke an den Wänden ausmachen, an denen brennende Fackeln hingen, die den langen Gang beleuchteten. Es waren Hieroglyphen, genau wie die aus meinen Geschichtsbüchern zu Hause. Ägypten war also wirklich von jemandem aus dieser Stadt gegründet worden? Der Gedanke war unglaublich. Wie viele andere Kulturen aus meiner Welt hatten hier ihren Ursprung? Alle, meldete sich da eine Stimme in meinem Kopf. Meine Heimatwelt war nichts im Vergleich zu diesem Ort. Sterbliche wie mein Vater und meine Schwester bedeuteten den Göttern des Olymps rein gar nichts. Ich atmete einmal tief ein.

»Sollen wir also einfach anfangen, die Leute zu fragen, wo wir Ares finden können?«

»Ja, oder wir suchen einen Tempel, wo wir direkt zu ihm beten können«, sagte meine Mutter. Ein Schauer der Angst ließ meine Muskeln zusammenzucken. Wir würden den Kriegsgott persönlich treffen. Ein kleiner Teil von mir hielt das für eine sehr schlechte Idee, aber er wurde sofort von dem Teil zum Schweigen gebracht, der unbedingt wissen wollte, wie er aussah, wie er sprach und was für ein Wesen er war. Würde er grausam und zornig sein, wie ich es von einem Kriegsgott erwartete? Oceanus hatte uns direkt zu ihm geführt, also war ich zuversichtlich, dass er uns nicht auf der Stelle niederschlagen würde, nur weil wir Titanen waren. Aber ich war immer noch nervös, wie er reagieren würde, wenn er erfuhr, dass wir versuchen, Oceanus zu finden. Unsere Suche direkt an einen Olympier zu richten, schien mir riskant. Aber ich vermutete, dass Ares und Oceanus eine Vereinbarung getroffen hatten, bevor der Meeresgott verschwand. Eine goldhäutige Frau, die ein weißes Tuch um den Kopf trug, eilte an uns vorbei und ich hielt inne.

»Entschuldigung«, sagte ich und sie zuckte erschrocken zusammen. Sie stieß eine Reihe von Worten aus, die ich nicht verstand und huschte dann den Korridor entlang. »Es ist, als hätte sie Angst vor uns«, sagte ich und sah ihr stirnrunzelnd nach.

»Warum sollte sie Angst vor uns haben?«

»Frauen werden im Reich des Widders nicht immer gut behandelt«, bemerkte meine Mutter. »Schon gar nicht weibliche Diener. Ich weiß nicht, wer gerade König von Ägypten ist und wie er zu Frauen steht.«

»Busiris ist der derzeitige König von Ägypten«, sagte Vronti ein paar Schritte vor uns.

»Woher weißt du das?«, fragte Thom ihn.

»Meine Familie ist gut vernetzt. Außerdem bin ich nicht dumm.« Ich rollte hinter seinem Rücken mit den Augen. Er war eine Million Mal schlimmer als Arketa, entschied ich. Ich schaute sie an. Seit wir das Reich der Zwillinge verlassen hatten, war sie so still. Ich hatte niemandem erzählt, was ich über ihre Schwester erfahren hatte. Wenn sie es in der Akademie so lange geheim halten konnte, hatte ich das Gefühl, dass es mir nicht zustand, es jetzt jemandem zu erzählen. Und außerdem, was sollte ich sagen? Es gefiel mir nicht, darüber nachzudenken. Wahrscheinlich sollte ich es Ikarus sagen, dachte ich zögernd. Er sollte wissen, warum sie Titanen hasste, schließlich war auch er einer.

»Hier gibt es einen Schlepper«, sagte Thom, und wir wurden langsamer, als wir ihn erreichten. Er war in den Stein eingelassen und ähnelte einem Aufzug von zu Hause. Ich schaute mich nervös um. Es war seltsam ruhig in der Pyramide, ganz anders als auf den belebten Straßen im Reich der Zwillinge. Abgesehen von der nervösen Frau hatten wir niemand anderen gesehen.

»Lass uns runterfahren«, sagte ich und versuchte überzeugend zu klingen und stieg in den offenen Schlepper.

Wir drängten uns alle in den Schlepper und er begann sich zu bewegen, aber nicht nur nach unten. Ich war mir sicher, dass er sich auch seitwärts bewegte, obwohl ich es nicht mit Sicherheit sagen konnte. Schließlich kam er zum Stehen und Licht flutete durch die Tür, als diese sich öffnete. Ein Hitzewelle traf mich, als ich nach draußen trat und nach der Dunkelheit in der Pyramide fingen meine Augen leicht an zu tränen. Plötzlich wurde es hell. Wir befanden uns am Fuße der Pyramide und alles war mit Sand bedeckt. Um uns herum standen weitere kleine Steingebäude in verschiedenen Größen, die meisten von ihnen schlicht und staubig. Es fehlte eindeutig an Stoffen oder Farben, nirgendwo gab es Vorhänge, Teppiche oder bemaltes Holz. Vor den Gebäuden tummelten sich ein paar Menschen, manche gingen zielstrebig, andere schienen sich einfach nur ziellos umherzubewegen. Sie hatten alle entweder goldene oder dunkel gebräunte Haut und die meisten davon waren Männer. Muskulöse Männer, wie ich feststellte. Land des Krieges, erinnerte ich mich. Um im Reich des Widders zu überleben, musste man ein Kämpfer sein.

»Das sieht aus wie ein Tempel «, sagte Vronti und deutete auf ein Gebäude in der Ferne. Es hatte einen hohen Turm in der Mitte und Statuen mit menschlichen Körpern, aber Tierköpfen standen in einem Ring um den Turm herum. Dahinter ragte eine gewaltige Pyramide hervor, die größer war als die, durch die wir gekommen waren.

»Okay«, sagte ich. »Lasst uns gehen.«

Wir brauchten etwa zwanzig Minuten, um zum Tempel zu gelangen und je näher wir kamen, desto mehr Farben konnte ich erkennen. Je größer und prächtiger ein Gebäude war, desto wahrscheinlicher war es, dass es mit Farbe verziert war. Ein paar große Häuser sahen aus, als ob Menschen darin wohnten, aber meistens kamen wir an einfachen, schäbigen Würfeln vorbei, die eher wie Muscheln als wie Häuser aussahen. Das kleinste, das ich sah, war nur ein bisschen größer als das Elementargebäude der Akademie. Es sah aus, als wäre es eine Art Krankenhaus, denn jeder, der es verließ, hinkte, trug einen Verband oder jemand stützte ihn. Ich nahm an, dass ein Ort, an dem gekämpft wird, ein gutes Krankenhaus braucht. Vielleicht sogar ein *paar* gute Krankenhäuser.

Als wir schließlich den Tempel erreichten, konnte ich nicht anders, als die Statuen zu bewundern, die sich über uns erhoben. Sie waren etwa vier Stockwerke hoch und atemberaubend. Sie bestanden aus demselben gelben Stein, aus dem hier alles zu sein schien und aus einem dunklen, glänzenden schwarzen Stein, der auch Onyx hätte sein können. Den, der links neben dem riesigen Tempeleingang stand, erkannte ich als Schakal und den rechts als Katze. Beide hatten grimmige schwarze Augen und lange, kräftige Gliedmaßen.

»Warum ist dieses Tor so groß?«, fragte Thom, als wir unter dem riesigen bemalten Torbogen in den Tempel gingen. »Wen erwarten sie?«

»Mich«, dröhnte eine Stimme und mir blieb der Mund offenstehen, als sich der größte Mann, den ich je gesehen hatte, vor uns aufrichtete.

ZEHN

Der Riese war mindestens dreimal so groß wie ich und er trug kein Hemd. Sein tiefschwarzes Haar fiel ihm über sein vernarbtes Gesicht, und als er auf uns zukam, sah ich, dass seine Augen unheimlich hellblau leuchteten. Er lachte als er sah, dass wir ihn anstarrten.

»Ich werde dich sehen, Busiris. Denk gut über mein Angebot nach. Das könnte die Chance deines Lebens sein«, sagte er und schlenderte an uns vorbei aus dem Tempel. Wir sahen hinter ihm her und staunten über das Tattoo, das er auf dem Rücken trug. Es bestand aus mehreren Schlangen, die sich über seinen Rücken schlängelten. Ich war neugierig. Wie war das überhaupt möglich? Wer war er?

»Hat er gerade Busiris gesagt?«, fragte Ikarus leise und ich richtete meine Aufmerksamkeit wieder auf den Tempel. »Hat Vronti nicht gesagt, dass das der Name des Königs ist?« Ich ließ meinen Blick durch die riesige

Halle schweifen und nahm kaum die kunstvollen Statuen, die goldenen Vasen, Ornamente und den Flammenkanal am Rande des Raumes wahr. Stattdessen blieb mein Blick an einem zweiten Mann hängen, der vor einem riesigen Steinmonument stand, das offensichtlich den Kriegsgott darstellte. Die Statue des Ares beherrschte die gegenüberliegende Wand und trug eine antike Kampfrüstung und einen Helm mit Federn. Der Mann hatte goldene Haut, trug einen weißen Faltenrock und hatte einen rasierten Kopf wie der Hafenmeister. Nur war er viel größer als der Hafenmeister.

»Willst du dich nicht vor dem König verbeugen?«, fragte er mit rauer Stimme und ohne sich umzudrehen. Ich schaute zu den anderen, Vronti und meine Mutter fielen hastig auf ein Knie. Ich tat das Gleiche.

»Entschuldigung, wir sind gekommen, um zu Ares zu beten, wir hatten keine Ahnung, dass ein König anwesend ist«, sagte Vronti mit der Lieblingsstimme seines Lehrers.

»Ihr seid entschuldigt«, sagte Busiris und drehte sich zu uns um. Seine schwarzen Augen richteten sich auf Ikarus. »Du hast Flügel«, bemerkte er simpel. Ikarus schaute mich an.

»Ja«, sagte er.

»Wer bist du? Du musst noch sehr jung sein, wenn du nur mit einer Meeresnymphe als Schutz durch die Straßen Ägyptens ziehst. Sie ist hier ein wenig überfordert.« Seine Mundwinkel verzogen sich zu einem Lächeln, das eher grausam als amüsiert aussah.

»Wir haben Geschäfte mit Ares«, sagte ich. König Busiris kicherte.

»Ist das wahr? Glaubst du, der mächtige Olympier hat Zeit für einen Haufen Kinder?«

»Wir wurden von jemandem zu ihm geschickt, der viel mächtiger ist als...« Setzte ich wieder an, aber meine Mutter packte mich am Ellenbogen.

»Wir werden zu ihm beten und sehen, ob er uns für würdig erachtet, mit ihm zu sprechen«, sagte sie und senkte respektvoll den Kopf. Ich runzelte die Stirn, hielt aber den Mund. Busiris schaute noch einmal über uns hinweg und zuckte dann mit den Schultern.

»Gut. Es ist meine Pflicht, Menschen zum Gebet zu Ares zu ermutigen. Aber ich habe viel wichtigere Dinge zu tun. Steht auf. Betet. Verlasst Ägypten, sobald ihr fertig seid. Das ist kein Ort für euch«, sagte er und sah meine Mutter dabei direkt an.

»Natürlich, Eure Majestät.«

Er schritt an uns vorbei, wobei sein Blick auf Ikarus Flügeln verweilte, und verließ den Tempel. Ich holte tief Luft, und wir gingen vorsichtig auf die Ares-Statue zu.

»Na, der ist aber heftig«, flüsterte Zali.

»Er ist ein Halbriese und viel intelligenter als die meisten seiner Artgenossen«, sagte Vronti mit unverkennbarer Bewunderung in der Stimme. »Er hat Ägypten sehr schnell sehr reich gemacht.«

»War der Typ mit den Schlangen auf dem Rücken ein echter Riese?«, fragte ich erstaunt.

»Was denkst du denn?«, spottete Arketa.

»Ja«, sagte Zali, etwas freundlicher. »Und so hellblaue Augen bedeuten, dass er ein direkter Nachfahre von Poseidon ist.«

»Ich frage mich, wer er ist?«, grübelte ich.

»Es spielt keine Rolle, wer er ist. Wichtig ist, dass wir mit Ares reden«, sagte Vronti, und ich richtete meine Aufmerksamkeit wieder auf ihn. Er hatte recht.

»Du, Pandora, solltest ihn bitten zu kommen. Du trägst das Wesen von Oceanus in dir«, sagte meine Mutter. Ich neigte meinen Kopf zu ihr.

»Das Wesen von Oceanus? Was soll das bedeuten?«

»Um der Götter willen, hör auf, Fragen zu stellen und bete einfach zu Ares!«, schnauzte Arketa da schon wieder. Ich drehte mich von ihr weg und hob abwehrend meine Hände.

»Na gut, na gut«, murmelte ich. Ich schloss meine Augen und dachte an den riesigen Kriegergott.

»Ares, ich weiß nicht, ob du mich hören kannst, aber Oceanus hat mich zu dir geschickt. Wir wollen ihn finden, und...« Und was sage ich dann noch zu einem Gott? Habe ich Ares von dem Keres-Dämon erzählt? Würde ihn das interessieren? Ich erinnerte mich an das Gedicht aus der Kiste und dachte an die Worte von Dasko. »Wir wollen ihn finden und ein Zeitalter des Friedens zwischen den Titanen und Olympiern herbeiführen.«

Ein lautes, schallendes Lachen erfüllte den Tempel, prallte von den Wänden ab und ließ mich überrascht stolpern.

»Du rufst den Gott des Krieges mit einer Bitte um Frieden an? Du bist wirklich ein dummes Kind.« Die tiefe

Stimme hallte von den Statuen wider und die Figur des Ares begann zu leuchten.« Ich will nichts mit einem Zeitalter des Friedens zu tun haben. Aber ich erwarte dich schon lange.« Ich blickte auf und sah mich im Raum um, versuchte die Quelle der Stimme zu finden. Ich erhaschte Ikarus Blick, sein Körper war steif und wachsam. Meine Mutter ging wieder auf die Knie. Unsicher, immer noch mit verstohlenem Blick, tat ich dasselbe.

»Warst du mit Oceanus befreundet?«, fragte ich vorsichtig.

»Ha!«, brüllte die Stimme und das Geräusch von zerbrechendem Stein lenkte meine Aufmerksamkeit auf die Spitze der Ares-Statue. Sie begann, sich zu bewegen. Der Kopf, dessen Gesicht von dem gefiederten Kriegshelm verdeckt wurde, neigte sich zu uns hinunter. »Alle Menschen sollten mehr Zeit auf ihren Knien verbringen«, sagte Ares und der Kiefer der Statue bewegte sich mit seinen Worten. »Erbärmliche kleine Kreaturen. So verzweifelt, dass sie sich gegenseitig umbringen wollen.«

»Wir sind nicht alles Menschen«, wandte ich ein, bevor ich mich stoppen konnte.

»Abgesehen von dieser Meeresnymphe bist du natürlich ein Mensch. Ein Halbgott zu sein, bedeutet nicht, dass du kein Mensch bist. Obwohl ihr zwei...«, sagte er abfällig. »Ich war nicht mit Oceanus befreundet. Das werde ich auch nie sein. Aber er hatte die Angewohnheit, Dinge herauszufinden, die ihn nichts angingen, und sie dann zu nutzen, um sehr überzeugend zu sein.«

»Er hat dich erpresst?« Die Statue brüllte verärgert auf und ich wich zurück.

»Und jetzt wird meine Schuld beglichen! Geh zu Evenus, dem Sohn des Oceanus. Wenn du es verdienst, wird er dir den Weg weisen.«

»Danke«, sagte ich und stand auf.

»Das sollst du wissen, Titanen-Abschaum«, dröhnte die Statue und ich erstarrte wieder. Das Gefieder auf dem großen Helm der Statue begann scharlachrot zu leuchten. »Ich bin zwar dazu verpflichtet, euch zu helfen, aber ich wünsche euch kein Glück. Ich hoffe, Evenus setzt euch allen ein Ende.«

Dann hob er seinen riesigen Steinfuß vom Tempelboden empor.

»Lauft!«, schrie Ikarus, als die riesige Steinsandale auf uns zustürzte. Wir rannten zum Ausgang des Tempels und der Boden erbebte, als Ares Fuß den Boden berührte. Adrenalin schoss durch mich hindurch und ich konnte immer noch das grausame Lachen von Ares hören, dass von dem Stein widerhallte, während wir nach draußen hasteten. Wir schafften es rechtzeitig.

»Und wie finden wir Evenus?«, keuchte ich, als wir zurück zur Pyramide liefen, wo die *Tethys* auf uns wartete.

»Ich weiß es nicht. Aber ich hoffe, es ist weit weg von dem Ort, an dem Ares ist!«, antwortete Zali.

»Der Hafenmeister wird es wissen«, rief Vronti, der einige Meter vor uns war. Wir wurden nicht langsamer, bis wir den Schlepper erreichten, und ich schnappte nach Luft, als wir uns alle hinein quetschten.

»Meinst du, er hätte uns tatsächlich zermalmt?«, fragte Zali, ihre Augen immer noch weit aufgerissen.

»Ja.« Meine Mutter war die Einzige, die nicht schwer atmete.

»Aber...«, fing ich an, doch ihr strenger Blick hielt mich auf.

»Titanen sind nicht beliebt, Pandora. Du musst vorsichtiger sein, was du zu den Leuten sagst.«

Ich sah sie finster an, sagte aber nichts, denn ich

wusste, dass sie recht hatte. Als wir aus dem Schlepper stiegen, eilten wir den Pier hinunter, bis wir den Hafenmeister entdeckten.

»Entschuldigt mich«, sagte Ikarus. Der goldene Mann drehte sich langsam zu ihm um.

»Ihr geht jetzt, stimmt's?«, fragte er spitz.

»Ja, das tun wir«, nickte Ikarus. »Kannst du uns sagen, wie wir zu Evenus kommen?«

»Evenus?«, starrte uns der Mann an. »Warum um alles in der Welt des Olymps wollt ihr zu ihm? Er schneidet seinen Besuchern die Köpfe ab!«

»Was?« Ich explodierte.

»Er glaubt, dass jeder, der ihn besucht, seine Tochter heiraten will, also fordert er sie alle zu einem Langbootrennen heraus. Wenn sie verlieren, was sie immer tun, weil er betrügt, schneidet er ihnen die Köpfe ab und hängt sie an seine Wand.«

»Was ist mit seiner Tochter?«, fragte Thom.

»Er hat sie eingesperrt und versteckt«, sagte er achselzuckend. »Ich würde ihn an eurer Stelle nicht besuchen.«

»Nun, wir müssen«, sagte Ikarus mit einem Hauch von Bedauern in seiner Stimme. Der riesige Hafenmeister schüttelte seinen glänzenden Kopf.

»Ihr verrückten Kinder könnt machen, was ihr wollt«, sagte er. »Evenus liegt etwa zweihundert Meilen nördlich von hier in Ätolien. Wenn ihr die Kampfgruben von Sparta erreicht, seid ihr zu weit gefahren.«

»Danke«, sagte Ikarus.

»Du kannst es nicht verfehlen. Es ist der Palast, der

mit Köpfen auf Speeren geschmückt ist«, fügte der Hafenmeister hinzu, und schlenderte kichernd davon. Einen Moment lang sprach niemand, dann räusperte sich Vronti.

»Dann machen wir uns besser auf den Weg«, sagte er.

Nur wenige Minuten, nachdem ich die *Tethys* gebeten hatte, uns nach Ätolien zu bringen, versammelte Vronti alle um sich, um ihm zuzuhören.

»Wenn wir zu einem Langbootrennen herausgefordert werden, sollten wir sicherstellen, dass das Langboot der *Tethys* in gutem Zustand ist«, sagte er.

»Natürlich ist es das«, sagte ich entrüstet und schaute Ikarus von der Seite an, in der Hoffnung, dass er mir sagen würde, was ein Langboot ist, ohne dass ich fragen musste.

»Nun, Langboote werden normalerweise an Deck oder über der Bordwand gehalten. Es ist wahrscheinlich hier irgendwo«, sagte er.

»Ja, ich habe es gesehen«, sagte Thom und begann auf den vorderen Teil des Schiffes zuzugehen. Ich kroch zu Ikarus hinüber.

»Ist ein Langboot wie eine Jolle?«, fragte ich leise.

»Ein Beiboot? Ich weiß nicht, was das ist, aber ein Beiboot ist ein sehr kleines Schiff, das fliegt und mit dem du genauso verbunden bist wie mit dem Hauptschiff. Du steuerst es mit deinem Geist. Alle richtigen Schiffe haben so etwas.« Ich sah ihn alarmiert an.

»Heißt das, wenn Evenus uns zu einem Rennen herausfordert, muss ich steuern? Ich weiß noch nichts über fliegende Schiffe!«

»Nein. Langboote sind viel einfacher zu steuern, wenn jemand viel Übung hat, kann er es vielleicht schaffen.« Ich schaute zu Arketa hinüber. Vronti und sie stammten aus wohlhabenden Familien, vielleicht hatten sie bereits einmal ein Langboot gefahren?

»Ich nehme an, du hast nicht viel Übung?«, fragte ich Ikarus hoffnungsvoll. Er warf mir einen bitteren Blick zu.

»Die meiste Zeit meines Lebens hätte ich diesen blöden Arm hergegeben, um ein Langboot zu haben, mit dem ich wegfliegen kann.« Er starrte auf seine Schlinge. Mein Herz schlug hart in meiner Brust und mein Magen verkrampfte sich. Es war das erste, was er über seine Kindheit sagte. Ich legte meine Hand sanft auf seine Schulter und wünschte, ich könnte seinen Schmerz irgendwie lindern.

»Kommt ihr mit oder wollt ihr hier nur rumhängen und quatschen?«, rief Arketa vom Bug des Schiffes.

»Lass uns einen Blick auf dein erstes Langboot werfen«, lächelte mich Ikarus an, und der kurze Moment der Angst war verflogen.

Es stellte sich heraus, dass ein Langboot sogar ein wenig besser war als ein Beiboot. Seitlich am Rumpf festge-schnallt, hing es über der Reling wie die Beiboote in den Piratenfilmen. Es hatte einen kleinen Mast in der Mitte, an dem ein winziges Sonnensegel hing. Der Stoff glänzte im Licht und ich fragte mich, wie ich das bislang übersehen hatte. Vermutlich war ich bisher nicht oft an der Vorderseite des Schiffes gewesen.

»Hat irgendjemand viel Zeit mit so einem Ding verbracht?«, fragte ich zögernd, als wir alle darauf hinunterschauten. Wahrscheinlich würden wir alle hineinpassen, aber ich war mir nicht sicher, ob es dann noch bequem sein würde.

»Ja«, antworteten Vronti und Arketa unisono. Meine Vermutung war richtig gewesen.

»Arketa, wenn wir zu einem Rennen herausgefordert werden, möchte ich, dass du das Langboot fährst«, sagte ich selbstbewusst.

»Was?«, zischte Vronti und drehte sich zu mir um. »Du weißt doch gar nicht, wer von uns beiden der Bessere ist. «

»Nein, ich folge meinem Instinkt«, sagte ich und drückte meinen Rückendurch, als er auf mich zukam.

»Es hat keinen Sinn, darüber zu streiten, bis wir wissen, ob er uns tatsächlich zu einem Rennen herausfordert«, sagte Zali schnell. »Wenn er wirklich Oceanus Sohn ist, wird er sich wahrscheinlich freuen, dich zu sehen, Dora. Du bist mit ihm verwandt. Ich bin sicher, er wird uns nur sagen, was wir wissen müssen und dann können wir weiterfahren.«

»Das bezweifle ich«, sagte meine Mutter. Wir drehten uns alle zu ihr um. »Evenus ist einer der grausamsten Nachkommen von Oceanus.«

»Wie viele Nachkommen hat er denn?«, fragte ich. Mama zuckte mit den Schultern.

»Viele Hunderte.«

»Was? Viele Hunderte?« Ich starrte sie an. »Bin ich mit allen verwandt?« Ich konnte den Gedanken an eine so große Familie nicht fassen.

»Ja, wie ich auch. Viele sind Wassernymphen irgendeiner Art. Doch wie ich schon sagte, nur sehr wenige sind menschliche Halbgötter wie Evenus und du.«

»Wenn er auch ein Halbgott ist, kann er dann dieses Schiff fliegen?«

»Vielleicht. Ich glaube aber nicht, dass er viel Wassermagie besitzt. Möglicherweise könnte er die Tethys nicht so vom Meeresboden abheben, wie du es kannst.«

Ich spürte einen Anflug von Stolz in ihren Worten.

»Ich dachte, dass alle Nachkommen von Oceanus das Wasser kontrollieren können«, sagte Zali.

»Nein. Wie du sicher aus deiner Akademie weißt, hat jeder Mensch unterschiedliche Kräfte. Pandora und Ikarus haben ihre Kräfte mit Hilfe des Titanen selbst entfesselt.« Ich spürte Arketas wütenden Blick auf mir.

»Das war ein großer Fehler«, murmelte ich und holte tief Luft. »Egal, ich denke, wir sollten versuchen, auf alles vorbereitet zu sein. Können wir das Langboot jetzt testen, bevor wir ankommen?«

»Gute Idee«, sagte Ikarus.

Es war klar, dass Arketa schon einmal ein Boot gesteuert hatte. Sie verschwendete keine Zeit damit, in das Boot zu klettern, die Seile zu lösen und über das Deck der *Tethys zu* flitzen. Vronti bestand darauf, es auch zu versuchen, und ich fand eine Ausrede, um das Oberdeck zu verlassen.

»Ich werde mit Nix reden«, sagte ich und flog aus dem Schlepper. Es war mir egal, wie gut Vronti war, aber er sollte nicht für etwas verantwortlich sein. Ich wusste, dass er nicht auf mich hören würde, wenn es nötig war. Auf dem Weg zu meinem Zimmer beschloss ich, dass es wahrscheinlich eine gute Idee war, mit dem mürrischen alten Phönix zu sprechen.

»*Was gibt's Neues?*«, fragte mich Nix, als ich meine Finger sanft um seine Feder schloss.

»Wir gehen zu Evenus«, sagte ich ihm.

»*Evenus? Schrecklicher Mann*«, murmelte er.

»Du kennst ihn?« Ich wusste nicht, warum ich überrascht war, Nix kannte jeden.

»*Nicht persönlich, den Göttern sei Dank. Aber ich habe schon viel von ihm gehört. Ist es das, was Ares dir aufgetragen hat zu tun?*«

»Ja, kurz bevor er versucht hat, mit seinem riesigen Statuenfuß auf uns zu treten.«

Der Phönix kicherte in meinem Kopf.

»*Ich hätte nicht gedacht, dass er freiwillig im Namen von Oceanus handelt. Ich frage mich, was der Titan gegen ihn in der Hand hatte, damit er seinen Teil der Abmachung einhält. Etwas Skandalöses, da bin ich mir sicher.*«

»Nix, ich mache mir Sorgen um Vronti«, sagte ich.

»*Und das solltest du auch. Der Junge und seine Schwester haben versucht, dich zu töten, schon zweimal.*«

»Im Moment mache ich mir Sorgen, dass er etwas

auf dem Frachtdeck der *Tethys* gefunden hat. Gibt es hier etwas, womit er Oceanus schaden könnte?«

»Hier auf dem Schiff? Nein. Das bezweifle ich sehr. Das Einzige, was Oceanus schaden kann, sind die Olympier. Und Vronti hat einen direkten Draht zum Stärksten von allen, Zeus. Er hat wahrscheinlich nur etwas Teures gefunden und will es behalten.«

»Aber seine Familie ist so wohlhabend. Warum sollte er etwas stehlen wollen?« Ich runzelte die Stirn. Das ergab keinen Sinn und ich war mir sicher, dass er etwas verheimlichte.

»Durchsuche sein Zimmer«, schlug Nix vor. Mein Stirnrunzeln wurde tiefer.

»Das würde ihn sehr wütend machen.«

»Das ist doch lächerlich! Er hat versucht, dich zu töten! Du hast das Recht, Verdacht zu schöpfen.« Ich legte den Kopf schief, als ich darüber nachdachte. Der Phönix hatte recht. Was würde Vronti schlimmstenfalls mit mir machen, wenn er mich bei der Durchsuchung seines Zimmers erwischt? Vor allem, wenn ich das fand, was er versteckt hatte. Er würde sich erklären müssen. *»Du könntest es: Das Vorrecht des Kapitäns nennen«*, sagte Nix. Mein Stirnrunzeln wurde zu einem Lächeln.

»Ich fange an, diesen Ausdruck zu mögen«, sagte ich.

ZWÖLF

Es dauerte noch etwa eine Stunde, bis das Schiff langsamer wurde und ein hoher, ummauerter Steinpalast unter uns in Sicht kam. Die *Tethys* begann zu sinken, und erst da wurde mir klar, dass es hier keine Anlegestelle gab.

»Wie sollen wir landen?«, fragte ich meine Mutter, die neben mir stand.

»Das tun wir nicht. Das Schiff wird knapp über dem Boden bleiben und wir werden mit dem Langboot runterfahren«, antwortete meine Mutter. Sie war noch angespannter als sonst, und ein Teil von mir wollte sie instinktiv fragen, was los war.

»Bist du…«, zögerte ich, Sie hatte mich auf dieser Reise noch nie gefragt, ob es mir gut geht, und als Mutter war das doch ihre Aufgabe, nicht meine?

»Bin ich was?«, fragte sie mich unverblümt und hob die dünnen Augenbrauen.

»Ach, nichts«, murmelte ich.

»Ich glaube, wir müssen hier sehr vorsichtig sein. Ich fürchte, Evenus wird dich als Bedrohung ansehen.«

»Bedrohung?«

»Ja. Soweit ich weiß, hat er seine wahre Titanenkraft noch nie entfaltet und er ist bekanntlich eifersüchtig und paranoid. Ich glaube nicht, dass er dir helfen wird, wenn er es nicht muss.«

»Wenn Oceanus es ihm befohlen hat, muss er es tun, oder? Ares hat es getan, und er ist viel mächtiger.«

»Das wollen wir hoffen«, sagte sie und blickte wieder auf den Sand hinaus.

»Dieses trockene und staubige Reich ist ein Fluch«, zischte sie und atmete lange aus. »Ich vermisse das Wasser. Sehr.« Ich legte meinen Kopf schief und sah sie an.

»Warum bist du gekommen?«

Sie betrachtete mich mit stoischer Miene.

»Ich habe meine Gründe.«

Ich rollte mit den Augen.

»Genau. Jeder auf diesem Schiff hat seine Gründe«, seufzte ich. Ich drehte mich um, suchte jemanden, dem ich wirklich vertrauen konnte, und ging auf Zali und Thom zu, die sich beide über die gegenüberliegende Seite des Achterdecks lehnten.

»Seid ihr beide bereit dafür? Nix sagt, Evenus sei kein netter Kerl«, sagte ich und füllte meine Stimme mit falscher Tapferkeit. Die Nervosität ließ mich zittern und mein Magen fühlte sich nicht gut an.

»Ja«, antwortete Zali, obwohl ihr Gesicht nicht zu ihrem optimistischen Ton passte. »Thoms Training läuft gut«

»Oh, es tut mir leid, dass ich dir nicht helfen konnte«, sagte ich und fühlte mich schlagartig schlecht. »Ich war so mit allem anderen beschäftigt, dass ich vergessen hatte, ihr beim Training zu helfen.

»Das ist okay«, sagte Thom achselzuckend. »Arketa hat geholfen. Ihre Ranken sind ziemlich stark.«

Ich blinzelte überrascht.

»Thom kann sich jetzt meistens in einen Menschen zurückverwandeln«, sagte Zali enthusiastisch.

»Aber nicht immer«, sagte er, und ich erkannte seine Enttäuschung.

»Na ja, meistens ist besser als nie«, sagte ich und lächelte ihn an.

»Stimmt.«

»Wo ist Ikarus?«

»Ich bin hier«, sagte er und ich drehte mich nach seiner Stimme um. Er hielt ein Fläschchen hoch. Das Fläschchen mit Ambrosia. »Wir haben zwei Titanen mit unversperrten Kräften, und ich muss wissen, ob meine noch funktionieren. Es ist Zeit, dass ich versuche zu fliegen.«

Ich wollte protestieren, aber sein Gesichtsausdruck war eindeutig. Es war so weit. Ich schickte meine Gedanken zur *Tethys* und bat das Schiff, seinen langsamen Sinkflug zu beenden und dort zu schweben, wo es war. Ich spürte, wie wir zum Stillstand kamen.

»Wenn du nicht fliegen kannst, trinkst du das Ambrosia?«, fragte Zali leise.

»Ja.« Ikarus atmete tief durch und seine großen Flügel flatterten hinter ihm. Dann breiteten sie sich aus und er machte ein paar lange, schnelle Schritte, die ihn vorwärts und nach oben trieben. Für eine kurze Sekunde war er in der Luft, aber dann stieß er einen kleinen Schrei aus und fiel zur Seite. Thom stürzte nach vorne und fing ihn auf, als Ikarus über die Planken stolperte. »Ich habe das Gleichgewicht verloren«, sagte er mit fester Stimme.

»Aber beide Flügel funktionieren«, sagte ich hoffnungsvoll. »Vielleicht brauchst du nur etwas Übung?«

»Wir haben keine Zeit zu üben«, sagte Vronti und betrat das Achterdeck.

»Doch haben wir«, sagte ich mit zusammengebissenen Zähnen. »Versuch es noch einmal, Ikarus.«

Er schaute zwischen mir und Vronti hin und her und machte dann einen Schritt zurück, um sich etwas Platz zu verschaffen. Wieder nahm er Anlauf, und dieses Mal blieb er ein paar Meter über dem Boden, bevor er anfing, zur Seite abzudrehen. Mit einem heftigen Flügelschlag richtete er sich auf und erhob sich in die Luft. Er wackelte ein wenig und sah aus wie ein Spielzeug, das an einer Schnur hing, dann spreizten sich plötzlich seine Flügel und er schoss nach oben und flog auf die Segel zu. Ich hörte, wie er einen Freudenschrei ausstieß, und ein Lächeln breitete sich auf meinem Gesicht aus. Ehe ich mich versah, jauchzte ich mit ihm, und dann stimmten auch Zali und Thom mit ein, jubelten und klatschten, als er um die schimmernden Segel flog.

Als er etwas unbeholfen landete, sah ich sein strahlendes Gesicht und meine Brust schwoll an vor Glück, wie ich es seit Wochen nicht mehr gespürt hatte. *Ikarus konnte immer noch fliegen.* Er hatte immer noch seine Freiheit, die ihm so kostbar war.

»Was ist mit deinen Luftkräften?«, sagte Vronti und raubte dem Moment etwas von seiner Freude. Ikarus streckte seine gute Hand aus und ein Wirbelwind entstand. Die Segel des Schiffes spannten sich, als der magische Wind sie erfasste.

»Ganz ruhig!«, lachte ich. »Du bläst uns zurück nach Ägypten.« Er grinste mich an und der Wirbelwind verschwand.

»Wenn du das Ambrosia trinkst, wirst du deinen Arm vielleicht wieder benutzen können.« Bei ihren Worten drehten wir uns alle zu meiner Mutter um.

»Wir wissen nicht, ob er nicht von selbst heilt«, sagte Ikarus entschieden. »Wenn die Gefahr besteht, dass das Ambrosia süchtig macht oder mich verrückt werden lässt, dann nehme ich es nicht. Nicht, wenn ich noch fliegen kann. Ich komme auch mit einem Arm zurecht.«

»Gut«, sagte sie.

»Fertig?«, fragte Vronti sarkastisch. »Dann können wir endlich zu Evenus gehen.«

Wir stiegen in das Langboot und ich blickte bedauernd auf die *Tethys,* als Arketa die Taue löste und wir in Richtung Palast davonfuhren. Ich wollte das Schiff nur ungern verlassen. Was, wenn es gestohlen wurde? Ich wusste, dass alle sagten, ich sei der Einzige, der es kontrollieren könnte, aber was, wenn Evenus es könnte? Oder was, wenn Leute an Bord kamen und unsere Sachen stahlen?

»Sollten wir nicht jemanden auf dem Schiff lassen, der es bewacht?«, fragte ich erneut.

»Wer soll das sein?«, sagte Vronti verärgert. »Niemand wird das freiwillig tun. Das Schiff wird schon zurechtkommen.«

»Was ist mit unseren Sachen?«

»Alle Zimmer sind verschlossen. Es wird alles gut«, sagte Ikarus sanft. Ich runzelte die Stirn, schwieg aber, als wir uns einer großen Holztür näherten, die in die hohen Palastmauern eingelassen war. Vom Schiff aus konnten wir keine Details erkennen, aber nun waren wir nah genug.

»Der Hafenmeister hat die Wahrheit gesagt«, flüsterte ich und mein Magen drehte sich um, als ich die Reihe der Köpfe auf der Mauer sah, die auf Sperren aufgespießt standen. Die meisten waren menschlich, aber nicht alle. Zum Glück fuhr das Langboot rasch an ihnen vorbei, sodass wir sie nicht lange ansehen mussten. Ich bemerkte Zalis besorgten Blick, ihre dunkle Haut war blasser als sonst. Ich versuchte, ihr ein beruhigendes Lächeln zu schenken, aber ich war mir ziemlich sicher, dass es wie eine Grimasse wirkte.

»Deshalb besucht niemand Ares«, murmelte Thom.

»Ich werde bestimmt nicht zurückkommen«, flüsterte Zali.

Die Türen flogen auf, als sich unser Langboot näherte, und wir fuhren hindurch, jetzt fast auf dem Boden. Vor uns öffnete sich ein riesiger, staubiger Hof mit offenen Gebäuden, die von Säulen gestützt wurden, und in jedem dieser Gebäude lagen Reihen von Langbooten. Vor uns befand sich ein weiteres Holztor in einem prächtig aussehenden Bauwerk mit einem dreieckigen Dach, wie auch die Akademie eines hatte. Arketa steuerte unser kleines Boot in eines der Gebäude und schob es in eine Lücke zwischen zwei kleineren Booten. Wir kletterten alle heraus und ich schaute mich nach einem Lebenszeichen um. Es war niemand zu sehen und seltsam ruhig.

»Wo sind die anderen?«, fragte ich. Keiner antwortete. Wir gingen auf die zweite Tür zu, und ich zuckte zusammen, als ich plötzlich Jubel und das Klirren von Metall hörte. Dann ertönte in der Ferne eine Stimme wie die eines Sportkommentators.

»Und der Sieg geht an Lord Evenus!« Noch mehr Jubel brach aus und dann begann ein leiser und bedrohlicher Sprechgesang.

»Was sagen sie?«, fragte Arketa und ging näher an die Türen heran. Ich lauschte angestrengt.

Tod dem Minotaurus. Tod dem Minotaurus.

»Euer Wunsch ist mir Befehl, treue Untertanen«, dröhnte eine Stimme, dann ertönte ein weiterer Jubelschrei. Meine Haut und mein Magen kribbelten, als mein Gehirn zusammensetzte, was gerade passiert war.

»Ich will da nicht reingehen«, sagte ich. »Ich will nicht sehen, was dem Minotaurus passiert ist.« Meine

Worte verstummten, als ein schallendes Heulen ertönte und dann ein weiterer Ausbruch von Lärm.

»Klingt, als hätten wir es schon verpasst«, sagte Vronti und trat auf die massiven Türen zu.

DREIZEHN

Die Holztüren schwangen auf, und eine Welle an Geräuschen traf mich. Ich ging nach den anderen durch die Türen und versuchte, alles zu begreifen. Wir standen am Ende eines riesigen Rings, der tief in den Boden eingelassen war. Die Seiten waren steil und mit Bankreihen am Boden gesäumt wie ein Amphitheater, und sie waren mit Menschen gefüllt, die alle antike Kleidung trugen. Auf dem Boden der Grube, in der Mitte der Lichtung, verlief ein Weg, der um einen Ring von Säulen führte, die eine Bühne bildeten. Langboote, die überhaupt nicht wie die auf der *Tethys* aussahen, lagen verstreut auf dem Weg, aber ich konnte mich kaum auf sie konzentrieren. Stattdessen wurde mein Blick von der Bühne am anderen Ende angezogen. Ein großer Mann mit gebräunter Haut und einem schwarzen Haarschopf drehte sich in langsamen Kreisen, verbeugte sich und winkte der Menge zu. Zu seinen Füßen konnte ich einen dunklen, pelzigen Körper erkennen, der sich nicht mehr bewegte.

»Ist das Evenus?«, flüsterte ich.

»Ja«, antwortete meine Mutter ebenso leise. »Und ich schätze, das ist der Minotaurus.«

»Solche Langboote habe ich noch nie gesehen«, sagte Vronti und blinzelte auf die verstreuten Holztrümmer hinunter.

»Ich habe über sie gelesen«, sagte Ikarus. »Sie nennen sie nicht Langboote, sondern Streitwagen, so wie die Alten es taten.«

»Möchte noch jemand den allmächtigen Evenus herausfordern?«, ertönte die Stimme des Kommentators, und ich zuckte überrascht zusammen. Adrenalin schoss durch mich hindurch und jede Faser in meinem Körper schrie, dass ich diesen Ort verlassen sollte. Ich war mir der trockenen, staubigen Umgebung bewusst, während meine Kraft durch mich hindurchströmte, aber ich konnte den Ozean nicht finden, an dem ich mich festhalten konnte, um mich zu beruhigen oder zu stärken. Tatsächlich konnte ich kaum noch Wasser um mich herum wahrnehmen.

»Wir haben Neuankömmlinge«, sagte Evenus und drehte sich zu uns um, woraufhin mein Herz einen Schlag lang aussetzte.

»Wir sind nicht hier, um dich herauszufordern«, sagte ich schnell. Er war mein Verwandter, und es war meine Aufgabe mit ihm zu sprechen. Meine Stimme zitterte ein wenig und ich versuchte, mich leise zu räuspern. Evenus lachte.

»Kallianassa, bist du das? In der Wüste? Also ich habe nie...« Ich drehte mich zu meiner Mutter um, als sie sagte: »In der Tat. Dies sind seltsame Zeiten und außergewöhnliche Umstände.« Mein Mund stand offen und eine Welle von etwas, das ich für Schuld hielt, durchströmte meinen angespannten Körper. *Ich war die ganze Zeit mit ihr auf der Tethys und hasste sie dafür, dass sie nichts über mich wusste, aber ich hatte nie daran gedacht, sie nach ihrem Namen zu fragen.*

»Wirklich? Außergewöhnlich?«, fragte Evenus beiläufig. »Warum bist du mit einem Haufen Kinder hier?«

»Wir sind keine Kinder«, sagte ich laut und war erleichtert, dass meine Stimme jetzt ruhiger war. »Wir möchten mit dir unter vier Augen sprechen.«

»Oh nein. Nein, nein, nein. Niemand spricht mit mir unter vier Augen. Früher schon, aber sie wollten alle das Gleiche.« Obwohl er zu weit weg war, um seinen Gesichtsausdruck deutlich zu erkennen, war seine Stimme kalt und hart geworden. »Sie wollten alle meine Tochter. Bist du deshalb gekommen?« Ich sah ihn stirnrunzelnd an.

»Nein, natürlich nicht«, antwortete ich. »Ich weiß nichts über deine Tochter.«

Die ganze Menge atmete kollektiv ein und ich hörte, wie meine Mutter ein leises Zischen ausstieß. Ich hatte etwas Falsches gesagt.

»Du hast noch nichts von meiner Tochter gehört?«, sagte Evenus mit tiefer, zorniger Stimme. »Die schönste Frau des ganzen Olymps? Die talentierteste Sängerin im ganzen Olymp? Das begehrteste und wertvollste Frau im ganzen Olymp?«

Ich schüttelte den Kopf und mein Puls raste.

»Wir wollen nur reden«, sagte ich schnell.

»Du wirst rennen!«, brüllte er, und die Menge brach erneut in Jubel aus.

»Nein! Wir werden nicht rennen. Wir wurden geschickt und wollen nur mit dir reden!«, rief ich verzweifelt.

»Wenn du gewinnst, wirst du meine ungeteilte Aufmerksamkeit bekommen«, zischte Evenus. »Geht jetzt mit meinen Dienern und macht euch bereit.«

»Was hast du dir dabei gedacht, du verdammter Narr!«, sagte Vronti, als wir zwei Frauen in Togas in den Unterbau des Stadions folgten.

»Rede nicht so mit ihr«, bellte Ikarus.

»Ich wusste nicht, dass er so reagieren wird!«, protestierte ich.

»Hört auf zu streiten, er findet einen Grund, euch herauszufordern, egal was ihr sagt«, sagte Arketa und ging weiter ein Stück vor uns. »Der Mann ist eindeutig verrückt.« Die beiden Diener zuckten bei ihren Worten zusammen und warfen verstohlene Blicke entlang der leeren Steinkorridore.

»Wohin gehen wir?«, fragte ich.

»Zu den Streitwagen. Du wählst einen aus, und dann werden drei von euch gegen Evenus antreten«, antwortete sie kaum hörbar.

»Wie oft hat er verloren?«, fragte Thom. Sie schaute ihn an.

»Er hat noch nie verloren«, sagte sie.

Ich sah Ikarus an, und mein Herz klopfte so heftig, dass ich sicher war, dass er es hören konnte. Adrenalin und Angst schickten Wellen von Energie durch meinen Körper, und ich konnte sie nirgendwo bündeln. Ich konnte das unruhige, flackernde Feuer unter meiner Haut spüren, verzweifelt und heftig.

»Ich kann kein Wasser finden«, sagte ich zu ihm, ohne Luft zu holen. »Ich brauche es, um meine Kräfte zu kontrollieren, aber hier gibt es keines. Was, wenn meine Feuermagie…« Ich brach ab, Panik durchfuhr mich.

»Pandora, warte einen Moment«, sagte meine Mutter und ich drehte mich zu ihr um. »Hier«, sagte sie und nahm meine Hand. Sie hielt meine Handfläche nach oben, schloss ihre Augen und hielt sie mit beiden Händen fest. Nach ein paar Sekunden begann ein winziges Rinnsal von Wasser aus ihren Fingerspitzen zu laufen und ich sah erstaunt zu, wie es sich zu einem dünnen Armband aus Wasser zusammenschlossen und mein Handgelenk hinauf wanderten. »So. Konzentriere dich darauf. Ich fürchte, das ist alles, was ich tun kann.« Sie sah erschöpft aus, als ich ihr Gesicht betrachtete, das blass und weniger gefasst war als sonst, und blickte dann auf den sich drehenden Wasserstrahl an meinem Handgelenk. Ich konzentrierte meine Kraft darauf und spürte sofort, wie das wütende Feuer, das mich durchströmte, nachließ. Die Panik, die in meinem Hinterkopf lauerte, verschwand fast vollständig und ich war so erleichtert, dass ich, bevor ich mich stoppen konnte, zu meiner Mutter ging und sie schnell umarmte.

»Danke«, flüsterte ich, als sie sich vor Schreck versteifte, dann drehte ich mich um und joggte los, um die anderen einzuholen. Sie hatte mir in dem Moment geholfen, als ich es brauchte, und zu wissen, dass sie das für mich tut, war fast so hilfreich wie das Wasserarmband selbst.

VIERZEHN

Wir gingen weiter durch verwinkelte Gänge, der Boden fiel leicht ab und das Licht wurde schwächer. Niemand sprach, obwohl ich viele Fragen hatte. Die drängendste Frage war, wie wir einen Mann besiegen wollten, der anscheinend unschlagbar war. Die Dienerin hatte gesagt, dass drei von uns im Streitwagen mitfahren würden. Doch wer sollte mitfahren? Es würde sicher einen Streit geben. Ich stieß einen langen Seufzer aus. Warum hatte ich meine große Klappe aufgemacht und das Falsche gesagt? Vielleicht hatte Arketa recht und es wäre egal gewesen, was ich sage. Evenus hätte uns grundlos zu einem Wettrennen herausgefordert. Es war nicht Arketas Art, mich zu verteidigen.

Ich fragte mich, ob Evenus wirklich so verrückt war, wie sie sagte. Vielleicht liebte er seine Tochter nur sehr? Ich konnte mir allerdings nicht vorstellen, dass sie ein schönes Leben hatte, wenn ihr Vater versuchte, jeden zu töten, der sie besuchte.

Ich lenkte meine Gedanken wieder auf das bevorstehende Rennen, als wir einen langen Tunnel betraten, an dessen Ende ein helles Licht zu sehen war. Ich ging davon aus, dass wir unsere Kräfte einsetzen mussten. Und nach dem, was meine Mutter sagte, hatte Evenus keine Titanen-Kräfte wie Ikarus und ich. Also würde Ikarus mitfahren? Aber was passiert mit seinem Arm? Wird es nicht schwierig, im Wagen zu bleiben, wenn er nur einen Arm benutzen kann? Vronti war stark, aber er würde versuchen, die Kontrolle zu übernehmen, und ich traute ihm nicht. Zali vertraute ich bedingungslos, aber ihre Kräfte würden uns bei einem Wagenrennen wahrscheinlich nicht helfen, und das Gleiche galt für die Kräfte von Thom. So blieben nur Arketa und meine Mutter übrig.

Als wir ein paar Minuten später aus dem Tunnel ins Licht traten, wusste ich nicht, wer an dem Rennen teilnehmen sollte.

»Woah«, sagte Thom und ich schaute mich in dem Hof um. Wir waren vermutlich auf der anderen Seite des Palastes. An drei der hohen Mauern des Platzes waren Langboote aufgereiht, aber Vronti hatte recht gehabt, sie sahen nicht wie unser Langboot aus. Die hintere Hälfte war abgeschnitten und die Vorderseite war höher und spitzte sich zu wütend aussehenden Enden zu. Riesige Metallspitzen ragten an verschiedenen Stellen aus den Seiten heraus und an den Rändern hingen Ketten und Seile. Als ich mir die Wagen ansah, stellte ich fest, dass sie alle mit unterschiedlichen Stacheln und Waffen ausgestattet waren und dass auf der Vorderseite Symbole und Muster gemalt waren.

»Du kannst dir einen der Wagen aussuchen«, sagte eine der Dienerin. »Ihr habt zwanzig Minuten Zeit, dann wird jemand kommen und euch abholen.« Die beiden verneigten sich und verließen den Hof wieder durch den Tunnel.

Alle begannen gleichzeitig zu sprechen. Ich hielt beide Hände hoch, schloss die Augen und schrie in das Stimmengewirr hinein.

»Nur zwei von euch können mit mir kommen. Wer meldet sich freiwillig?«, brüllte ich.

»Ich! Ich! Ich!« Ich öffnete die Augen. Arketa, Ikarus, Vronti und Zali waren nach vorne getreten.

»Ich kann dir nicht helfen«, sagte Thom leise und warf seinen Blick auf den sandigen Boden. »Tut mir leid«, murmelte er.

»Thom, ich bin mir sicher, dass dein Schalten irgendwann hilfreich sein wird«, sagte ich mit einem Lächeln.

»Dieser Ort erschöpft mich. Ich werde dich nur schwächen«, sagte meine Mutter, ihr Gesicht immer noch verkniffen und blass. Ich nickte ihr zu und spürte, wie sich das Armband an meinem Handgelenk drehte.

»Ikarus, glaubst du, du kannst dich mit deinem Arm festhalten?«, fragte ich ihn.

»Ich kann fliegen«, antwortete er und raschelte mit seinen Flügeln. »Es macht nichts, wenn ich falle.

Außerdem bin ich deine beste Waffe. Ich wette, Evenus ist noch nie gegen jemanden angetreten, der fliegen kann.« Er grinste mich breit an und seine leuchtend grünen Augen blitzten vor Kraft. Er hatte recht. Ein Lächeln breitete sich auf meinem Gesicht aus, das dem seinen entsprach. Ikarus könnte das Rennen zu unseren Gunsten entscheiden. Ich wandte mich an die anderen.

»Ich kann Blitze werfen«, sagte Vronti.

»Ich kann Ranken werfen«, antwortete Arketa und warf ihm einen abfälligen Blick zu. »*Und* ich kann gut Langboote steuern.«

»Ich.... kann nicht wirklich etwas werfen«, sagte Zali und runzelte die Stirn. »Und ich habe noch nie ein Langboot gesteuert. Dora, vielleicht bin ich doch kein so guter Kandidat dafür.«

»Sei nicht albern, du bist genauso stark wie wir anderen«, protestierte ich.

»Unter Wasser vielleicht, aber nicht hier.« Sie trat einen Schritt zurück auf Thom zu, und schenkte mir ein beruhigendes Lächeln. »Arketa oder Vronti werden dir helfen zu gewinnen«, sagte sie.

»Bist du sicher?«

»Auf jeden Fall.«

Ich schaute wieder zu Arketa und Vronti, meine Augen huschten zwischen ihnen hin und her. Vronti war angespannt und zappelig, Arketa träge und kühl. Ich musste mich zwischen zwei Menschen entscheiden, die mich hassten. Vronti hatte schon einmal versucht, mich zu töten, und Arketa machte keinen Hehl daraus, dass sie wünschte, ich wäre nie geboren worden. Großartig, dachte ich und knirschte mit den Zähnen. Vronti war wahrscheinlich der mächtigere der beiden, aber ich konnte mich einfach nicht dazu durchringen, ihm zu vertrauen. Alles an ihm weckte meine Instinkte, und ich war nah dran, die Kontrolle zu verlieren.

»Arketa«, sagte ich und der Blick von Vronti jagte mir eine Gänsehaut über die Haut. Ich hatte ihn noch nie so wütend gesehen, pures Gift in seinen unheimlich blassen Augen.

»Du wirst diese Entscheidung noch bereuen, wenn wir alle geköpft und aufgespießt werden«, zischte er und trat von der Gruppe weg.

»Wir werden gewinnen«, sagte Arketa. »Welchen Streitwagen nehmen wir? Wähle schnell, ich möchte ein bisschen üben.«

»Wir können zusammen wählen«, sagte ich und sah mir alle Wagen an.

»Der hier hat Wellen«, sagte Zali und deutete auf den Wagen, der ihr am nächsten stand. Ich ging zu ihr hinüber und sah ihn mir genau an. Ikarus und Arketa folgten mir. Es waren tatsächlich Wellen darauf gemalt, grün und blau. Unten ragten zwei lange Stacheln heraus, und an jeder Seite hingen in gleichmäßigen Abständen vier lange Ketten. Jede Kette hatte am Ende eine Metallkugel, die mit kleineren Stacheln bedeckt war. Ich hockte mich hin, um eine aufzuheben.

»Wow, ist das schwer«, sagte ich. Sie war so groß wie mein Kopf, aber fühlte sich an, als würde sie so viel wiegen wie ich. Ich gab auf.

»Was denkst du?«, fragte Ikarus. Ich wandte mich an Arketa.

»Du fährst. Okay? Und jetzt probiere es mal«, sagte ich. Sie warf mir einen abschätzenden Blick zu und kletterte dann auf den Wagen.

»Ihr zwei müsst einsteigen, damit ich weiß, wie schwer er sein wird«, sagte sie, als sie die spitze Front erreichte. Ich kletterte hinein und stellte erschrocken fest, dass es keine Sitze oder etwas zum Festhalten gab. Der hintere Teil des Bootes war völlig offen, ohne Geländer oder Barriere. Ikarus stieg neben mir ein und zeigte auf einige Lederriemen, die an der Innenseite des Holzrahmens hingen.

»Du kannst sie um dein Handgelenk wickeln«, sagte er zu mir. »Oder du hältst sie einfach fest.« Ich tat, was er tat, und packte eine davon ganz fest.

»Ich bin bereit, wenn du es bist«, sagte ich zu Arketas Rücken. Der Wagen ruckte nach oben und ich stolperte, wobei meine Schuhe kaum noch Halt auf den Planken unter mir fanden. Ich hörte ein Surren und riss den Kopf hoch, um zu sehen, wie die Ketten in die Luft flogen und sich dann in weiten Kreisen drehten, wobei die tödlichen Kugeln an den Enden verschwammen. Wir schwebten etwa drei Meter über dem Boden, die Ketten drehten sich, und ich atmete ein paar Mal tief durch.

»Wie fühlt es sich an?«, rief ich Arketa zu.

»Gut. Und du brauchst nicht zu schreien, ich bin nur einen Meter von dir entfernt«, antwortete sie, und obwohl ich ihr Gesicht nicht sehen konnte, wusste ich, dass sie mit den Augen rollte.

»Gut«, murmelte ich. »Wie einfach ist es, sich zu bewegen?« Als Antwort schwenkte der Wagen, erst nach links, dann nach rechts. Dann schlichen wir vorwärts, gewannen langsam an Geschwindigkeit und neigten uns, als wir uns der gegenüberliegenden Wand näherten.

»Halt dich fest«, sagte Arketa und ich packte den Lederriemen gerade noch rechtzeitig, als sie das Boot um hundertachtzig Grad drehte und zum Stehen kam. Ich konnte nicht verhindern, dass ich vor Überraschung quietschte und mir der Schweiß auf der Stirn stand.

»War das nötig?«, keuchte ich.

»Wenn du willst, dass ich den Wagen teste, bevor wir losfahren, dann ja«, sagte sie achselzuckend.

»Nun, es scheint, als hättest du den Dreh raus«, sagte Ikarus, auch seine Stimme war leicht angespannt. »Vielleicht sollten wir jetzt aussteigen.« Sie ließ den Wagen sanft auf den Boden sinken, und als meine Füße wieder auf dem staubigen Boden standen, merkte ich, dass meine Beine leicht zitterten. Wenn ich schon beim Training so nervös war, wie würde es dann beim echten Rennen sein? Ich konzentrierte mich auf das Wasser, das um mein Handgelenk zischte und fühlte mich etwas ruhiger. Zu dritt können wir ihn schlagen, sagte ich mir. Heute gibt es keine Köpfe auf Stöcken.

»Ich werde weiter üben«, sagte Arketa und trat zurück.

»Okay«, sagte ich, und der Wagen schoss wieder in die Luft.

FÜNFZEHN

Es schien keine Zeit vergangen zu sein, als die Dienerinnen wieder am Eingang des Tunnels auftauchten. »Es ist Zeit«, sagte das dunkelhaarige Mädchen. Meine Nerven lagen blank und ich griff, ohne nachzudenken nach Ikarus Hand.

»Okay, wir sind bereit«, sagte ich.

»Bitte steigt in den Wagen«, sagte sie, und wir taten, wie uns geheißen, während Arketa bereits am Steuer saß. Sobald wir alle an Bord waren, spürte ich, wie sich das Boot zu heben begann.

»Weißt du, wohin du gehst?«, zischte ich Arketa zu und sie drehte sich zu mir um, wobei die leichte Besorgnis in ihrem Gesichtsausdruck ihren gelangweilten Tonfall täuschte.

»Ich kontrolliere es nicht, Titanen-Mädchen.«

»Oh. Aber...« Ich schaute auf Zali, Thom und meine Mutter hinunter, die immer kleiner wurden

»Wir werden auf der Tribüne zusehen«, rief Thom und ich nickte.

»Viel Glück!« Zalis Stimme drang zu uns, als wir die Palastmauer erklommen und mein Atem stockte erneut. Die Menge war immer noch da, die Bänke waren genauso voll mit Menschen, wie ich sie auf dem Gemini-Marktplatz gesehen hatte. Evenus stand jedoch nicht mehr auf der zentralen Plattform. Stattdessen stand er an der Spitze eines Wagens, der doppelt so groß war wie der unsere, und zehn Fuß über dem staubigen Ring schwebte. Hinter ihm befanden sich ein Minotaurus mit tiefschwarzem Fell und glühend roten Augen sowie ein über zwei Meter großes, *geflügeltes* Schnabelwesen. Ich sah Ikarus an und verzog das Gesicht.

»Er hat jemanden, der auch fliegen kann«, sagte ich bestürzt.

»Vielleicht gewinnt er deshalb immer. Wir werden es mit ihm aufnehmen«, sagte er mit harter Miene.

»Ja, das stimmt. Wir sind vielleicht nicht im Vorteil, aber Evenus ist uns nicht unbedingt überlegen«, sagte ich entschlossen und versuchte mich selbst davon zu überzeugen, dass meine Worte der Wahrheit entsprachen, als das Schnabeltier mich ansah und seine räudigen, rostfarbenen Flügel hinter sich ausbreitete. Als wir näherkamen, sah ich, dass seine kräftigen Beine wie die einer Katze gebogen waren und dass es einen Schwanz hatte. Es war ein Greif. Und nach der Wölbung seiner Brust und seiner wohlgeformten Kleidung zu urteilen, war er weiblich.

»Schön, dass du dabei bist«, strahlte Evenus, als

unser Wagen zu ihm hinunterfuhr. »Bitte sagt mir, wie ihr heißt, damit die Menge weiß, wen ich heute besiegen werde?«

»Ich bin Pandora, und das sind Ikarus und Arketa«, sagte ich laut.

»Und woher kommst du?«

»Das spielt keine Rolle«, erwiderte ich, da ich nicht zugeben wollte, dass ich aus der Welt der Sterblichen stamme. »Was zählt, ist, dass wir Titanen sind.« Ich sah Evenus an, als ich das sagte, und bemerkte das leichte Zucken auf seinem Gesicht. Jetzterkannte ich, wie gut er aussah. Seine Haut war braun und sein dichtes Haar dunkel und weich. Aber seine Augen waren kalt, seine Lippen dünn und grausam.

»Titanen? Na und? Sie sind überall«, rief er achselzuckend in die Menge, und ein paar der Menschen kicherten.

Ich neigte meinen Kopf und schenkte ihm mein frechstes Lächeln, wobei ich versuchte, Arketas coolen Blick nachzuahmen, den sie so gut beherrschte. Gleichzeitig gab ich Ikarus einen kleinen Schubs und betete, dass er erraten würde, was ich vorhatte.

»Nicht so wie wir«, sagte ich und hob meine Hand, um einen Feuerball hoch über uns zu schießen. Einen Herzschlag später fegten mir die Haare aus dem Gesicht, als zwei Wirbelstürme auf beiden Seiten unseres Wagens vorbeischossen. Ich konzentrierte mich auf das Wasserarmband, das um mein Handgelenk schwirrte. Der Feuerball teilte sich und fünf oder sechs Minikugeln schossen durch das Stadion, während Ikarus das Gleiche

mit seinen Wirbelstürmen tat und überall Staub aufwir-
belte. Das Stadion füllte sich mit Keuchen und aufge-
regtem Geplapper. Ich hielt Evenus Blickstand.

»Partytricks«, sagte er und klatschte in die Hände.
Regen brach über dem Stadion herein, obwohl keine
einzige Wolke am blauen Himmel zu sehen war. Meine
Feuerbälle verpufften, während mir der Mund offen-
stand. Woher holte er das Wasser? Er musste unglaublich stark sein, um so viel Wasser aus dem Nichts
herbeizurufen, und meine Mutter hatte gesagt, er sei gar
nicht so stark. Ich schickte meine Sinne aus, um die
Quelle des Wassers zu suchen, aber ich konnte sie nicht
finden, sondern nahm nur das Wasser auf, das herunter-
regnete und in der Hitze bereits zu verdunsten begann.
»Genug!«, bellte er. »Es ist Zeit für das Rennen!«

»Ich glaube, du hast ihn erschreckt«, sagte Arketa leise,
als sich der Wagen in Bewegung setzte, sodass wir nicht
mehr vor Evenus standen, sondern neben ihm an der
Startlinie.

»Wirklich?«

»Er hat nicht erwartet, dass du Macht hast.« Ich
wusste nicht, ob ich es mir einbildete, aber ich glaubte,
einen Hauch von Bewunderung in ihrer Stimme zu
hören. »Jetzt schlagen wir ihn. Unser kleiner Streitwagen
wird ihn in den Staub werfen«, sagte sie mit entschlossener Stimme. Ihre Worte ermutigten mich.

»Ja«, sagte ich laut und das Adrenalin schoss durch
mich hindurch. Ich spürte, wie der Minotaurus und der

Greif mich anstarrten, aber ich weigerte mich, zurückzuschauen. Sie würden nur versuchen, mich zu erschrecken, und ich musste mich konzentrieren.

»Die Regeln sind einfach!«, dröhnte die Stimme des Kommentators. Ich suchte nach dem Besitzer der Stimme, aber ich konnte niemanden sehen. »Der Erste, der drei Runden geschafft hat, gewinnt. Nur die drei Leute im Wagen dürfen teilnehmen. Mehr nicht! Auf die Plätze, fertig...« Die Kraft raste durch meinen Körper, während sich meine Muskeln anspannten. Im Stadion wurde es still. »Los!«

Hätte ich mich nicht an dem Lederriemen festgehalten, wäre ich mit Sicherheit von der offenen Ladefläche des Wagens geschleudert worden. Für eine Sekunde hoben sich meine Füße von den Brettern ab, und mein Schrei ging verloren. Ich streckte meine Hand, um nach der Wagenseite zu greifen. Wir bewegten uns schnell. Aber nicht so schnell wie Evenus, stellte ich fest, als ich mich aufrichtete und nach Atem rang. Die Ketten drehten sich an den Seiten unseres Wagens, und ich fragte mich einen Moment lang, warum Evenus keine Waffen auf seinem Wagen zu haben schien. Dann flog etwas an meinem Kopf vorbei, so schnell und nah, dass ich das Zischen hörte. Ikarus schrie auf.

»Runter!« Ich duckte mich gleichzeitig mit Arketa unter die Seite des Wagens, der prompt ins Schleudern geriet.

»Was war das?«

»Armbrust!« Ich streckte meinen Kopf vorsichtig über die Seite des Wagens und sah den Minotaurus mit einem hässlichen Grinsen auf der Schnauze und einer glänzenden Armbrust in seinen Händen. Ich hielt meine Hand hoch und spürte das Feuer, das durch meine Adern tanzte. Dann stieß Arketa einen Schrei aus und das Stadion begann um uns herum zu beben.

»Was jetzt?« Der Wagen neigte sich plötzlich stark und ich knallte gegen das Holz, während mein zusammengekauerter Körper mitgerissen wurde. Ich zuckte vor Schmerzen zusammen, starrte auf eine Säule, die an der Seite unseres Wagens vorbeischoss und uns nur um Zentimeter verfehlte. Wir wichen erneut aus, diesmal auf die andere Seite, als eine weitere weiße Steinsäule blitzschnell aus der staubigen Piste emporwuchs. Das würde all die zerbrochenen und zersplitterten Streitwagen auf dem Boden erklären, dachte ich und rappelte mich wieder auf. Ich schaute verstohlen nach vorne und sah Evenus Wagen gut zehn Meter vor uns. Er wich den aufkeimenden Säulen aus, als wüsste er genau, wo sie waren. Und wahrscheinlich wusste er es, dachte ich wütend und ließ das Feuer in mir auflodern.

»Bist du bereit, Ikarus?«, rief ich.

»Wann immer du es bist«, rief er zurück. Seine Stimme war angestrengt, als ich ihn ansah. Mit weißen Knöcheln umklammerte er den Lederriemen, er brauchte seine Hand jedoch, um Luftmagie einzusetzen.

»Flieg«, sagte ich zu ihm. Er warf mir einen dankbaren Blick zu und schlug seine großen Flügel weit hinter sich aus. Die Luft erfasste sie sofort, und einen atemberaubenden Moment lang stand er regungslos hinter uns. Dann zog er sie ein und sauste wie ein Pfeil zu uns zurück. Er hob seine gute Hand und zielte einen Luftstoß auf Evenus. Der Wagen schwankte beim Aufprall, der Greif knurrte, dann breitete er seine Flügel aus und sprang von der Rückseite des Wagens. Die Sorge um Ikarus schwoll in mir an und ich warf Feuerbälle auf den Greif, als er auf uns zustürzte. Er wich ihnen aus und Arketa schrie über die rauschende Luft hinweg.

»Da kommt eine Haarnadelkurve, halt dich fest!« Ich schaute nach vorne und sah, dass die Säulen uns jetzt durch einen wahnsinnig engen Weg führten. Ich packte den Gurt mit beiden Händen und wir wendeten.

SECHZEHN

Mein Respekt vor Arketa hätte nicht größer sein können, als sie uns um die wechselnden Biegungen und Kurven manövrierte. Von oben rief ihr Ikarus zu, wenn sie den Bolzen des Minotaurus oder den ablenkenden Sturzflügen des Greifs ausweichen musste. Jedes Mal, wenn sich die schreckliche Schnabelkreatur näherte, schoss ich Feuerbälle, aber ich traf nie. Wir schlängelten uns durch einen weiteren Slalom aus Säulen, dann öffnete sich der Parcours wieder auf die breite Bahn und ich sah die weiße Linie auf dem Boden. Wir waren dabei, unsere erste Runde zu beenden. Und Evenus war ganz klar am Gewinnen.

»Können wir schneller fahren?«, rief ich Arketa zu. Sie antwortete mir nicht, aber ich spürte, wie ich zurückgestoßen wurde, während der Wagen vorwärtsfuhr. »Ja!«, rief ich, als wir Evenus einholten.

»Dora!« Ich schaute auf, als Ikarus Luft in meine

Richtung blies, und duckte mich, als der Greif über meinen Kopf hinwegflog. »Ich hatte sie überhaupt nicht kommen sehen«, ich musste besser aufpassen.

»Arketa, kannst du ein paar Ranken beschwören, solange der Weg noch frei ist?« Grüne Ranken schlängelten sich nun direkt vor uns, und ich konzentrierte mich auf mein Wasserarmband und ließ Feuer entstehen. »Schnapp dir Evenus Wagen!« Die Ranken wanderten sich auf ihn zu und der Minotaurus fing an, sinnlos auf die schlängelnden Ranken zu schießen, während sich Frustration in seinem Gesicht abzeichnete. Evenus drehte seinen Kopf, und für einen Moment sahen wir uns in die Augen. Er verlangsamte scharf, als die Ranken sich ganz um seinen Wagen schlangen, und mit Gebrüll ließ ich das Feuer aus meinen Handflächen schießen. Evenus hob im letzten Moment seine Hand, und ich sah einen Blitz von intensivstem Aquamarinblau. Eine Wasserwand flog vor den Feuerstrahl, tötete ihn im Nu und durchtrennte Arketas Ranken. Wir bewegten uns schneller vorwärts, da wir nicht mehr versuchten, seinen Wagen zurückzuhalten, aber er war schneller und ich hörte sein lautes Lachen, als er eine Sekunde vor uns über die Ziellinie flog. Noch zwei Runden. Wir hatten noch zwei Runden, um ihn einzuholen, dachte ich.

Aber in der nächsten Runde verloren wir tatsächlich an Boden. Der Minotaurus bewachte die Rückseite des Wagens, und der Greif beschäftigte Ikarus. Solange er vor uns flog, war es hoffnungslos.

»Wir müssen an ihm vorbeikommen«, rief ich Arketa

zu, als wir das nächste Mal aus dem Labyrinth der Säulen in den breiteren Zielbereich traten.

»Was du nicht sagst«, rief sie sarkastisch zurück, ihre Stimme war angestrengt. »Warum kannst du deine Wasserkraft nicht nutzen?«

»Hier gibt es kein Wasser!«

Ich verzog das Gesicht. Sie hatte recht, woher hatte er das Wasser?

»Ikarus, gib mir einen Moment Deckung!« Ich schloss meine Augen und schickte meine Sinne hinaus, diesmal tief, und verließ meinen Körper. Ich spürte die Tropfen, die von der Wasserwand kamen, die er hochgeschickt hatte, als wir die Linie überquerten. Aber das Wasser war... irgendwie falsch. Ein blauer Lebensimpuls rief mich zu sich und ich konzentrierte mich noch mehr. Da! Tief unter der Erde gab es Wasser, ein riesiges Becken in einem Netz aus pechschwarzen Kavernen. Aber es war tief unter der Erde. Und so viel Erde kann ich nicht bewegen, dachte ich und kehrte eilig in meinen Körper zurück.

»Es ist zu weit unter der Erde«, rief ich, als wir die erste Säule umrundeten und der Minotaurus einen weiteren Bolzen abfeuerte. Er schlug nur Zentimeter von meiner Hand entfernt in die Seite des Wagens ein. Ich hörte Ikarus schreien und meine Haare wehten mir ins Gesicht, als ein Wirbelwind neben uns aufkam.

»Ich habe genug davon!«, rief er und ein Schauer durchfuhr mich, als der Wirbelsturm immer größer wurde, sich aber immer mehr zusammenzog und schneller und schneller drehte. *Er erzeugte einen Tornado.* Mit einem weiteren Brüllen dampfte der Tornado vorwärts und bewegte sich wie eine Flipperkugel durch die Säulen, prallte an jedem Steinturm ab und raste weiter. Ich hatte das Vergnügen zu sehen, wie das Gesicht des Minotaurus entgleiste, bevor er sich umdrehte und Evenus anschrie, dann krachte der Tornado in das Heck des Wagens. Der Minotaurus heulte auf, als er von den Planken purzelte. Ich beugte mich nicht vor, um zu sehen, wie er auf dem Boden aufschlug.

Evenus richtete den Wagen auf und Ikarus Tornado prallte nun nutzlos gegen eine weitere schützende Wand aus Wasser, die sich um den Wagen gelegt hatte. Der Greif stürzte darüber hinweg und steuerte direkt auf Ikarus zu. Aus Angst um ihn schnürte sich meine Kehle zu, aber Ikarus sah mit ruhigem Gesicht zu mir hinunter.

»Ich werde ihn ablenken. Du schaffst das«, rief er und flog davon, während der Greif hinter ihm her flatterte. Ich war nervös und ängstlich, als er uns verließ, aber ich wusste, dass es das Richtige war. Evenus war jetzt auf sich allein gestellt. Ich stolperte, als wir zu nah an einer Säule vorbeifuhren, und eine der sich drehenden Kettenkugeln den Stein erwischte. Der Wagen schüttelte sich und schaukelte, bis Arketa ihn wieder aufrichtete.

»Ich werde ihm nicht folgen, ich werde versuchen, ihn zu umgehen«, rief sie, und wir wichen scharf von dem Weg ab, den die Säulen uns zeigen wollten, und drückten uns durch eine schmale Lücke.

»Bist du dir sicher?«, schrie ich und kniff die Augen zusammen, als die Ketten gegen die Säulen schlugen und Steinbrocken umherflogen.

»Ja! Jetzt such das Wasser! Er wird nur immer weiter

deine Feuerbälle löschen!«

Die Feuermagie in mir sprang bei ihren Worten empört auf, knisterte und tanzte durch meinen Körper. Sie hatte keine Ahnung, wie mächtig meine Feuermagie war! Niemand außer Neos wusste das. Sie war stärker als Evenus seltsames falsches Wasser. Ich würde ihnen allen zeigen, wie stark ich war und wie tödlich Feuer sein konnte. Ich spürte einen winzigen Tropfen Nässe an meinem Handgelenk und schaute auf das Wasserarmband hinunter, das meine Mutter mir gemacht hatte. Es wurde schwächer und drehte sich langsamer, winzige Perlen tropften von ihm. Ich verlor die Kontrolle, das wurde mir klar. Ich verdrängte die gefährlichen, spiralförmigen Gedanken über das Feuer in die hintersten Winkel meines Geistes und malte stattdessen so viel ich konnte auf das Armband. Es begann sich schneller zu drehen und ich konzentrierte mich so sehr darauf, dass ich nicht mehr spürte, wie der Wagen unter meinen Füßen schaukelte und schwankte.

Finde das Wasser.

Ich drückte meine Sinne in den Boden, fand das Becken weit unter uns und zog daran. Die Wassermasse hob sich und schlug gegen die Erddecke der Höhle. Tropfen begannen durch die Erde zu sickern, aber es würde ewig dauern, bis sie die Oberfläche erreichten. Ich zog fester, drückte die Augen fest zu und dachte daran, was Dasko mich gelehrt hatte. Macht hat mit Motivation zu tun. *Tak.* Ich tat das, um Taks Leben zu retten. Eine stärkere Motivation konnte es gar nicht geben. Das Wasser prallte erneut gegen die Decke der Höhle, aber diesmal strömte es nach oben, und die Wassertropfen zischten durch den Boden und das Gestein und bahnten sich ihren Weg durch die Ritzen und Spalten. Als sich die Flüssigkeit der Oberfläche näherte, öffnete ich meine Augen, denn das Wasserarmband drehte sich jetzt schneller. Ich sah mich um und blinzelte, während ich meine Umgebung aufnahm. Arketa hatte die richtige Entscheidung getroffen, einen anderen Weg einzuschlagen. Die Säulen lichteten sich und ohne Evenus vor uns, der den schmalen Weg versperrte, waren wir auf gleicher Höhe.

»Bist du bereit?«, rief Arketa.

»Ja!« Als wir die letzte Säule passierten, gab Arketa Gas. Doch als wir auf die Ziellinie zurasten, verlor ich fast den Halt. Ich hörte Gebrüll und drehte meinen Kopf zu Evenus. Etwa zwanzig Metallstacheln erschienen an seinem Wagen und ragten seitlich heraus, als er sich auf uns zu bewegte.

»Du kannst mich nicht besiegen!«, schrie er, seine Augen wild und verzweifelt, seine Stimme heiser. Seine Stacheln erreichten unsere sich drehenden Ketten und durchschlugen sie augenblicklich, und ich duckte mich, als die tödliche Kugel über unseren Wagen flog. Die Angst schoss durch mich hindurch. Ich verlor beinahe die Kontrolle und schaffte es nur mit Mühe die Verbindung zum Wasser aufrechtzuerhalten, das durch die Erde nach oben drängte. Aber ich konzentrierte mich auf das Armband. Wir konnten ihn besiegen. Ich trieb den Wagen an, während Arketa uns weiter nach oben zog und versuchte, Evenus auszuweichen. Aber es nützte nichts, er war schneller als wir und konnte besser manövrieren. Das Holz knirschte, als sich ein Dorn in die Seite unseres Wagens bohrte, genau dort, wo Ikarus gestanden hatte.

»Pandora!«, schrie Arketa, als sie uns hart in die entgegengesetzte Richtung lenkte. Evenus folgte ihr und gackerte wie wild. Dann spürte ich es. *Wasser.* Herrliches, kraftvolles, lebensrettendes Wasser. Der erste Strahl, der aus der Erde kam, traf Evenus Wagen mit einer solchen Wucht, dass er ins Trudeln geriet und verzweifelt versuchte, den Wagen wieder aufzurichten, während der Schwung ihn weiter in Richtung Ziellinie trieb. Ich hob meine Hand und lächelte, als ich spürte, wie der Rest des Wassers den Boden erreichte. Wie wütende Geysire begann das Wasser in einem Ring um ihn herum aus der Erde zu sprudeln.

»Los, solange er in der Falle sitzt!«, schrie ich und zwang Arketa unseren kleinen, ramponierten Wagen, so schnell wie möglich zu bewegen. Plötzlich spürte ich einen Schub und unser Wagen bewegte sich schneller als je zuvor. Als ich mich umdrehte, sah ich Ikarus, der den Wagen mit seinem gesunden Arm anschob und mit seinen Flügeln wütend schlug. Evenus schrie auf, als er durch den aufgewühlten Wasserkäfig brach. Sein Gesicht war hasserfüllt, als er uns mit unnatürlicher Geschwindigkeit verfolgte und an Boden gewann.

»Schneller!«, schrie ich und mein Herz pochte so stark, dass es sogar wehtat. Er war so nah dran! Aber das waren wir auch. Fast blieb mein Herz stehen, als wir über die Ziellinie flogen, nur Sekunden vor Evenus.

SIEBZEHN

»Wir haben es geschafft«, keuchte ich, als der Wagen langsamer wurde. »Wir haben es tatsächlich geschafft.« Arketa drehte sich zu mir um, ihr sonst so makelloses Haar umspielte ihr errötetes Gesicht. »Arketa, du warst unglaublich«, sie verzog den Mund, bevor sie mit den Schultern zuckte.

»Ich habe dir gesagt, dass ich es sein werde«, sagte sie, aber ich konnte das Lächeln unter der Kälte sehen.

»Und Ikarus!« Ich drehte mich um, als er neben mir im Wagen landete, und warf meine Arme um ihn. »Du hast den Unterschied gemacht, du *warst* unsere Geheimwaffe!«

Er lachte und schüttelte seine Flügel.

»Geheim ist kein Wort, das ich dafür verwenden würde«, sagte er und küsste mich.

»Leute«, sagte Arketa mit einem warnenden Ton in der Stimme. Ich drehte mich um, als Evenus Wagen neben unseren anhielt. Seine nassen Haare klebten an seinem Kopf und sein Gesicht war so rot, dass es fast lila war. Zum ersten Mal fiel mir auf, dass die Menge völlig still war, und ich schaute mich auf den Bänken um. Alle lehnten sich vor, die Gesichter verkniffen und angespannt.

»Mach dich auf den Weg zum Podium«, zischte Evenus. Als ich nickte, kribbelte es mir in den Fingern, und unser Wagen begann sich langsam zu erheben. Ikarus trat näher an mich heran.

»Wir haben fair und anständig gewonnen, er kann uns nicht mehr töten, oder?«, flüsterte ich.

»Ich glaube, diese Leute sind ziemlich blutrünstig«, antwortete er leise. Ich schluckte.

Wir erreichten die erhöhte Bühne in der Mitte der Strecke, als die zusätzlichen Säulen, die während des Rennens aufgetaucht waren, langsam wieder im Boden versanken. Die Stimme des Kommentators dröhnte unsicher um uns herum.

»Eure Gewinner!« Es gab einen einsamen Ruf und ein wenig Applaus und ich sah zu Zali und Thom hinüber, die in der ersten Reihe jubelten. Meine Mutter klatschte langsam neben den beiden in die Hände. Ihr Anblick gab mir Kraft und ich versuchte, mich aufzurichten, als Evenus von seinem Wagen auf das Podest stieg.

»Du hast dir deine Audienz bei mir verdient«, sagte er und sein Blick bohrte sich in meinen. »Ich habe auch ein paar Fragen an dich.« Ich hielt stand. »Aber wenn du meine Tochter auch nur einmal erwähnst, werde ich dir auf der Stelle den Kopf abschlagen.«

»Gut«, sagte ich.

»Gut. Wir werden in einer halben Stunde in meinem Festsaal essen.«

Evenus Festsaal war prächtig und furchterregend zugleich. Der Mann war eindeutig vom Töten besessen. Jede Wand des riesigen Saals war mit Jagdtrophäen bedeckt. Es war wie eine Albtraumversion der Ställe auf Taurus: All die unglaublichen Kreaturen des Olymps waren ausgestellt, aber ihre Köpfe waren auf Brettern montiert und ihre leeren Augen starrten auf einen langen Tisch, der gefüllt mit Essen war. Zali wurde blass, sobald wir den Raum betraten, und als wir an dem massiven Mahagoni-Tisch Platz genommen hatten, zitterte sie.

»Es ist okay«, flüsterte ich und drückte ihre Hand unter dem Tisch.

»Nein, das ist es nicht«, flüsterte sie zurück. »Der Mann ist ein Monster, und dieser Raum ist unerträglich.«

»Wir machen so schnell wir können, versprochen.« Ich sah mich ungeduldig um und versuchte, nicht auf die Trophäen zu schauen. Evenus war noch nicht aufgetaucht. Als wir wieder mit den anderen vereint waren, wurden wir von den beiden Dienerinnen in die Halle begleitet. Vronti hatte bisher kein einziges Wort gesagt. Ein Knarren ertönte, und ein förmlich aussehender Mann in einer Toga eilte in den Raum.

»Ich kündige Lord Evenus an«, sagte er und senkte sein Haupt. Evenus schritt durch die großen Türen, ohne uns anzusehen. Er setzte sich auf den Stuhl am Kopfende des Tisches, ich hatte den Platz zu seiner Linken, Ikarus saß rechts neben ihm, mir gegenüber.

»Wir bedanken uns für das Festmahl«, sagte ich. Ich beschloss, dass Taktgefühl und Förmlichkeit vielleicht der bessere Weg wären, um diesen Mann anzusprechen. Er war eindeutig kein vernünftiger Mensch, also würde Schmeichelei vielleicht dafür sorgen, dass wir alle heil davonkamen. »Und du hast einen schönen Palast«, fügte ich hinzu. Seine Augen blickten seitlich zu mir und dann zu meiner Mutter.

»Gehört sie dir?«, fragte er sie. Ich ärgerte mich darüber, dass über mich gesprochen wurde, während ich direkt daneben saß, aber seine Worte brachten mich dazu, sie auch anzuschauen. War ich »ihre«? Meine Mutter nickte. Evenus sah sie einen langen Moment lang an und sagte dann: »Jeder kann essen.« Langsam begannen Thom und Vronti, sich zu bedienen.

»Wir wollen nicht noch mehr von eurer wertvollen Zeit verschwenden, also komme ich gleich zur Sache«, sagte ich. »Wir wurden von Oceanus selbst hierhergeschickt.« Evenus versteifte sich.

»Ich habe befürchtet, dass das der Fall sein könnte«, sagte er schließlich.

»Du hast uns also erwartet?«

»Ich habe dich schon sehr lange erwartet. Und ich hatte gehofft, du würdest nie kommen.«

Er starrte mich an und ich bemerkte, dass seine Augen zwar leuchtend blau waren, aber ich konnte in ihnen nicht das Meer sehen wie in den Augen meiner Mutter.

»Du hast also einen Hinweis oder etwas für uns? Von Oceanus?« Evenus sagte nichts und sah wieder von mir weg.

»Erzähl mir, wie deine Macht so groß geworden ist«, sagte er und sah stattdessen Ikarus an.

»Das ist wohl der Vorteil, wenn man ein Titan ist«, log Ikarus achselzuckend. Ein kaltes Lächeln breitete sich auf Evenus Gesicht aus.

»Und von wem stammst du ab?«

»Prometheus.«

»Ich verstehe. Du hast etwas gefunden, stimmts? Etwas, das deine Kräfte freigesetzt hat.«

Niemand sagte ein Wort.

»Ich will es. Wenn du es mir gibst, gebe ich dir den Stein.«

»Welchen Stein?«

»Wegen dem du hier bist. Der, den Oceanus hier in meiner Stadt gelassen hat. Aber ich kann ihn nicht herausgeben, ohne dass du meine Macht freisetzt!« Seine Stimme klang jetzt verzweifelt und er sah mich an. »Du kannst mich nicht mit nichts zurücklassen!«, flehte er halblaut. Ich starrte ihn an und versuchte, die Dinge zu begreifen. Seine hochmütige, gefährliche Maske war so plötzlich gefallen, und jetzt schien er wirklich Angst zu haben. Wovor? Einen Stein zu verlieren?

»Du hast überhaupt keine Macht über Wasser, oder? Deshalb hast du das Wasser, das ich am Ende des Rennens ausgebaggert habe, auch nicht gegen uns verwendet«, sagte ich, als es mir klar wurde.

Evenus Gesicht verhärtete sich für einen Moment,

dann wurde er wieder ernst. Er sah plötzlich viel älter aus.

»Nein. Der Stein des Oceanus gibt mir Macht über das Wasser, aber sie ist begrenzt. Bitte, schalte auch meine Kräfte frei.«

»Wir... wir können nicht. Aber wenn wir Oceanus befreien, kann er dir vielleicht helfen«, sagte ich und betete insgeheim, dass der Meeresgott es nicht tun würde. Evenus war schon mit seiner begrenzten Macht gefährlich genug, ich konnte mir nicht vorstellen, wie viel schlimmer er sein würde, wäre er stärker.

»Ich bin mir sicher, dass er dir für deine Rolle bei seiner Befreiung dankbar sein wird«, fügte Ikarus hinzu.

»Du willst ihn befreien?«

»Ja. Weißt du, wo er ist?«, sagte ich und dachte mir, dass es nicht schaden kann, zu fragen.

»Nein. Niemand weiß es. Er ist schon vor langer Zeit verschwunden. Er hat den Stein bei meinen Vorfahren im Palast gelassen, mit dem Hinweis, dass ein mächtiger Nachkomme von ihm ihn eines Tages abholen wird.« Evenus seufzte. »Ich habe geschworen, dass ich den Stein nicht weggeben werde, wenn dieser Tag während meiner Herrschaft kommen sollte. Ich kann nicht zulassen, dass mein Volk sieht, dass ich keine Titanen-Kräfte habe. Aber, wenn Oceanus frei wäre...«

»Stell dir vor, wie viel wichtiger du als Nachkomme eines lebenden Titanen sein wirst«, sagte Ikarus mit tiefer, verführerischer Stimme. »Stell dir den Respekt vor, den du als einer der wenigen mit einer direkten Verbindung zu einem der mächtigsten Götter des

Olymps bekommen wirst.« Ich beobachtete, wie sich Evenus Gesichtsausdruck langsam veränderte und ein entferntes Funkeln in seinen kalten Augen auftauchte. »Ich bin sicher, dass Oceanus deine Kräfte freisetzen wird«, sagte Ikarus.

»Natürlich wird er das«, fügte ich hinzu. Evenus atmete tief ein.

»Okay. Du kannst den Stein haben. Ich werde einen Weg finden, meine Leute für eine Weile zu beschäftigen, sie werden es nicht merken. Aber wenn du Oceanus findest, sagst du ihm, dass ich kooperiert habe?«

»Natürlich«, versicherte ich ihm, während mein Verstand protestierte. *Kooperiert?* Wir mussten mit ihm auf einer tödlichen Strecke um die Wette rennen, unter Androhung von Enthauptung! Das war keine Kooperation.

»Hier«, sagte er, während ich meinen Gesichtsausdruck zu einer ruhigen Miene formte, um meine wahren Gefühle zu verbergen. Als Evenus einen saphirblauen Stein aus einem Beutel an seinem Gürtel zog, standen meine Wassersinne plötzlich in Flammen und ein Gefühl reiner Glückseligkeit überkam mich. Es stand außer Frage, dass dieser Stein von Oceanus gemacht worden war. Und *Stein* war wirklich nicht das richtige Wort dafür. Es war ein Juwel von der Größe eines Golfballs, an dessen glatter Oberfläche sich das Licht brach. Als ich den Edelstein von Evenus nahm, begann die Flüssigkeit in ihm zu tanzen und komplizierte Muster zu wirbeln. Muster, die die Formen von Wasserlebewesen bildeten. Ich schnappte begeistert nach Luft, hielt ihn vor mein Gesicht und sah fasziniert zu.

»Er ist umwerfend«, hauchte Zali neben mir und beugte sich vor, um genauer hinzusehen.

»Das hat es bei mir noch nie getan«, schnaubte Evenus. »Er gehört in den Knauf von Oceanus Schwert. Ich nehme an, das hast du schon?« Ich schielte zu Evenus hinüber.

»Woher weißt du das?«

»Überall in diesem Palast sind Gemälde mit dem Schwert des Oceanus zu sehen. Das ist offensichtlich«, sagte er und seine Überheblichkeit kehrte zurück.

»Genau das ist der nächste Punkt auf unserer Liste«, sagte ich und verbarg meine Bestürzung so gut es ging. Jedes Mal, wenn wir Fortschritte machten, fühlte es sich an, als ob wir zurückgeworfen wurden. Vielleicht half der Edelstein uns, das Schwert zu finden, dachte ich hoffnungsvoll. »Und die Liste ist lang, also sollten wir besser loslegen und jetzt gehen«, fügte ich hinzu, schob meinen Stuhl zurück und stand auf. Alle folgten meinem Beispiel.

»Wenn du Oceanus findest, wirst du ihm sicher erzählen, was ich alles für dich getan habe?«, sagte Evenus und stand ebenfalls auf.

»Mach dir keine Sorgen. Wir werden ihm alles erzählen«, sagte ich und steckte den Edelstein mit einem Lächeln in meinen Rucksack.

ACHTZEHN

Es war eine Erleichterung, wieder das Deck der *Tethys* zu betreten. Wir lebten noch nicht lange auf dem Schiff, aber es fühlte sich schon wie ein sicherer Ort an. Vielleicht nicht wie zu Hause, aber auf jeden Fall nah dran.

»Das Schwert des Oceanus ist schon so lange im Olymp verschwunden wie er selbst«, sagte meine Mutter, als wir uns auf den Weg zum Schlepper machten. Alle waren voller Staub, und ich war nicht die Einzige, die dringend ein Bad brauchte.

»Großartig«, murmelte ich. »Wir müssen noch weitere verlorene Sachen finden.«

Es war ein herrliches Gefühl, in das Wasser meines Pools zu sinken. Ich ließ das Wasser des Mini-Wasserfalls über mich schwappen und schöpfte daraus Kraft, um verlorene Energie wieder zu ersetzen. Die letzten Tage waren sehr anstrengend. Erst Ares, dann das brutale Wagenrennen mit Evenus. Ich wusste nicht, ob meine Nerven weitere Ereignisse wie diese aushalten würden. Ich musste an das Wasserarmband denken, das meine Mutter mir gemacht hatte. Hätte sie mir nicht geholfen, hätte ich niemals so viel Kontrolle gehabt, um das Rennen zu gewinnen. Ich war es ihr schuldig. Plötzlich verspürte ich den drängenden Wunsch, mit ihr über ihr Leben zu sprechen. Ich wollte sie fragen, was ihr Name bedeutet, wo sie wohnt und wie ihr Tag aussah. Hatte sie einen Mann? Oder sogar andere Kinder? Ich schämte mich ein wenig dafür, dass ich nichts von diesen Dingen wusste. Aber dann erinnerte ich mich an meinen Geburtstag, als ich am eiskalten Strand saß und mich fragte, warum meine Mutter mich verlassen hatte. Und danach die vielen, vielen Geburtstage, an denen ich mich das Gleiche fragte. Papa und Mandy waren das Wichtigste, nicht eine Frau, die mir praktisch fremd war. Ich hatte keine Verantwortung, mich um sie zu kümmern. Und außerdem musste ich mich darauf konzentrieren, ein lange verschollenes Titanen-Schwert zu finden. Ich hatte schon genug um die Ohren, beschloss ich, stand auf und kletterte aus dem köstlichen Wasser.

Nachdem ich mich abgetrocknet und angezogen hatte, holte ich Nix Feder heraus und ließ mich auf das riesige Muschelbett plumpsen.

»Hey Nix«, sagte ich, als ich spürte, wie sich mein Geist mit der roten Feder verband.

»Hast du Evenus gefunden?«, fragte er schnell.

»Ja. Er hat uns zu einem Wagenrennen herausgefordert.« Es gab eine lange Pause.

»Ich nehme an, du hast gewonnen?«

»Natürlich haben wir das.« Ich genoss es, ein bisschen Angeberei in meine Stimme zu legen. In der Nähe von Vronti und Arketa konnte ich nicht übermütig sein. Bei ihnen kam ich mir klein und albern vor.

»Und? Hat er dir Informationen gegeben?«

»Er hat uns den Edelstein aus dem Knauf von Oceanus Schwert gegeben«, sagte ich dem Phönix. Er stieß einen langen bewundernden Pfiff aus.

»Alifthoros.«

»Was?«

»Das ist der Name dieser Waffe. Und mächtig ist sie auch.«

»Weißt du, wo es ist?«

»Ich kann mir vorstellen, dass es irgendwo auf diesem Schiff ist«, sagte er, als wäre es vollkommen offensichtlich.

»Was? Wirklich?« Ich setzte mich aufrecht hin.

»Der Stein verschwand zur selben Zeit wie er und das Schiff, und hinterließe er den Edelstein jemanden, der ihn finden sollte, würde er das Schwert doch nicht mitnehmen.«

»Das ergibt Sinn, denke ich«, überlegte ich. »Was ist mit dieser verschlossenen Truhe am Ende des Bettes?«

»Vielleicht. Du bist der Einzige, der diesen Raum aufschließen kann, also wäre es ein sicherer Ort dafür.«

»Wo könnte der Schlüssel dann sein?«

»Es wird kein normaler Schlüssel sein. Es wird etwas anderes sein, etwas weniger Offensichtliches.«

»Was zum Beispiel?«

»*Ein weiterer Edelstein oder etwas, das ihm wichtig ist. Hat er dir auf deiner Suche noch etwas hinterlassen?*« Ich verzog das Gesicht und dachte nach.

»Die Perle vom Dachboden!«, rief ich plötzlich und Nix gab ein kleines Krächzen tief in meinem Kopf von sich.

»*Es gibt keinen Grund zu schreien, Mädchen!*«

»Tut mir leid, Nix, aber ich muss los, danke!« Ich ließ seine Feder auf das Kissen fallen, sprang vom Bett und schnappte mir meinen Rucksack vom Boden. Ich riss ihn auf und kramte darin herum. In einer der Taschen befand sich, in Papier eingewickelt, die kleine Perle, die ich auf dem Dachboden der Akademie gefunden hatte. Sie fühlte sich kühl in meinen Händen an und ich trug sie vorsichtig zu der Truhe hinüber, während mich Aufregung überkam. Als ich sie in Richtung des Vorhänge- schlosses bewegte, spürte ich ein leichtes Ziehen und ich war mir sicher, dass ich in der Ferne das Rauschen der Wellen hören konnte. Meine Hände zitterten, als ich die Perle in das Loch im Schloss schob. Ich hörte ein leises Klicken und hielt den Atem an. Nichts geschah. Stirnrun- zelnd hob ich das Schloss auf und versuchte, in das Loch zu spähen. Kaum hatte ich es gekippt, gab es ein rauschendes Geräusch und dann sprudelte Wasser aus dem Schloss. Ich schrie auf, aber bevor ich aus dem Weg springen konnte, merkte ich, dass das Wasser warm war und mich nicht nass zu machen schien. Ich schickte meine Kraft aus, um es aufzusammeln, und sobald ich mich mit ihm verbunden hatte, stellte ich fest, dass es gar kein echtes Wasser war. Es war eine Illusion. Ich sah zu, wie es um mich herumwirbelte und genau wie echtes Wasser aussah, dann floss es plötzlich zurück in das Vorhängeschloss. Die Truhe gab ein knarrendes Geräusch von sich, dann ging das Schloss mit einem lauten Klirren auf.

Ich konnte mir einen kleinen Faustschlag nicht verkneifen, als ich mich nach vorne beugte und das Schloss aus der Truhe riss. Ich wusste, dass die Perle wichtig war! Ich atmete tief durch und genoss meinen kleinen Sieg, dann schob ich den Deckel der großen Truhe auf. Sie war schwer, und ich musste aufstehen, um sie ganz nach hinten zu hieven. Meine Augen weiteten sich vor Überraschung, als ich in die Kiste schaute. Darin befanden sich Unmengen an Stoffen, die in Blau-, Grün- und Violetttönen leuchteten, und ich musste sofort an das Meer denken. Die zarten Farben, die ineinander übergingen, standen eindeutig für das Meer, und der Stoff schimmerte und glitzerte wie Wassertropfen. Und mittendrin lag ein weiterer saphirblauer Edelstein, der das Licht einfing.

Ich hatte ein Schwert erwartet, keinen weiteren Edelstein. Ich hob ihn vorsichtig aus der Schachtel und verspürte denselben Freudenschock, als ich Evenus Edelstein erhalten hatte. Die Wasserwesen erwachten in dem Stein zum Leben, und ich beobachtete sie, während meine Gedanken rasten. Ein weiterer Edelstein für den Schwertknauf. Aber immer noch kein Schwert. Hatte Nix recht? War das Schwert irgendwo auf dem Schiff? Wir müssen die *Tethys* durchsuchen, dachte ich und legte den

Edelstein vorsichtig zurück in die Truhe. Ich holte den anderen Stein aus der Tasche meines Kapuzenpullovers und legte ihn neben seinen Partner. Das Rauschen des Ozeans ertönte wieder um mich herum. Ich hatte das Gefühl, dass sich die Edelsteine über ihre Wiedervereinigung freuten. Ich fragte mich, wie sie sich fühlen würden, wenn sie wieder in das Schwert gesetzt werden, zu dem sie gehören. Ich atmete tief durch und sah auf die funkelnden Edelsteine herab. Es war meine Pflicht, dafür zu sorgen, dass sie wieder eingesetzt werden würden.

NEUNZEHN

»Ich habe euch alle herbestellt«, begann ich und schaute jeden auf dem Achterdeck an.

»Schon wieder«, murmelte Vronti und rollte mit den Augen.

»Schon wieder«, sagte ich und starrte ihn an. »Weil wir das Schwert des Oceanus finden müssen, Alifthoros. Und ich habe Grund zu der Annahme, dass es irgendwo auf diesem Schiff versteckt ist. Habt ihr eine Truhe gefunden, die ihr nicht aufschließen könnt, eine versteckte Tür, einen Geheimgang?« Zali, Thom und Ikarus schüttelten den Kopf. Arketa sagte nichts, sondern zuckte nur mit den Schultern.

»Wäre es so, hätten wir es nicht erwähnt?«, fragte sie verärgert.

»Ich weiß es nicht«, sagte ich und starrte Vronti an. Er hat meinen Blick nicht erwidert. »Vronti? Hast du etwas gefunden?«

»Nein«, sagte er. Ich wusste, dass er nicht die Wahrheit sagte. Ich wusste nicht weshalb, aber ich wusste es einfach.

»Was hast du gefunden?«, fragte ich ihn erneut.

»Nichts. Ich habe es dir gerade gesagt.«

»Vronti, wenn du mir nicht hilfst, können wir auch Astra nicht helfen«, sagte ich und biss die Zähne zusammen, um meine aufsteigende Wut zu kontrollieren. Warum tat dieser Junge alles, um mir das Leben schwer zu machen?

»Astra bräuchte keine Hilfe, wenn es dich nicht gäbe«, spuckte er zurück. Ich zuckte bei seinen Worten zusammen

»Ich versuche, das in Ordnung zu bringen«, stieß ich hervor. »Ich weiß, dass du vor ein paar Tagen etwas auf dem Frachtdeck gefunden hast. Was war es?« Ich drückte meiner Stimme jedes Quäntchen Autorität auf, das ich besaß, und war überrascht, wie selbstbewusst meine Worte klangen. Vronti zögerte.

»Was ist los?«, fragte Arketa und trat auf ihn zu. »Wenn du etwas hast, das uns helfen kann...«, Vronti unterbrach sie.

»Oceanus zu befreien, ist eine Narrensache! Zeus ist der Einzige, der meine Schwester retten kann!«

»Warum bist du dann hier?«, rief ich zurück, meine Wut kochte in mir und das Feuer prickelte unter meiner Haut. »Wenn du nicht an das glaubst, was wir tun, warum bist du dann gekommen?« Mir wurde klar, dass ich die Antwort bereits kannte.

»Du spionierst für Zeus«, sagte Ikarus leise.

»Er wird nur dann auf mich hören, wenn ich ihm etwas von Wert bringe«, zischte Vronti.

»So etwas wie einen Beweis dafür, dass ein paar Nachfahren der Titanen versuchen, einen gefangenen Titanen zu befreien«, sagte meine Mutter leise. Er starrte sie an.

»Ihr seid alle Verräter am Olymp, und der Herr der Götter wird euch bestrafen und mich belohnen, indem er meine Schwester rettet.«

»Und was ist mit den anderen Seelen? Wird er sie auch befreien?«

»Wenn ich ihn frage, wird er es sicher tun.«

Ich schnaubte.

»Vronti, wenn dein Götterfürst so würdig wäre, hätte er die Seelen freigelassen, als du ihn das erste Mal darum gebeten hast. Er hält die Seele deiner Schwester aber ohne guten Grund gefangen! Wie kannst du ihm nur immer noch helfen wollen?«

»Und du glaubst, ein Titan wird vernünftiger sein? Barmherziger? Du bist verrückt!«

Ich kämpfte um eine Antwort. Die beunruhigende Wahrheit war, dass ich nicht wirklich wusste, ob Titanen besser waren als Olympier. Ich wusste weniger über diese Welt als alle anderen auf dem Schiff, und ich hatte keine Ahnung, wie Oceanus selbst sein würde. Aber als ich den Ozean unter uns spürte, als ich die Kraft des alten Schiffes in mich aufnahm, wusste ich, dass der Schöpfer dieser lebensspendenden Kraft ein gewisses Mitgefühl haben musste. Das musste er. Sonst würde ich einen noch größeren Fehler machen als meinen ersten.

»Es ist an der Zeit, dass Titanen und Olympioniken zusammenarbeiten«, sagte ich so ruhig, wie ich konnte.

»Das sagst du«, erwiderte er spöttisch. »Aber Titanen-Abschaum wie du es bist, ist zu gefährlich für unsere Welt. Es gibt einen Grund, warum Zeus sie alle eingesperrt hat.« Wut, Angst und ein überwältigendes Gefühl der Ungerechtigkeit überfluteten meine Gedanken, und das Feuer in mir loderte, weil ich unbedingt frei sein wollte.

»Was hast du gefunden, Vronti«, sagte Ikarus laut.

»Du musst es uns sagen. Das ist der beste Weg, um deine Schwester zu retten«, fügte Zali mit sanfter und freundlicher Stimme hinzu.

»Sprich nicht über sie!«, schrie er. Und ich merkte, dass seine Augen vor Tränen glänzten.

»Wir wollen alle dasselbe«, sagte ich, senkte meine Stimme und versuchte, mein kochendes Temperament zu beruhigen. »Wir wollen alle retten, die vom Keres-Dämon entführt wurden.«

»Wir müssen zusammenarbeiten«, sagt Zali. »Wir sind ein gutes Team.«

»Team? Bring mich nicht zum Lachen! Sie lässt mich nichts machen!«

»Arketa war die richtige Wahl für das Streitwagenrennen«, sagte ich langsam. Meine Geduld war bis auf das Äußerste strapaziert. Wenn er wusste, wo das Schwert war, musste er es uns sagen. »Zum letzten Mal, Vronti, was hast du gefunden?«

»Du glaubst, du kannst mich herumkommandieren? Du? Der Abschaum aus der Welt der Sterblichen, der sich für wichtiger hält als unsere Aristokratie?« Purpurne Energie knisterte gefährlich aus seinen ausgebreiteten Händen, und das Feuer in mir reagierte. Flammen züngelten an den Enden meiner Finger.

»Teste mich nicht, Vronti. Wir sind hier nicht mehr im Schwertkampf«, sagte ich leise.

»Du würdest Feuer auf einem Holzschiff benutzen? Du bist ein noch größerer Narr, als ich dachte«, spottete er. Irgendwo in meinem Kopf wusste ich, dass er recht hatte. Ich wusste, dass ich das Feuer nicht auf meinen Fingern tanzen lassen sollte. Ich wusste, dass ich es nicht wie Wasser kontrollieren konnte. Aber das war der Grund, warum es da war. Es reagierte auf meine Wut und meine Frustration. Es erhob sich und richtete sich gegen den Tyrannen, den Jungen, der mich so ungerecht behandelte. Die Flammen tanzten höher, als ob sie versuchten, ihn zu erreichen. Er hob seine eigenen Hände. »Ich würde dich eher braten, als dass du auch nur einen Blitz loslässt«, höhnte er.

»Versuch es einfach.« Die Welt wurde immer enger, und ich konnte nur noch den silberhaarigen Jungen vor mir sehen und hören, während das Schiff und die anderen aus meinem Bewusstsein verschwanden. Hitze, warm und einladend und heftig, umhüllte meinen Körper.

»Dora!« Ikarus Stimme durchbrach meinen Nebel. »Wir kriegen das schon hin, da bin ich mir sicher.« Er hatte Unrecht. Wir waren weit davon entfernt, die Dinge zu klären.

»Er hat versucht, mich zu töten, Ikarus«, sagte ich

laut und ließ Vronti nicht aus den Augen. »Mehr als nur einmal. Und ich habe nicht den geringsten Zweifel, dass er es wieder versuchen wird.«

»Vielleicht bist du gar nicht so dumm, wie du aussiehst«, sagte Vronti.

»Sag mir jetzt, was du gefunden hast.«

»Ich habe dein kostbares Schwert gefunden«, sagte er und ein fieses Grinsen überzog sein Gesicht. »Und ich bringe es direkt zu Zeus.« Feuer schoss aus meinen Händen auf ihn zu und dann krachte etwas in meine Seite und warf mich auf die Planken. Ich schrie vor Schmerzen auf, als mein Kopf hart auf das Holz schlug und große schwarze Flecken meine Sicht beeinträchtigten. Die wütende Hitze verflog. Ich blinzelte und versuchte, einen klaren Kopf zu bekommen. Ich hörte Schreie, als ich mich auf meine Hände und Knie zwang und immer noch nicht richtig sehen konnte.

»Haltet ihn auf!«, hörte ich Zalis Stimme, dann waren Hände unter meinen Achseln und hoben mich grob auf die Füße. Meine Sicht war noch immer verschwommen. Arketa schoss grüne Ranken in Richtung Vronti, der über das Deck der Tethys rannte. Mantikor Thom galoppierte hinter ihm her, seine roten Flügel schlugen auf das Holz, als er über das Deck polterte. Mir wurde klar, dass Vronti auf das Langboot zusteuerte. Ich wirbelte herum und hielt nach Ikarus Ausschau, aber ich konnte ihn nicht sehen und stolperte. Raue Hände fingen mich wieder auf.

»Immer mit der Ruhe.« Das war meine Mutter. Ich hielt mich dankbar an ihrem Arm fest und sah nutzlos zu, wie Vronti den Bug des Schiffes erreichte. Es war ein großes Deck und ich konnte gerade noch sehen, wie er über die Reling sprang, vermutlich in das Langboot. »Wo ist Ikarus? Er ist der Einzige, der ihn verfolgen kann!«, sagte ich verzweifelt, während Thom frustriert aufbrüllte. Zali rannte auf ihn zu, hielt die Hände auf und sprach leise und ruhig.

»Der Mantikor hat Flügel«, sagte Mama einfach.

»Thom hat noch nicht fliegen gelernt.«

»Oh. Das ist schlecht.«

»Kannst du etwas tun?«, fragte ich sie, verwirrt und verzweifelt. Mein Kopf hämmerte so sehr. Aber, wenn wir das Schwert verlieren...

»Du brauchst nichts zu tun, er hat es nicht dabei«, keuchte Ikarus hinter uns. Ich starrte ihn verwirrt an.

»Woher weißt du das?«

»Er kann unmöglich ein Schwert in einen Rucksack stecken«, sagte er immer noch schwer atmend. »Also bin ich in sein Zimmer gerannt und habe nachgesehen, ob es mit Magie verschlossen ist.«

»Ist das Schwert da drin? «

»Weiß ich nicht«, sagte er. »Aber wenn er das Zimmer so sorgfältig verschließt, bin ich mir sicher, dass es da drin ist.«

»Ich hoffe, du hast recht«, hauchte ich. Ein weiterer Schmerzimpuls erfasste meinen Kopf und ich zuckte zusammen. »Was ist passiert?«, fragte ich. Meine Mutter zeigte auf die Bretter, auf denen ich zuvor gestanden hatte. Eine große brennende Stelle auf dem Holz rauchte noch immer. »Habe ich das getan?«, fragte ich entsetzt.

»Nein, das war Vrontis Strom.« Ich sackte vor Erleichterung zusammen. »Das hast du aber getan«, sagte sie und zeigte auf die Stelle, an der Vronti gestanden hatte. Ein ähnlicher Brandfleck hatte das Deck verbrannt. Schuldgefühle überkamen mich angesichts des Schadens am Schiff des Oceanus. »Thom hat dich aus dem Weg geräumt. Er hat dir das Leben gerettet«, sagte sie. Sie schaute mir tief in die tränenden Augen. »Wir müssen dich auf die Krankenstation bringen«, verkündete sie.

»Aber wir müssen uns sicher sein, dass Vronti das Schwert nicht genommen hat!«, protestierte ich.

»Wir können ihn jetzt nicht fangen. Und das hier ist viel dringender«, sagte sie, und ihre Stimme war so überraschend sanft, dass ich mich von ihr zum Schlepper führen ließ.

ZWANZIG

Als wir auf der Krankenstation ankamen, stellte meine Mutter mir eine Reihe von Fragen, um sicherzugehen, dass ich keine Gehirnerschütterung erlitten hatte, während sie nach einem Schmerzmittel gegen Kopfschmerzen suchte. Aber je detaillierter die Fragen wurden, desto mehr fragte ich mich, ob sie sie nur stellte, um Antworten zu bekommen.

»Und wie alt ist deine Schwester?«

»Sechs.«

»Hier.« Sie reichte mir eine komisch riechende Paste, wie das Zeug, das Ikarus benutzte, als er noch verletzt war.

»Was soll ich damit machen?«, fragte ich sie. Sie betrachtete mich kurz und nahm mir dann die Paste wieder ab.

»Halt still«, sagte sie und tauchte ihre Finger in die Dose.

»Habt ihr noch andere Kinder? Wenn wir schon dabei sind, Fragen zu stellen«, sagte ich zaghaft.

»Keine«, sagte sie und ich zuckte zusammen, als sie ihre Finger an meine Schläfe presste. Ihre Hände waren kühl, und sobald die Paste meine Haut berührte, breitete sich ein wohliges Kribbeln auf meiner Stirn aus.

»Warum nicht?«

»Ich habe nie jemanden gefunden, mit dem ich ein Kind haben wollte«, sagte sie einfach.

»Was...was ist mit meinem Vater?« Ihre Augen trafen meine.

»Dein Vater ist ein gütiger Mann. Viel gütiger als die meisten in Olympus«, sagte sie.

»Du hast ihn also geliebt?« Ich studierte ihr Gesicht, während ich sprach, und achtete auf ihren stoischen Gesichtsausdruck.

»Du solltest dich jetzt besser fühlen«, sagte sie und wandte sich wieder der Dose mit der Paste zu. Ich seufzte.

»Danke«, sagte ich. Beinahe hätte ich *»Danke, Mama«* gesagt, aber beim letzten Wort geriet ich ins Stocken. Vielleicht war sie gar nicht so schlimm, wie ich dachte, und vielleicht wollte sie nur auf mich aufpassen, aber Mama kam mir doch noch nicht über die Lippen. »Wir gehen besser in Vrontis Zimmer.«

Als wir seine Tür erreichten, hockte Ikarus davor und schaute in das Schloss. Thom und Zali standen nervös hinter ihm, und Arketa lehnte an der gegenüberliegenden Wand und sah aus, als wäre ihr alles egal. Es war eine Gabe, dachte ich, immer so cool auszusehen. Ich beneidete sie. Ich hatte große Mühe, meine Gefühle im Griff zu behalten oder sie zu offensichtlich zu zeigen.

»Wie läufts?«

»Ich weiß nicht, welche Art von Magie er benutzt, und ich komme nicht durch«, sagte Ikarus mit fester und wütender Stimme.

Ich sah Thom an.

»Danke, dass du mich vor den Blitzen von Vronti gerettet hast«, sagte ich. »Ich war in meiner Wut gefangen, so dass ich niemals rechtzeitig ausgewichen wäre.«

»Kein Problem«, sagte er achselzuckend, aber es war das erste Mal seit Tagen, dass ich ein richtiges Lächeln auf seinem Gesicht sah.

»Wenn du Feuermagie einsetzen willst, musst du sicherstellen, dass du sie kontrollieren kannst«, sagte Arketa. Schuldgefühle durchfluteten mich erneut. Nachdem, was ihrer Schwester passiert war, musste ein Titan, der in ihrer Nähe Feuer benutzte, furchtbar für sie sein. Vielleicht war es Angst in ihren Augen, nicht Wut.

»I-«, fing ich an, aber meine Mutter unterbrach mich.

»Pandora und ich haben eine Abmachung. Ich werde Wasser benutzen, um jedes Feuer zu löschen, das ausbricht. Du brauchst dir keine Sorgen zu machen«, sagte sie.

»Ich bin voller Zuversicht«, antwortete Arketa sarkastisch, aber sie sah weniger besorgt aus. Ich starrte meine Mutter an und kniff meine Lippen zusammen.

Hatten wir diese Abmachung getroffen? Ich meine, ich weiß, dass sie es sagte, als wir über das Üben gesprochen haben, aber...«

»Aha!«, rief Ikarus plötzlich, und wir drehten uns alle zu ihm um. »Ich hab's!« Er strahlte und stand mit raschelnden Flügeln auf. Mit einem Schwung drehte er den Knauf an der Tür und sie schwang auf. Seine freudige Miene reichte aus, um mich kurz von der Suche nach dem Schwert abzulenken. Ich liebte es, ihn so selbstbewusst und übermütig zu sehen. Das war so ganz anders als der launische, verschlossene Junge, den ich vor Monaten kennengelernt hatte.

»Was glaubst du, wo er es versteckt hat?«, fragte Arketa und drängte sich an uns vorbei in den Raum.

»Ich weiß nicht, schaut überall nach.«

Wir durchsuchten alle Schubladen, Schränke und Truhen, von denen es nicht viele gab.

»Ich glaube, ich habe es gefunden!«, rief Zali, die neben dem Bett hockte und ihren Arm unter die Pritsche steckte. Sie zog etwas Großes heraus, das in ein Bettlaken eingewickelt war.

»Pack du es aus«, sagte sie, stand auf und drehte sich zu mir um.

Ich ließ mich auf die Knie fallen und schlug langsam das weiße Laken zurück, um zu sehen, was sich darin befand. Mein Atem stockte und Gänsehaut wanderte über meinen Körper. Es war *Alifthoros*. Ich hatte vorher schon ein paar Schwerter im Unterricht gesehen, aber keines wie dieses. Statt einer normalen geraden Klinge war die eine Hälfte des Schwertes in Form von sich kräuselnden, rollenden Wellen gezackt. Der Knauf und der Griff waren riesig, und mit pastellfarbenen Korallen bedeckt, die nass aussahen, sich aber trocken anfühlten, als ich sie ehrfürchtig berührte. Gleichzeitig waren sie rau und die Korallen kratzten an meinen Fingerspitzen, als ich mit ihnen über den Griff des Schwertes strich. Das Metall der Klinge glänzte in starkem Kontrast dazu.

»Da kommt der Edelstein hin«, hauchte meine Mutter und ich konnte Bewunderung auf ihrem Gesicht sehen. Sie deutete auf eine Vertiefung in der Mitte des Knaufs.

»Lass sie uns wiedervereinen«, sagte ich.

Ich trug das Schwert im Tuch in mein Zimmer. Die Korallen am Griff waren zu scharf, um es in die Hand zu nehmen, und ich traute mich auch nicht, das scharfe Ende des *Alifthoros* anzufassen. Ich hielt das Schwert erst ein paar Minuten in der Hand, aber ich hatte schon das Gefühl, dass ich es in meinem Leben brauchen würde. Es war bestimmt zwei Meter lang und wog eine Tonne. Ich konnte es auf keinen Fall in den Händen halten, aber das war mir egal. Ich hatte das Gefühl, dass es ein Teil von mir war. Und ich konnte sehen, dass es auf meine Mutter die gleiche Anziehungskraft besaß. Wir stürmten alle in meinen Raum, ich legte das Schwert auf das Bett und öffnete die Truhe. In dem Moment als ich den Deckel aufklappte, erfüllte das Rauschen des Meeres den Raum. Die anderen sahen erschrocken aus, aber ein fröhliches Lachen umspielte meine Lippen. Die Edelsteine vibrierten auf dem Stoff und ich nahm sie aufgeregt in die Hand.

»Ist das...«, sagte Mama und starrte auf das betäubende Material, das in der Truhe zurückgeblieben war. Dann blinzelte sie und schaute wieder auf das Schwert. »Später«, murmelte sie und stellte sich neben mich.

»Seid ihr bereit?«, fragte ich, ohne wirklich zu wissen, wen ich da eigentlich fragte. Es kam mir albern vor, mit den Edelsteinen zu sprechen, aber irgendwie fühlte es sich richtig an. Sie summten vor Energie in meinen Händen. Langsam setzte ich den ersten in seine Vertiefung. Ein befriedigendes Klicken ertönte, dann flog ein Seepferdchen aus Wasser aus dem Edelstein und tanzte um das Schwert herum, pulsierend und voller Leben. Zali stieß zur gleichen Zeit wie ich einen erfreuten Schrei aus.

»Das ist so süß!«, sagte sie. Ich drehte das Schwert um und das kleine Seepferdchen huschte an meiner Schulter hoch, als würde es mich beobachten. Vor lauter Aufregung setzte ich den zweiten Stein zurück an seinen Platz im Schwert. Ein lautes Klicken ertönte, dann brach ein weiteres Seepferdchen aus dem zweiten Stein hervor. Das erste Seepferdchen drehte sich auf der Stelle im Kreis und stürzte sich dann auf das Zweite, das ihm entgegensauste, und sie tanzten umeinander, als könnten sie ihre Freude nicht mehr zurückhalten.

»Sie sind schon seit einer Ewigkeit getrennt«, flüsterte ich.

»Das ist ein bisschen verrückt«, murmelte Thom hinter mir.

»Es ist bezaubernd!«, sagte Zali. Ich streckte die Hand aus, um das Schwert erneut zu berühren, und die beiden Seepferdchen schossen auf mich zu. Sie bewegten sich, als wären sie im Wasser und schaukelten, als würde eine Strömung sie anheben. Sie tanzten um meine Hand, als ich innehielt, und tauchten dann wieder in die glänzenden Saphirsteine ein.

»Oh, wo sind sie hin?«, fragte ich, als das ganze Schwert zu leuchten begann. Meine Augenbrauen schossen vor Überraschung in die Höhe, als es vor mir zu schrumpfen begann. Als das Schwert nur noch halb so groß war wie vorher, hörte es auf und der Griff fing an, mit blauem Licht zu pulsieren. Ich berührte ihn wieder mit der Hand, und statt der kratzenden Koralle spürte ich eine kühle, glatte Oberfläche. Es war, als hätte sich eine Glasschicht um den Griff gebildet, sodass ich ihn aufheben konnte. Ich tat es langsam und war erstaunt, wie viel leichter es war und wie natürlich es sich in meiner Hand anfühlte. Das Seepferdchen-Paar kam wieder aus dem Edelstein heraus und wirbelte fröhlich um die Klinge.

»Kannst du das glauben?«, hauchte ich und bewegte das Schwert vorsichtig herum.

»Das ist ziemlich geil«, sagte Ikarus.

»Es ist wunderschön«, sagte Zali.

»Wenn ich ehrlich bin, hätte ich auch gerne eines«, sagte Arketa und lächelte dabei.

»Das sollte nicht möglich sein«, sagte meine Mutter.

»Warum nicht?«

»Das ist das Schwert von Oceanus. Kein anderes

Wesen sollte es führen können«, sagte sie. Ihr Gesicht war blass.

»Aber er hat uns dorthin geführt, das war doch sicher seine Absicht?«, sagte Ikarus.

»Nein, ich dachte, es würde einen Hinweis enthalten, ein weiteres Rätsel oder so. *Alifthoros* hat seine Form verändert, damit du es benutzen kannst, Pandora. Das heißt.... Ich muss mit dir reden. Über deine Feuermagie.«

»Was ist mit ihrer Feuermagie?«, sagte Arketa scharf. Ich runzelte die Stirn und ließ das Schwert sinken.

»Ja, was ist mit meiner Feuermagie?« Mama schaute sich mit hochgezogenen Augenbrauen in der Runde um. »Das ist in Ordnung, du kannst vor ihnen reden. Sie müssen auch alles wissen«, sagte ich.

»Gut. Ich bin mir sicher, dass man dir auf der Akademie gesagt hat, dass es selten Halbgötter gibt, die gegnerische Kräfte kontrollieren können«, sagte sie. Ich nickte. »Nun, als Nachfahre des Schöpfers des Wassers ist es noch seltener, dass du überhaupt Feuermagie anwenden kannst. Schon gar nicht in dem Maße, wie du es kannst.«

»Richtig«, sagte ich langsam.

»Pandora, du kannst nicht beides haben. Nicht auf dieser Ebene der Macht. Es sind gegensätzliche Kräfte und dein Körper wird nicht in der Lage sein, den Krieg zwischen ihnen einzudämmen, wenn sie wachsen. Sie werden dich zerreißen.« Mein Magen zog sich zusammen, als sie sprach, und ein ungutes Gefühl überkam mich. Ich dachte an meine Träume, an die vielen, vielen Albträume, in denen Feuer und Wasser alles um mich herum zerstört hatten. Ich dachte die Vorhersage von Professor Fantasma und an meine unbekannte, *turbulente* Zukunft, die sie vorausgesagt hatte.

»Aber... Wie werde ich sie los?« Echte Rührung machte sich auf dem Gesicht meiner Mutter breit, Traurigkeit in ihren sonst so kalten Augen.

»Das kannst du nicht«, flüsterte sie. »Ich hatte gehofft, dass deine Macht nicht so stark ist, dass es nicht so weit kommen würde, aber wenn du stark genug bist, das Schwert zu führen...« Sie brach ab, ihre Stimme war leise.

»Wenn ihre Wasserkraft so stark ist, wird sie das Feuer doch sicher einfach vertreiben?« Bei Ikarus Worten stieg Panik in mir auf, und bevor ich mich zurückhalten konnte, trat ich einen Schritt vor.

»Nein! Du kannst das Feuer nicht loswerden!« Er sah mich alarmiert an.

»Das Feuer ist in dir so stark wie das Wasser, das war klar, als du Vronti gegenüberstandest. Deine Haut hat buchstäblich in Flammen gestanden. Das Feuer antwortet auf deine Gefühle. Es ist ein Teil von dir.«

Ihre Worte waren wahr, ich wusste es. Mir das Feuer oder das Wasser wegzunehmen... Der Gedanke verursachte mir körperliche Schmerzen, mein Magen krampfte sich zusammen.

»Was kann ich tun?«

»Ich weiß es nicht. Und ich fürchte, Oceanus wird nicht allzu positiv darauf reagieren, dass sein stärkster Nachfahre und Retter ein Feuermagier ist.« Mein Kopf drehte sich.

»Du meinst, er wird uns nicht helfen?«

»Sie kann sein Schiff steuern und sein Schwert benutzen, das heißt doch, dass er ihr vertraut?«, protestierte Arketa. Meine Mutter sagte nichts und eine lange Stille breitete sich im Raum aus. Ich starrte auf das Schwert und die kleinen Seepferdchen, die nun ängstlich darüber schwebten. Ich musste meine Gedanken ordnen, um zu verarbeiten, was sie gesagt hatte. *Meine eigene Magie würde mich zerstören.* Das Schlimmste daran war, dass ich wusste, dass sie recht hatte. Ich wusste von der Vision in der Rüstung, dass Feuer und Wasser auf meinem Körper kämpften. Ich wusste, dass ich sie nicht beide kontrollieren konnte.

»Ich hasse es, noch mehr schlechte Nachrichten zu überbringen, aber wir wissen immer noch nicht, wie wir Oceanus finden können«, sagte Thom leise. Ich sah ihm in die Augen. »Das Schwert hat uns nichts gesagt.« Die Seepferdchen sprangen plötzlich auf und waren wieder aufgeregt. Als würden sie auf einer Welle reiten, rollten sie auf meinen Waschraum zu, huschten dann zurück und wiederholten die Aktion.

»Wollen sie in den Waschraum gehen?«

»Wasser. Sie wollen im Wasser sein«, sagte ich. »Und ich kenne das Gefühl.«

»Ich auch«, sagten Mama und Zali gleichzeitig. Ich schaute zwischen den beiden hin und her.

»Ich glaube, es wird Zeit, dass wir schwimmen gehen«, sagte ich.

EINUNDZWANZIG

Ich brauchte kaum Zeit, um meine Badekleidung anzuziehen und mit dem *Alifthoros* in der Hand auf das Oberdeck zu gehen. Mama und Zali waren noch nicht da, also ging ich schnell zum Hauptmast und legte meine Hand auf das Holz. Das Verlangen, mich zu bewegen, den Wind zu spüren, frei zu sein, ließ mich erschaudern.

»Wir müssen runter zum Wasser, bitte«, bat ich die Tethys. *»Möglichst weit weg von Ares, wenn es geht. Wir wollen nicht, dass uns Piraten belästigen.«* Wir wollten, sobald wir wieder auf dem Schiff angekommen waren, in den Norden von Ares ziehen und uns nicht länger als nötig in der Nähe des wütenden Kriegsgottes aufhalten. Aber nachdem Vronti mit dem Langboot weggefahren war, wussten wir nicht mehr, wohin wir wollten, und schwebten einfach über dem Meer. Ich spürte, wie das Schiff zu sinken begann, und öffnete die Augen und sah Arketa vor mir stehen.

»Hallo«, sagte sie unbeholfen.

»Ähm, hallo«, sagte ich, genauso unbeholfen.

»Ich…«, sagte sie und schüttelte den Kopf, als ob sie genervt wäre. »Darf ich mit euch schwimmen?«, sagte sie schließlich und ihre Augen trafen auf meine.

»Natürlich kannst du das«, sagte ich. »Du bist großartig im Wasser.«

»Ich weiß, dass ich es bin. Ich schaffe es oft genug, dich zu schlagen«, sagte sie, aber ihre übliche Boshaftigkeit war nicht in ihrer Stimme zu hören. Ihr Tonfall war neckisch, nicht wütend. Ich legte meinen Kopf schief und hob die Augenbrauen. Sie rollte mit den Augen und seufzte. »Sieh mal, so wie Vronti ausgeflippt ist… Ich weiß, dass er nur seine Schwester zurückhaben will, und die Götter wissen, dass ich das nachempfinden kann, aber…. Ich will nicht so enden«, sagte sie und blickte zu Boden. »Er ist so wütend, dass er sogar jemanden umbringen würde.« Sie atmete noch einmal tief durch. »Ich bin wahrscheinlich genauso überrascht wie du, aber…. aber ich will nicht, dass du von deiner Magie zerrissen wirst.«

»Wirklich?«

»Ja. Auch wenn ich den Titanen immer noch nicht traue, ist es wahr, dass wir ein gutes Team sind. Und…. du hast mir schon einmal das Leben gerettet. Während des Wagenrennens wurde mir klar, dass du es wieder tun würdest, wenn es nötig wäre.«

»Natürlich würde ich das«, sagte ich. Sie nickte und ich konnte die Aufrichtigkeit in ihren Augen sehen. Es war ihr wichtig, was mit mir geschah. Ich hatte mir die

Knospe des gegenseitigen Respekts, die ich spürte, also nicht eingebildet.

»Das heißt nicht, dass wir Freunde sind«, sagte sie und strich sich die Haare über die Schulter, um sofort wieder ihre typische Coolness an den Tag zu legen. »Aber das ist ein Waffenstillstand.«

»Verstanden«, sagte ich. »Waffenstillstand.«

Wir sprachen erst wieder, als meine Mutter und Zali aus dem Schlepper stiegen, Ikarus mit ihnen. Die *Tethys* befand sich jetzt nur noch zehn Fuß über den Wellen, und als ich mich über die Reling lehnte und tief einatmete, wurde ich etwas ruhiger. Vorsichtig kletterte ich auf das Holz und klemmte mir den Griff von *Alifthoros* unter den Arm.

»Viel Glück«, sagte Ikarus, seine Stimme war vor Sorge angespannt. Ich wusste, dass es für ihn nicht leicht war, die Enthüllung meiner Mutter zu hören. Wenn mir jemand das Gleiche über ihn gesagt hätte... Ich konnte mich jetzt nicht damit befassen. Je mehr ich über meinen unausweichlichen Untergang nachdachte, desto mehr schwirrte mein Kopf und meine Magie rumorte in mir. Ich musste mich darauf konzentrieren, meine Fehler zu korrigieren, Tak und die anderen zu retten. Alles andere musste warten, und dazu gehörte auch, mich an Ikarus Schulter auszuweinen.

»Danke. Bis bald«, sagte ich zu ihm und stürzte mich von der Kante des Schiffes.

· · ·

Das Gefühl, als ich auf das Wasser traf, war herrlich. Der kleine Pool in meinem Zimmer auf dem Schiff war gut, aber es war nicht der Ozean. Das kalte Wasser verschlang mich, während ich mich aufrichtete und mich von den Wellen tragen ließ. *Alifthoros* war völlig schwerelos geworden. Ich holte tief Luft, öffnete die Augen und sah, wie die anderen nach mir ins Wasser sprangen.

»Was meinst du, wie tief müssen wir das Schwert nehmen?«, fragte ich meine Mutter, als sie neben mir auftauchte. Die Wellen waren ruhig und wir dümpelten gemeinsam an der Oberfläche, während Arketa und Zali auf der anderen Seite auftauchten, ein breites Lächeln auf Zalis Gesicht. Ich wusste, dass sie sich bereits umgezogen hatte.

»Ich bin mir nicht sicher«, sagte meine Mutter.

»Ich kann nur etwa fünf Minuten ohne Luft auskommen«, sagte ich.

»Ich auch«, sagte Arketa.

»Das ist okay«, sagte meine Mutter, »ich kann dir die Luftblasen machen, die du brauchst«.

»Kannst du mir zeigen, wie man sie macht?«, fragte Zali aufgeregt.

»Nein, das darf ich nicht. Es gibt nur sehr wenige Meeresnymphen, die sie erschaffen können«, sagte sie ihr.

»Im Garten unter der Akademie gibt es sie«, sagte ich, und ihr Blick wanderte unbeholfen zu mir.

»Was das angeht...«, sagte sie, unfähig, meinen Blick zu halten. Mir blieb der Mund offenstehen.

»Warst du es?«

»So hast du also von Ikarus erfahren!«, rief Zali aus. »Du hast einen Jungen mit Flügeln gesehen, der mit Dora in den Garten ging!«

»Ihr wart dort? Aber woher wusstest du, dass wir da sein würden?« Ich konnte mir keinen Reim darauf machen.

»Ich wusste nicht, dass du da sein würdest. Aber ich hatte gehofft, du würdest es finden«, sagte meine Mutter leise.

»Du wusstest also von der Kiste und Oceanus?«

»Nein, Pandora. Ich hatte keine Ahnung. Ich hatte gehofft, du würdest den Garten finden, denn er ist wunderschön und du bist meine Tochter. Ein Kind des Ozeans.« Ein Kloß bildete sich in meinem Hals und ich blinzelte. »Als ich dich an der Akademie absetzte, hatte ich das Bedürfnis zu bleiben. Also tat ich es. Unter der Akademie. I... Ich wollte sehen, wie es dir geht, ob du glücklich bist. Also habe ich dich beobachtet.«

»Wie?«

»Die Schildkrötenfamilie. Ich kann mit ihnen kommunizieren, so wie Zali es kann. Sie haben mich über deine Fortschritte informiert. Und als ich deine Anwesenheit unter der Schule spürte, habe ich dir die Atemblasen geschickt.«

»Du warst die ganze Zeit da?«

»Ja.«

»Du hast auf mich aufgepasst?«

»Ja.«

»Warum hast du mir nicht gesagt, dass du da bist oder selbst mit mir gesprochen?«

»Du warst am Strand so wütend auf mich, und... und um ehrlich zu sein, habe ich keine Ahnung, wie man mit einem Teenager spricht. Ich nehme an, ich war ein Feigling.«

Ich konnte es nicht glauben. Es war ihr nicht egal. Ich hatte eine Mutter, die sich um mich sorgte. Sie hatte mich nicht im Stich gelassen. Ein Wellengang ließ meinen Kopf für einen Moment unter Wasser tauchen und ich prustete überrascht auf.

»So rührend das auch ist, wir sollten weitermachen«, sagte Arketa, ihre Worte waren schärfer als ihr Ton.

»Du hast recht«, sagte meine Mutter. »Ich werde die Luftblasen herbeirufen«, sagte sie und ihre förmliche Erscheinung kehrte zurück, während die Emotionen von ihr abfielen. Sie verschwand unter dem Wasser und Arketa folgte ihr. Ich spürte, wie Zali meine Hand drückte.

»Ich hab's dir ja gesagt«, sagte sie grinsend und tauchte unter die Wasseroberfläche. Ich blinzelte schnell und schüttelte den Kopf. Es gibt nur eine bestimmte Menge an Informationen und Gefühlen, die ein Mensch auf einmal verarbeiten kann, und ich war offiziell an meiner Grenze angelangt.

Wir brauchten nicht weit unter die Oberfläche zu tauchen, bevor *Alifthoros* zu leuchten begann. Die türkisfarbenen Atemblasen schwirrten um meinen Kopf und schützten meine Augen vor dem salzigen Ozean, und ich konnte klar sehen, als das saphirfarbene Licht von der

Klinge aufleuchtete. Zali, die aufgeregt war als Meerjungfrau zu erscheinen, huschte zwischen uns allen umher und bewegte sich mit der dreifachen Geschwindigkeit wie wir. Die kleinen Seepferdchen brachen plötzlich aus dem Knauf des Schwertes hervor und ich grinste, als sie sich gegenseitig umkreisten und winzige Spuren von Blasen im Wasser hinterließen. Ich verlangsamte mein Tempo und kam dann zum Stehen. Die anderen taten das Gleiche, und Zalis schillernder Schwanz spiegelte den Glanz des Schwertes im schwindenden Licht wider. Die Seepferdchen tanzten auf dem Schwert auf und ab, und das Leuchten wurde immer heller, bis ich meinen anderen Arm hob, um meine Augen zu schützen. Plötzlich erlosch das Leuchten, und die Seepferdchen prallten von der Klinge zurück. Das Einzige, was noch leuchtete, war eine Inschrift, die nun in der Mitte des Stahls leuchtete.

Finde die Klippen der Verlassenheit. Du musst einen Glaubenssprung machen, las ich. Ich drehte das Schwert so, dass jeder es lesen konnte, und mit einem Nicken machten wir uns alle auf den Weg zurück an die Oberfläche.

»Ich mag die Worte Klippen und Sprung nicht im selben Satz«, sagte Arketa, als wir alle den Kopf über den Wellen hatten.

»Ja, das klingt ein bisschen bedrohlich«, stimmte Zali zu.

»Weißt du, wo diese Klippen sind?«, fragte ich meine Mutter und spürte einen Stich der Rührung, als ich sie ansah. Ein großer Teil von mir wollte sie umarmen, aber ich war mir ziemlich sicher, dass sie das nicht wollte.

»Nein, obwohl mir der Name bekannt vorkommt.«

»Ikarus könnte es wissen. Er hat alles gelesen«, sagte Zali. »Ich bleibe noch ein bisschen im Wasser, wenn das okay ist«, fügte sie hinzu.

»Ich bleibe auch hier«, sagte meine Mutter.

»Kein Problem«, antwortete ich. Ich könnte etwas Zeit gebrauchen, um mit Ikarus und Nix zu reden. Ich konzentrierte mich auf das Wasser und rief einen Strahl herbei, der mich aus den Wellen hob. Ich stieg höher und höher, bis ich auf Höhe des Geländers war. Ikarus war da und ergriff meine Hand, als ich in Richtung Deck schwankte. Ein weiterer Jet schoss neben meinem hoch, auf dem Arketa saß und ängstlich aussah.

»Danke!«, rief sie. Ich nahm an, dass meine Mutter den Jet für sie gemacht hatte.

»Wie ist es gelaufen?«, fragte Ikarus, als Thom Arketa wieder an Bord half.

»Auf der Klinge ist eine Inschrift. Sie lautet: *Finde die Klippen der Verlassenheit. Du musst einen Glaubenssprung machen*«, sagte ich ihm.

»Die Klippen der Verlassenheit?«, wiederholte er ungläubig.

»Du kennst sie?«

»Sie sind im Reich des Steinbocks«, sagte er und sein Gesicht wurde finster. Mein Magen sank. »Das ist ein verbotenes Reich.«

ZWEIUNDZWANZIG

Das Reich des Steinbocks war das Reich der Artemis und für fast alle Menschen auf dem Olymp streng verboten. Die junge, keusche Göttin hielt ihr Reich nur wenigen Völkern vor, darunter den schwer fassbaren Zentauren, aus Chirons Unterricht konnte ich mich noch genau daran erinnern.« Ich hatte das Schiff gebeten, uns zu den Klippen der Verlassenheit im Reich des Steinbocks zu bringen, und die *Tethys* hatte sich pflichtbewusst in Bewegung gesetzt, aber ich hatte keine Ahnung, ob wir wirklich an den richtigen Ort fuhren. Das Reich des Steinbocks war mindestens zwei Tage von unserem Standort entfernt, also hatten wir Zeit, uns zu überlegen, was wir dort tun würden.

Thoms Vorschlag war, aufzutauchen und zu hoffen, dass die Göttin es nicht bemerkte. Ich hatte das Gefühl, dass das nicht funktionieren würde. Wenn Artemis sich die Mühe gemacht hatte, den größten Teil der Welt aus ihrem Reich zu verbannen, dann musste sie auch wissen, ob jemand in ihr Reich eindringt.

Seit dem Vorfall mit Vronti schien Thom deutlich fröhlicher zu sein. Er hatte sich selbst bewiesen, dass er in seiner Mantikor-Form nützlich sein konnte, und Zali und er verbrachten den größten Teil unseres ersten Reisetages damit, den Wechsel zu üben und zu versuchen, als Mantikor zu fliegen. Während des Abendessens in der Kombüse stellte er Ikarus viele Fragen über das Fliegen: Wie kontrolliert man die Höhe mit den Flügeln und was passiert, wenn man von einer Windböe erfasst wird. Es tat gut, sie miteinander reden zu sehen, und vor allem Ikarus, während er über das Fliegen sprach. Sein Gesicht leuchtete und seine stechend grünen Augen funkelten. Ich unterdrückte einen Anflug von Eifersucht, als ich den Reis in meinen Mund löffelte. Ich würde meine Kraft nie so genießen können wie er. Nicht jetzt, wo ich darauf wartete, dass sie mich zerstörte. Ikarus und ich hatten immer noch nicht über das gesprochen, was meine Mutter gesagt hatte, und ich wollte, dass das auch so blieb. Ich wusste, dass er die Wahrheit leugnen oder versuchen würde, sie zu umgehen, aber ich konnte mich nicht dazu durchringen, ihm zu erklären, woher ich wusste, dass es wahr war. Ich wusste bis in mein Innerstes, dass die beiden Kräfte, die mich durchströmten, nicht nebeneinander existieren konnten. Ich schätze, ich war nicht bereit, es laut zuzugeben. Es gab jedoch eine Person, mit der ich darüber reden wollte. Und dazu brauchte ich nicht laut zu sprechen.

. . .

»Hey Nix«, sagte ich und ließ mich mit der zarten Phönixfeder auf mein Bett fallen.

»Du hast mich warten lassen! Hast du Alifthoros gefunden?«

»Ja, und es ist das Beste, was ich je in meinem Leben gesehen habe. Abgesehen von diesem Schiff vielleicht.« Der Vogel brummte in meinem Kopf. »Und deine Feder«, fügte ich schnell hinzu.

»Hast du den Stein hineingelegt?«

»Ja, eigentlich zwei davon.« Ich erzählte ihm, wie ich den anderen Edelstein gefunden hatte und was mit Vronti passiert war. Ich dachte mir, dass er nicht wissen musste, dass ich einen vorläufigen Waffenstillstand mit Arketa geschlossen oder dass meine Mutter mich nie wirklich in der Akademie verlassen hatte. Ich musste selbst herausfinden, was ich davon hielt. »Dann nahmen wir das Schwert mit ins Meer, wie die Seepferdchen es wollten, und es erschien eine Inschrift, die besagte, dass wir an den Klippen der Verlassenheit einen Sprung des Glaubens wagen sollten«, beendete ich. Nix sagte eine gefühlte Ewigkeit lang nichts. »Bist du noch da?«, fragte ich ihn.

»Ja, Pandora«, sagte er, seine Stimme war schwer und voller Emotionen, als ich sie je zuvor gehört hatte. Er nannte mich fast nie bei meinem Namen. Traurigkeit zerrte an mir.

»Du hast dasselbe erkannt wie meine Mutter, oder?«, sagte ich leise. »Meine Kräfte sind zu stark.«

»Sie hat es dir gesagt?«

»Ja.«

»*Ich fürchte, es ist wahr. Wenn du das Schwert des Oceanus schwingen kannst, dann ist deine Wasserkraft zu stark, um im selben Körper wie eine andere Elementarkraft zu existieren.*«

»Kann ich irgendetwas tun?«, fragte ich, schloss meine Augen und betete, dass er etwas wusste, was meine Mutter nicht wusste.

»*Abgesehen von der Suche nach einer neuen Leiche, nein. Es tut mir leid.*«

»Ein neuer Körper?«

»*Ja. Eine unsterbliche. Keine menschliche Form wird deine Kräfte überleben.*«

»Könnte... Könnte Oceanus mich unsterblich machen?« Nix hielt inne.

»*Pandora, Unsterblichkeit ist keine Sache, die man auf die leichte Schulter nehmen sollte. Als jemand, der wiedergeboren wurde, würde ich sie niemandem wünschen.*« Ich antwortete ihm nicht und dachte darüber nach. Würde ich ewig ohne meine Freunde, meine Familie oder Ikarus leben wollen? »*Außerdem haben die Olympier nur wenige Regeln, aber eine davon ist, dass sie die Menschen nicht unsterblich machen dürfen. Die Götter werden schnell langweilig, und sie wollen nicht, dass derjenige, den sie zu einem bestimmten Zeitpunkt als ihren Liebling ansehen, für die Ewigkeit bleibt. Ich weiß, dass Oceanus kein Olympier ist, aber er hat sich immer an die Regeln des Zeus gehalten, bis er verschwunden ist. Wenn er Frieden will, wird er wahrscheinlich nicht gleich bei seiner ersten Tat trotzig sein.*« Ich holte tief Luft.

»Glaubst du, er gibt mir die Macht, meinen Vater und

meine Schwester zu sehen, bevor... Bevor ich in die Luft gehe?«, fragte ich leise. Nix schnaubte.

»*Sei nicht so dramatisch*«, schimpfte er. »*Du wirst nicht in die Luft gehen.*«

»Wirklich?«

»*Ich hoffe nicht*«, sagte er und klang dabei nicht ganz so sicher. »*Weißt du, du hast vor, ihn um viele Gefallen zu bitten. Du könntest merken, dass er gar nicht erfreut ist, dich zu sehen.*«

»Ja, Mama hat gesagt, dass er von der ganzen Feuersache nicht beeindruckt sein könnte«, seufzte ich.

»*Blödsinn, jeder ist vom Feuer beeindruckt*«, sagte der Vogel hochmütig.

»Klar, sagst du das, du bist ein Feuervogel.« Ich rollte mit den Augen.

»*Hmpf. Ich meinte, du weißt nicht, warum er überhaupt verschwunden ist. Vielleicht will er nicht gefunden werden.*«

»Das tut er«, sagte ich. »Warum hinterlässt er all die Hinweise, und die Spur, der nur sein Nachkomme folgen kann? Und das Gedicht? *Doch für den Helden, der das Blut ertragen kann, ist endlich eine Chance, diesen blutigen Krieg zu beenden.*« Ich trug die letzte Zeile des Gedichts vor.

»*Du vergisst. Ich kannte ihn tatsächlich. Ich bin mir nicht sicher, ob er über die Dämonen, die du herausgelassen hast, glücklich sein wird.*«

»Aber wie hätten wir die Phiole sonst finden können?« Nix wurde still.

»*Ich gebe zu, es ergibt nicht alles einen Sinn*«, sagte er schließlich. »*Ich hoffe, Pandora, dass er dir helfen kann.*

Sowohl um die Seelen deiner Freunde zu retten als auch um deine Familie wiederzusehen.«

»Danke, Nix«, sagte ich und hatte zum ersten Mal, seit die Flut an Informationen und Gefühlen begonnen hatten, Tränen in den Augen. »Wie lange wird es dauern, bis mich meine Kräfte... töten?«

»Ich denke, es wird nicht so bald sein«, sagte er sanft. *»Wenn sie nicht stärker werden, könnte es lange dauern.«*

»Was, wenn ich jemanden damit verletze? Wie Arketas Schwester und die Personen in meinen Träumen?«

»Ich habe dir schon gesagt, dass du nicht in die Luft fliegen wirst«, sagte er.

»Gut. Nix, wenn Oceanus sich freut, uns zu sehen, werde ich nicht vergessen, ihn zu bitten, dir einen neuen Körper zu geben«, sagte ich.

»Ich danke dir, Pandora.«

DREIUNDZWANZIG

Es dauerte weitere anderthalb Tage, bis wir das Reich des Steinbocks erreichten, und als die *Tethys* schließlich tief über die Westküste segelte, wussten wir immer noch nicht, wie wir zu den Klippen gelangen erreichen sollten.

»Bist du sicher, dass wir uns nicht einfach reinschleichen können?«, fragte Thom erneut.

»Ziemlich sicher, ja«, antwortete Ikarus.

»Artemis ist doch nicht der schlechteste der Götter, oder?«

»Machst du Witze? Sie hat einen Mann getötet, nur weil er sie beim Baden gesehen hat. Und das nicht aus Barmherzigkeit! Sie hat ihre fünfzig Hunde auf ihn gehetzt.«

»Oh. Vielleicht sollten wir uns doch nicht reinschleichen«, sagte Thom und wurde blass.

»Wir werden sie einfach fragen müssen«, sagte ich. Niemand sprach, also stand ich auf. «Ich hatte den *Alift-*

horos mit auf das Achterdeck genommen und hob ihn hoch in die Luft. Sobald sich meine Finger um den Griff legten, sprangen die kleinen Seepferdchen aus den Edelsteinen und hüpften um die Klinge. *Das wird nichts,* dachte ich und räusperte mich.

»Mächtige Artemis, wenn du mich hören kannst, bitte wisse, dass wir nichts Böses wollen. Wir sind auf der Suche nach den Klippen der Verlassenheit.«

Nichts passierte. Nicht einmal der Wind rührte sich.

»Nun, das war sinnlos«, sagte Arketa.

»Ist das Schwert von Oceanus?«, fragte eine Frauenstimme, und ich schrie überrascht auf, als ein Mädchen vor mir auftauchte.

»Ja«, stammelte ich.

»Nun. Wer hätte das gedacht? Ich dachte, das wäre auf dem Grund des Ozeans verloren gegangen.«

»Artemis?«

»Ja. Woher hast du das Schwert? Warum suchst du nach den Klippen?« Ich fiel sofort auf die Knie, wie alle um mich herum.

»Ich stamme von Oceanus ab«, sagte ich mit gesenktem Kopf.

»Versuchst du, ihn zu finden?«

»Ja«, sagte ich, nachdem ich einen Moment zögerte. Es hatte keinen Sinn, sie anzulügen. Sie war eine olympische Göttin.

»Sieh mich an, bitte«, sagte sie und ihre mädchenhafte Stimme hatte plötzlich das Gewicht eines Befehls, den ich nicht ablehnen konnte. Ich hob meinen Kopf. Sie sah nicht älter aus als ich und hatte das gleiche blass-

blonde Haar, nur dass ihres viel länger und zu kompli-
zierten Zöpfen geflochten war. Sie trug eine kurze weiße
Toga und hatte eine riesige goldene Schleife über die
Schultergebunden.

»Du bist Pandora, nicht wahr? Und das muss Ikarus
sein.« Sie sah Ikarus an und seine blasse Haut errötete,
als er sich tiefer verbeugte.

»Woher weißt du«, begann ich, aber sie winkte stirnrunzelnd mit der Hand ab.

»Chiron sucht oft den Rat bei mir. Das Reich des
Steinbocks ist das Land der Zentauren«, sagte sie
abschätzig. »Er ist sich nicht sicher, ob er euch beiden
vertrauen soll. Er glaubt nicht, dass es eine gute Idee ist,
einen Titanen zu erwecken.« Ihre hübschen braunen
Augen bohrten sich in meine.

»Erwecken?«, fragte ich zaghaft.

»Ja. Oceanus schlummert schon seit langer Zeit.«

»Weißt du, wo er ist?«

»Natürlich tue ich das. Alle Götter wissen es. Aber du
bist die erste Sterbliche, die am richtigen Ort nach ihm
gesucht hat.« Sie schaute sich auf dem Schiff um. »Und
definitiv die erste, die sein Schiff und sein Schwert
gefunden hat. Ich bin beeindruckt.« Sie zog eine Augenbraue hoch. »Weißt du, Zeus und Oceanus haben sich
am Ende nicht wirklich verstanden. Bist du sicher, dass
du das tun willst?«

»Ich habe keine andere Wahl«, sagte ich.

»Ach? Und warum ist das so?«

»Ich habe einen Fehler gemacht, der dazu führte,
dass fünf meiner Klassenkameraden ihre Seelen an einen

Keres-Dämon verloren. Zeus weigerte sich, sie von Hades zurückzufordern.«

»Und du glaubst, dass Oceanus diese Seelen für dich zurückholen wird?«

»Das hoffe ich, ja.« Artemis stieß ein schallendes Lachen aus.

»Du weißt, dass er unglaublich alt und äußerst mächtig ist? Nur Zeus kommt an seine Macht heran. Warum sollte er fünf Kindern helfen, die er nicht kennt?«

»Als Gegenleistung dafür, dass wir ihn befreit haben«, sagte ich leise. Ich kam mir langsam sehr klein und sehr albern vor. Das Schwert klirrte in meiner Hand und die Seepferdchen tanzten an meinem Gesicht, als wollten sie mich daran erinnern, wer ich war. »Und weil ich ein Nachkomme von ihm bin«, fügte ich etwas selbstbewusster hinzu. Artemis betrachtete mich einen Moment und fuhr sich nachdenklich mit einem Finger über die Wange.

»Ich sag dir was. Ich schlage dir einen Deal vor. Wenn ich dir die gestohlenen Seelen zurückbringe, lässt du dann Oceanus schlummern?« Mir blieb der Mund offenstehen, als ich ihre Worte hörte. Ich drehte mich zu Ikarus um, dessen Gesicht eine Maske der Bestürzung war.

»Dora, was ist mit deinen Kräften? Oceanus ist vielleicht der Einzige, der dir helfen kann«, sagte er verzweifelt.

»Das spielt keine Rolle, Ikarus. Oberste Priorität haben die Seelen, erinnerst du dich?«

»Aber ihr seid doch den ganzen Weg hierhergekommen«, sagte meine Mutter mit angestrengter Stimme. Sie hatte recht, wir hatten einen langen Weg hinter uns. Und ein großer Teil von mir wollte unbedingt den mächtigen Meeresgott treffen, das Wesen, mit dem ich so sehr verbunden war und mit dem ich mich angefreundet hatte, ohne ihm jemals zu begegnen.

»In dem Rätsel stand, dass du ein Zeitalter des Friedens herbeiführen sollst«, sagte Zali. *Frieden zwischen Titanen und Olympiern.* Keine Titankinder mehr, die an den Akademien gemobbt werden. Der Gedanke zerrte an mir. Und was ist mit Nix neuem Körper? Und damit, dass ich meinen Vater wiedersehen kann? Und Mandy? Meine Augen begannen zu brennen und ich atmete zittrig aus. Oceanus war die beste Chance, die ich jemals bekommen würde, sie wiederzusehen. Aber ich wusste, dass ich sie nicht ergreifen konnte.

»Wir wissen nicht sicher, ob Oceanus uns helfen wird«, sagte ich lauter als beabsichtigt und versuchte, das Bild meines Vaters zu verdrängen. »Wenn er nein sagt, sind Tak, Kiko und die anderen für immer verloren. Das kann ich nicht riskieren. Nicht, wenn Artemis jetzt für ihre sichere Rückkehr garantieren kann.«

»Auch wenn das bedeutet, dass deine eigenen Kräfte dich am Ende töten werden?« Ich schaute in Ikarus tränenerfüllte, verzweifelte Augen.

»Ja. Ich muss für meine Fehler bezahlen, Ikarus. Es tut mir leid.« Ich schaute Artemis an, mein Entschluss stand fest. »Ich nehme dein großzügiges Angebot an«, sagte ich. Ikarus stieß einen erstickten Laut aus und meine Mutter zischte. »Bitte, gib uns unsere Freunde zurück. Wir haben den Keres-Dämon, den wir Hades als Gegenleistung anbieten können.«

»Nun«, sagte Artemis, ein Lächeln auf den Lippen. »Jetzt bin ich wirklich beeindruckt. Du darfst zu den Klippen gehen. Und ich wünsche dir Glück.«

»Was?«

»Hades wird nichts tun, wenn ich ihn darum bitte, wir sind nicht gerade Freunde. Aber er *war* sehr freundlich zu Oceanus, also rechne ich damit, dass ihr gute Chancen habt, eure Seelen zurückzubekommen.«

»Ich verstehe nicht«, sagte ich und starrte die Göttin verwirrt an.

»Das war ein Test!«, bellte Ikarus, wütender als ich ihn je gehört hatte.

»Na, na, kleiner Junge. Du willst doch nicht deine Beherrschung vor einer Göttin verlieren«, sagte Artemis und ihr mädchenhafter Akzent verschwand, als sie vor uns zu wachsen begann. Ein weißes Leuchten ging von ihrer Haut aus und ich verspürte den starken Drang, wegzulaufen und mich zu verstecken. »Ja, es war ein Test. Ich wollte herausfinden, was für ein Mensch sie ist, ob sie das Leben anderer über ihr eigenes stellt. Und sie hat bestanden. Du kannst also gehen und Oceanus suchen, aber geh jetzt, bevor ich meine Meinung ändere.« Ikarus fiel wieder auf die Knie.

»Es tut mir leid, mächtige Artemis«, sagte er leise. Sofort begann sie wieder zu schrumpfen.

»Du liegst ihm sehr am Herzen. Du hast Glück«, sagte sie zu mir, dann verschwand sie mit einem blendenden weißen Lichtblitz.

. . .

Bevor irgendjemand ein Wort sagen konnte, schlingerte die *Tethys* vorwärts. Ich schrie auf und drängte meine Gedanken auf das Schiff, aber es war in heller Aufregung und raste auf etwas zu, das viel wichtiger war als alles, was ich anbieten konnte. *Oceanus*. In wenigen Sekunden rasten wir im Tiefflug über das Reich des Steinbocks und die Grasebenen, die sich um uns herum über Meilen erstreckten. Ich rannte zur Reling am Bug des Schiffes und die anderen folgten mir. Die *Tethys* bewegte sich so schnell, dass mir die Haare aus dem Gesicht flogen, und wenn jemand sprach, konnte ich ihn durch den tosenden Wind nicht hören. Und ich war froh darüber. Die Erleichterung, dass die gestohlenen Seelen zurückgegeben werden würden, hinterließ jetzt ein Loch in meinem Bauch. Der Schmerz auf Ikarus Gesicht, als ich meine Chance, mich zu retten, aufgegeben hatte, trieb mir die Tränen in die Augen, aber der Wind peitschte sie sofort weg. Er glaubte, dass Oceanus mir mit meinen Kräften helfen könnte. Aber ich wusste, dass er sich irrte. Ich wusste, dass das Feuer und das Wasser nicht zusammen in mir existieren konnten, egal was geschah. Ich wusste, dass mir nicht geholfen werden konnte.

Plötzlich begann das Schiff zu kippen, und ich war nicht der Einzige, der einen verängstigten Schrei ausstieß, als die *Tethys* in einen Sturzflug überging. Mein Schrei wurde zu einem richtigen Schrei, als wir mit einer gefühlten Million Kilometer pro Stunde über die Erdklippe rasten. Ich versuchte, mit tränenden Augen zu blinzeln, während ich nach Luft schnappte. Mir wurde klar, dass wir am Fuße der Klippe nicht auf Wasser zusteuerten. Es war feste Erde.

Ich spannte mich an, als sich die riesige braune Fläche näherte, bereit, dass das Schiff in tausend Stücke zerschlagen würde und wir mit ihm. Doch zu meinem Erstaunen fuhren wir direkt durch den Boden, als wäre er gar nicht da. Die Luft um uns herum schimmerte und glänzte wie eine Blase aus Sonnensegeln, und die *Tethys* flachte ab. Ich keuchte, als ich meinen Griff am Geländer lockerte und mich hektisch umsah. Wir schwebten in einem klaren blauen Himmel über einem ruhigen und sanften Ozean. Das stand im völligen Widerspruch zu meinem Herzklopfen und meinen zitternden Gliedern.

»Geht es allen gut?«, keuchte ich.

»Nein«, würgte Thom und hievte sich über das Geländer. Ich blickte schnell jeden in der Gruppe an. Alle waren noch da und niemand sah verletzt aus, obwohl sie alle genauso aufgewühlt aussahen, wie ich mich fühlte.

»Meinst du, das ist es? Wo Oceanus ist?«, sagte Ikarus und atmete flach. Ich blickte auf den *Alifthoros* hinunter, den ich glücklicherweise immer noch in meinem zitternden Griff hielt. Es leuchtete hellblau und die Seepferdchen schwirrten wild umher.

»Lass es uns herausfinden«, hauchte ich.

VIERUNDZWANZIG

Ich hob *Alifthoros* über meinen Kopf und stolperte, als es sich in meiner Hand zu drehen begann und mich über das Deck zog. Die Seepferdchen sausten um meinen Kopf herum und hüpften aufgeregt, bis sich das Schwert aus meinem Griff löste. Das Schiff begann durch die Luft auf den Ozean unter uns zu sinken, und ich beobachtete mit zunehmender Panik, wie das Schwert an den Segeln vorbei in die Luft stieg und immer größer wurde. Die Seepferdchen erstarrten, als würden sie ebenfalls zusehen. Dann hörte das Schwert auf, sich zu bewegen, und begann, in einem leuchtenden Türkis zu glühen. Der klare blaue Himmel verdunkelte sich, finstere Wolken zogen aus dem Nichts heran und sammelten sich über *Alifthoros*. Ich hielt den Atem an und wartete darauf, dass etwas passierte. Plötzlich spannte sich das Schwert in der Luft und stürzte wieder auf uns zu. Für einen kurzen Moment hatte ich Angst, dass es das Deck des Schiffes zerriss, aber im letzten Moment änderte es seinen Kurs und flog über den Bug der *Tethys*. Ich eilte rechtzeitig zur Reling zurück, um zu sehen, wie es die Wellen des Ozeans durchbrach und sein intensives Leuchten Sekunden später verblasste, als es tief unter die Oberfläche tauchte. Ich sah meine Mutter mit hochgezogenen Augenbrauen und pochender Brust an. Das Adrenalin schoss so schnell durch meinen Körper, dass mir schlecht wurde. Sie starrte mich an, dann spürte ich das Wasserarmband, das kühl an meinem Handgelenk zischte.

»Du schaffst das«, sagte sie, ihre Stimme war kaum mehr als ein Flüstern, aber ihre Worte waren deutlich. Die Seepferdchen tanzten um mein Handgelenk, als würden sie das Armband bewundern.

»Ich schaffe das«, wiederholte ich, als sich der Himmel verdunkelte und selbst das Meer zu grollen begann.

Die Wolken über uns fingen an, blaue Blitze auszuwerfen und zu knistern, und die Wellen, die jetzt nur noch drei Meter entfernt unter dem Schiff waren, begannen, den Rumpf aufzurütteln und zu schlagen. Die Luft war kalt geworden und roch nach Salz. Gischt wehte von den riesigen, wütenden Wellen über das Deck.

»Dora?«, rief Zali unsicher von dort, wo sie sich immer noch am Geländer festhielt, mit großen bernsteinfarbenen Augen. Ich schaltete meine Sinne aus. Das Wasser war so aufgewühlt, wie ich es noch nie erlebt hatte, wild und wütend und gewaltig. Ich sah die Flutwelle aus der Tiefe aufsteigen, bevor sie uns traf.

»Halt dich an etwas fest!«, schrie ich und zerrte Ikarus mit mir an Deck, wobei ich meine Arme um die Reling schlang. Er schlang seinen guten Arm um das Holz und ich klammerte meine Beine an seine, als die erste Welle kam. Sie war so groß wie ein Berg, schlug gegen die Seite der *Tethys* und ließ das Schiff in einem furchtbaren Winkel umkippen. Schreie erklangen durch die wütenden Winde, und ich wollte, dass die *Tethys sich erhob*, um dem Sturm zu entkommen, aber sie ignorierte mich, inbrünstig und aufgeregt. Das Schiff *gehörte* hierher, mitten in den Ozeansturm. Die nächste Welle traf uns von der anderen Seite, das Schiff schlingerte in die entgegengesetzte Richtung, und ich spürte, wie sich mein Magen aufbäumte, als meine Beine über das rutschige Deck schwangen. Ich drückte sie fester an Ikarus und sah ihm in seine panischen grünen Augen.

»Es wird alles gut«, rief ich, ohne zu wissen, ob das stimmte. Ich traute mich nicht, meine Sinne zu verlieren, ich brauchte meine ganze Konzentration, um mich an der Reling festzuhalten. Eine weitere riesige Welle prallte gegen uns, und dieses Mal krachte sie über das Deck und überschwemmte uns komplett. Ich sah einen Farbblitz und keuchte auf, als ich meine Mutter entdeckte, die über das glitschige Deck rannte.

»Oceanus!«, brüllte sie, dann sprang sie zu meinem großen Erstaunen mit einer eleganten Bewegung auf die Reling und stürzte sich direkt vom Rand des Schiffes.

· · ·

»Mama!«, schrie ich, und plötzlich wurde die *Tethys* still. Der Himmel blieb dunkel und grau über uns, die Winde spannten noch immer die Segel und schlugen über uns hinweg, aber die gigantischen Wellen hatten aufgehört, auf das Schiff zu hämmern. Ich kletterte auf meine Füße und lehnte mich vorsichtig über die Reling. Das Wasser brodelte und schäumte immer noch unter uns, aber in der Ferne konnte ich ein blaues Leuchten tief unter der Oberfläche sehen. Es wurde heller und heller, je näher es uns kam, und dann ertönte es ein Gebrüll, als etwas Gewaltiges aus den Wellen hervorbrach.

Für den Bruchteil einer Sekunde war ich sicher, dass mein Herz aufgehört hatte zu schlagen. Ich stolperte rückwärts und mir fiel die Kinnlade herunter, als Oceanus, der Titanengott des Meeres, vor mir aus dem aufgewühlten Ozean aufstieg.

»Wer hat mich geweckt?« Er brüllte, und meine Knie fühlten sich an, als wären sie als Gelee. Er wuchs immer noch, er war jetzt locker doppelt so groß wie das Schiff. Er war ohne Hemd, aber sein massiver Bart peitschte um seine nackte Brust und er trug glänzende metallene Schulterplatten und einen passenden Gürtel, der um seine Mitte gewickelt war. Unterhalb des Gürtels war sein Körper der einer Schlange, wie der Schwanz einer Meerjungfrau, nur viel länger, und er zappelte im Wasser hinter ihm herum. Auf seinem Kopf trug er eine Krone, die sein langes Haar zurückhielt und in deren Mitte ein Seestern mit pulsierendem Licht saß.

Ich versuchte, ihm zu antworten, aber als ich den Mund öffnete, kamen die falschen Worte heraus.

»Wo ist meine Mutter?«, rief ich. Oceanus prächtiges Gesicht veränderte sich und seine Augenbrauen zogen sich zusammen.

»Ich sagte, wer weckt mich auf?«, brüllte er, noch lauter als zuvor. Mein Atem blieb mir im Hals stecken, und ich zog an dem Wasserarmband, um meinen rasenden Puls zu beruhigen. Es hatte keinen Sinn, den Ozean um mich herum zu benutzen, denn es stand außer Frage, dass diese stürmische Kraft allein ihm gehörte.

»Ich bin Pandora. Meine Mutter ist eine Meeresnymphe und stammt von dir ab.«

»Du meinst das hier?«, sagte er und ich schrie auf, als er in das Wasser griff und etwas hochhob. Es war meine Mutter.

»Geht es ihr gut?«

»Sie ist tief getaucht, um mich zu finden«, brummte er, und ließ sie auf das Deck des Schiffes fallen, bevor er seine Hand zurückzog. »Sie wird sich erholen. Das ist die *Tethys*?«, sagte er ungläubig, während ich zu meiner Mutter eilte. Ich erreichte sie zur gleichen Zeit wie die anderen.

»Sie atmet«, flüsterte Zali, als ich neben ihrem bewusstlosen Körper auf die Knie fiel.

»Mama?« Ich griff nach ihrer Schulter.

»Ignoriere mich nicht, kleiner Sterblicher«, dröhnte Oceanus, und ich spürte, wie sich mein Körper aufrichtete. »Du wirst tun, was dir befohlen wird!« Gegen meinen Willen wurde ich von einer unsichtbaren Kraft von meiner Mutter weggezerrt, und Ikarus sprang auf und folgte mir, während ich in der Luft schwebte, einen Fuß über den Planken. Ich schrie auf, aber ich konnte keinen Muskel bewegen. Ich kam ganz vorne auf dem Schiff zum Stehen, und Oceanus beugte sich vor und schaute auf mich herab. »Wie hast du mir mein Schiff gebracht?«

»Ich kann es kontrollieren«, rief ich und meine Frustration verwandelte sich in Panik, als ich versuchte, meine Glieder zu bewegen. »Bitte, lass mich gehen.« Oceanus blickte zu meiner Mutter und hob eine Augenbraue.

Das Gefühl kehrte in meinen Körper zurück und ich fiel auf die Bretter, landete ungeschickt, schaffte es aber, mich auf den Beinen zu halten.

»Jetzt beantworte meine Fragen. Warum bist du hier?«, sagte Oceanus.

»Wir sind gekommen, um dich zu befreien.«

»Mich befreien?« Er lachte, ein riesiges, schallendes Lachen, und die Wellen unter uns brachen im Takt mit dem Geräusch. »Ich muss nicht befreit werden, dummes Kind! Ich habe hier Ruhe und Frieden, weit weg von diesem Narren Zeus und seinen Lakaien. Lass mich in Ruhe.«

»Aber. aber was ist mit den ganzen Hinweisen? Was ist mit der Kiste und dem Fläschchen und der Spur, der wir gefolgt sind? Was ist mit dem Gedicht?« Oceanus sagte einen Moment lang nichts, dann beugte er sich noch näher vor.

»Hast du mein Schwert?«, sagte er schließlich.

»Das habe ich, aber es. ist weg«, sagte ich lahm. Plötzlich tauchten die beiden kleinen Seepferdchen auf und schwirrten wieder um meinen Kopf herum. Oceanus bellte vor Überraschung.

»Also…!«, rief er aus. »Wenn du mein Schwert schwingen und den *Tethys* kontrollieren kannst. Dann hast du mich nicht zufällig gefunden.«

»Natürlich haben wir das nicht!«, rief ich aus. »Wir wären fast von Ares und Evenus getötet worden, ganz zu schweigen davon, dass wir Artemis fast verärgerten und deinen Sturm überlebten!«

»Ich habe geschworen, sollte einer meiner Nachfahren so stark sein und mich finden … Vielleicht ist es tatsächlich Zeit, dass ich zurückkehre.«

»Ja!«, sagte ich und nickte heftig. »Titanen werden in Olympus nicht gut behandelt. Wir brauchen dich.«

»Hmmm«, sagte er, dann runzelte er wieder die Stirn.

»Du hast also die Kiste geöffnet?«

»Ja. Wir haben die Phiole benutzt, die unsere Kräfte freigesetzt hat.«

»*Unsere* Kräfte?«

»Ja. Das ist Ikarus, ein Nachfahre von Prometheus.« Ich nickte mit dem Kopf in Richtung Ikarus.

»Interessant«, murmelte er. »Und du hast die Dämonen besiegt?«

»Ähm, nicht ganz«, sagte ich. Der nachdenkliche Blick verschwand aus Oceanus Gesicht und wurde durch Wut ersetzt.

»Was?«

»Wir haben den Meeresdämon besiegt und den Keres-Dämon gefangen, aber der Feuerdämon.«

»Feuerdämon? So etwas wie einen Feuerdämon gibt es nicht«, sagte er.

»Nun, das hat er gesagt«, antwortete ich, während mich Angst überkam.

»Du hast mit dem Dämon *gesprochen*?«

»Ähm, ja. Er ist so etwas wie ein Lehrer an unserer Schule.«

Oceanus starrte mich an.

»Wie nennt er sich selbst?«

»Neos.«

Blitze zuckten hinter Oceanus auf, die Wellen spitzten und schäumten um ihn herum. Die Angst ließ mein Herz in meiner Brust pochen.

»Kind, ich glaube, wir beide wurden reingelegt. Der dritte Dämon, den ich in der Kiste gefangen hielt, war kein Feuerdämon. Es war ein Eurynomos.«

»Wer oder was ist dann Neos?«, fragte Ikarus.

»Das Letzte, was ich tat, bevor ich an diesen Ort der Einsamkeit kam, war ein Besuch bei Hades. Er gab mir die drei Dämonen, die ich einsperren sollte, als Teil meiner Prüfungen, um einen würdigen Nachkommen zu finden. Bevor ich sein Reich verließ, besuchte ich den Tartarus, wo meine Titanenfamilie gefangen gehalten wird. Ich wollte mich daran erinnern, dass ich zwar hasste, was Zeus meiner Familie angetan hatte, aber dass er es aus gutem Grund getan hatte. Viele der Titanen sind grausam und böse. Crius, einer der intelligentesten

Titanen und fast so grausam wie sein Vater Cronos, sah mich und begann ein Gespräch. Er erzählte mir.« Oceanus runzelte tief die Stirn und die Blitze zuckten um ihn herum. »Ich habe die Kiste nur ein paar Minuten lang unbeaufsichtigt gelassen, aber. Es könnte genug gewesen sein.«

»Genug für was?«

»Genug für ihn, um zu fliehen. Um den Platz mit dem Eurynomos zu tauschen.«

»Neos ist ein Titan?« Ich starrte Oceanus an.

»Hätten die anderen Götter ihn nicht entdeckt?«, sagte Ikarus.

»Die Macht der Titanen ist stark. Er könnte sich verstecken, wenn er es wollte.«

»Er war derjenige, der wollte, dass wir kommen und dich suchen«, sagte ich.

»Er will einen Krieg mit den Olympiern. Aber ich werde seine Spielchen nicht mitmachen. Ich habe meine Entscheidung schon vor Jahrhunderten getroffen, und ich werde dazu stehen«, dröhnte er.

»Warum hast du ihn mit der Kiste allein gelassen?«, fragte Ikarus und starrte den Gott an.

»Stell mich nicht in Frage, Junge!«, brüllte Oceanus und sein Gesicht rötete sich. Ich zuckte zusammen, als die Wellen um ihn herum hochsprangen. »Crius ist schlauer, als du es je sein wirst. Ich möchte jemanden treffen, den er nicht ausgetrickst hat!«

Ich sehnte mich danach, Ikarus zu verteidigen und Oceanus zu sagen, dass Ikarus sehr schlau ist, aber ich glaubte nicht, dass es helfen würde. Er wollte auf keinen Fall zugeben, dass er ausgetrickst worden war, und ich konnte es ihm nicht verübeln. Ich kam mir auch ziemlich dumm vor.

»Was wird Neos tun, wenn du zurückkommst?«, fragte ich stattdessen.

»Er wird Krieg gegen Zeus führen.«

»Oh Götter«, flüsterte ich. »Zeus hasst mich jetzt schon.«

»Das überrascht mich nicht. Er hat eine unangenehme Einstellung zu allen Titanen. Sogar denen, die sich für seine Sache eingesetzt haben.« Oceanus Stimme war bitter. »Er ist ein verwöhntes Balg.« Ich bedankte mich im Stillen dafür, dass Vronti die *Tethys* verlassen hatte, bevor wir hierhergekommen waren. Das wäre sehr unangenehm geworden.

»Ich kann mir nicht vorstellen, dass er mich im Olymp bleiben lässt, wenn er herausfindet, dass ich einen wütenden Titanen befreit habe«, sagte ich und mir wurde schlecht. »Ich hatte mich schon schuldig genug gefühlt, als ich dachte, ich hätte einen Haufen Dämonen befreit. Aber ein echter Titan, der Zeus zerstören will? Ich war erledigt. «

»Du musst ihm nur beweisen, dass du loyal bist. Zeus ist ein einfaches Wesen«, sagte Oceanus ziemlich lässig für ein äußerst mächtiges Wesen. Aber es war fast genau dasselbe, was Dasko zu uns gesagt hatte, als wir in die Akademie kamen.

»Wie können wir das beweisen?«

»Haltet ihn auf.«

»Neos aufhalten? Oder Crius, oder wie auch immer er heißt?« Ich starrte Oceanus an, als er feierlich nickte.

»Wie, im Namen des Olymps, sollen wir einen *Titanen* aufhalten? Selbst Zeus brauchte die Hilfe der anderen Olympier!«

»Dann schlage ich vor, dass du dir Hilfe holst.«

»Wirst *du* uns helfen?«

»Ich kann nicht. Wenn du Zeus nicht beweist, dass du auf seiner Seite stehst, wird er dich vom Olymp vertreiben oder dich töten. Das musst du alleine tun. Aber ich glaube, du hast bereits eine Kiste, die ihn aufhalten kann.« Ich starrte Oceanus an und war völlig verwirrt. Wie konnten wir das nur tun?

»Mächtiger Oceanus«, sagte eine Stimme hinter uns. Ich drehte mich um und sah Arketa, die die Kiste auf dem nassen Deck abstellte. »Wir haben den Keres-Dämon in dieser Kiste.« Oceanus beugte sich vor und die Gischt des Meeres durchnässte uns alle, wo wir standen.

»Du bist das Blut der Aphrodite«, sagte er neugierig.

»Ja. Der Keres-Dämon hat die Seelen derer gestohlen, die wir lieben. Wir hatten gehofft, dass du eine Audienz bei Hades abhältst und ihm seinen Dämon im Gegenzug für diese Seelen zurückgibst.« Ihre Stimme klang klar und zuversichtlich durch den Wind.

»Warum sollte ich das tun?«

»Weil wir dich gnädigerweise darum bitten«, sagte sie und neigte ihren Kopf. Ich bewunderte ihre Tapferkeit und ihre Redegewandtheit.

»Nun, da du deinen Wert bewiesen hast, indem du es lebendig zu meinem Ort des Friedens geschafft hast. Ich werde Hades fragen. Ich habe viele Dinge mit ihm zu besprechen, sobald wir dieses kleine Problem mit Crius gelöst haben.« Ich spürte, wie ich vor Erleichterung zusammensackte und sah, wie Arketa die Tränen über die Wangen liefen.

»Vielen, vielen Dank, Oceanus«, sagte sie. Sein riesiges Gesicht verzog sich zu einem Ausdruck, der mich schmerzlich an den meines Vaters erinnerte, und er stieß einen langen Seufzer aus.

»Pandora«, sagte er, seine Stimme war todernst. »Du trägst eindeutig viel von meinem Ichor in deinen Adern. Sonst hätten sich die beiden nicht so in dich verliebt.« Er deutete auf die kleinen Seepferdchen, die immer noch aufgeregt um mich herumtanzten. »Aber ich kann das Feuer in dir sehen.« Mein Magen kribbelte unter seinem Blick. »Feuer und Wasser passen nicht zusammen, kleiner Titan.«

»Das hat man mir gesagt«, sagte ich leise.

»Es ist eine Schande. Ich glaube nicht, dass eine Person mit deiner Stärke oft geboren wird. Aber wenigstens hast du die Chance, diese Kraft für das Gute zu nutzen. Eine letzte Prüfung. Nimm Crius gefangen. Dafür brauchst du jedes Quäntchen Kraft, das du besitzt, und jeden einzelnen Freund, den du hast.«

Ich holte tief Luft, als ich in das Gesicht des alten Gottes blickte und die Kraft des Ozeans meinen Körper erfüllte. Je länger ich in diese unheimlichen Augen blickte, desto mehr Sinn schien die Welt zu ergeben. Sie enthielten das *Leben*, rein und wahrhaftig und gewaltiger, als mein Verstand es erfassen konnte. Er war die

Quelle von etwas, das größer war, als ich jemals verstehen konnte, aber er war auch ein Teil von mir. Er fühlte sich nicht wie mein Vater oder mein Zuhause an, sondern wie etwas, das schon immer da, dass immer in meiner Magengrube gefangen war. Das Ding, das sich ständig danach sehnte, herauszukommen und frei zu sein, das wusste, dass es mehr in der Welt um mich herum gab, als ich wahrnahm.

»Ich bin bereit«, sagte ich.

»Gut.«

»Darf ich dich um etwas bitten?«, sagte ich zögernd und schaffte es nicht, Arketas förmliche Autorität zu imitieren. Oceanus zog die Augenbrauen hoch. »Ich habe eine Verbindung zu einem Phönix, der in einer Feder gefangen ist. Ich glaube, du kanntest ihn sogar einmal. Könntest du für ihn einen neuen Körper finden, wenn es nicht zu viele Umstände macht?«

Oceanus kicherte und das Röcheln ging bald in ein lautes Lachen über.

»Darum bittest du den mächtigsten Gott des Olymps? Den Körper eines Vogels?«

»Er ist gut zu mir gewesen!«, protestierte ich. Oceanus lächelte mich an, ein echtes, wahres Lächeln, und die Wolken teilten sich und das Licht schien auf seine schöne Krone.

»Weiche seine Feder darin ein.« Ein kleiner Behälter mit glühender goldener Flüssigkeit erschien zu meinen Füßen. »Und in der Zwischenzeit kannst du das vielleicht gebrauchen.« Ein türkisfarbenes Licht über seiner Schulter erregte meine Aufmerksamkeit und ich erkannte mit Schrecken, dass es *Alifthoros* war, das auf mich zukam. Das Schwert kam direkt vor mir zum Stehen und schrumpfte, als ich nach seinem Griff fasste. »Viel Glück, Pandora. Wenn du das überlebst, werde ich alles tun, was ich kann, um dir zu helfen«, sagte Oceanus, und ein grelles weißes Licht erstrahlte.

FÜNFUNDZWANZIG

Ich schlug meinen Arm über meine Augen und schirmte sie vor dem intensiven Licht ab. Als es schwächer wurde, nahm ich den Arm wieder herunter und sah mich um. Wir befanden uns nicht mehr über dem aufgewühlten, stürmischen Meer von Oceanus. Der Himmel war friedlich, pastellfarbene Wolken hingen über uns, und der Ozean unter uns war ruhig.

»Wo sind wir?«

»Schau!«, sagte Arketa und zeigte auf einen runden Turm, der durch die Wellen ragte.

»Der Pegasusturm«, hauchte ich. Wir waren wieder in der Akademie.

Bevor ich etwas anderes tun konnte, setzte ich *Alifthoros* auf dem nun unbeweglichen Deck ab und lief zu meiner

Mutter. Sie lag immer noch auf den Planken, den Kopf auf dem Schoß von Zali.

»Geht es dir gut?«, fragte ich sie sanft.

»Ja«, sagte sie, ihre blauen Augen trübten sich. »Ich muss im Wasser sein. Dann werde ich schnell heilen.«

»Bist du sicher?«

»Ja.«

»Will. Kommst du wieder und stehst uns bei?«, fragte ich zaghaft.

»Ja.«

Ich trat zurück und Zali und ich halfen ihr auf ihre unsicheren Füße. Ich ließ die *Tethys* tiefer sinken, und als wir knapp über den Wellen schwebten, halfen wir ihr, über die Reling zu klettern.

»Bis bald«, sagte ich, als sie wortlos von der Kante des Schiffes fiel und schnell im Meer versank.

»Sie ist eine Meeresnymphe, du musst dir keine Sorgen um sie machen«, sagte Zali beruhigend, während ich mich vorbeugte und beobachtete, wie sie außer Sichtweite gelang.

»Glaubst du, dass sie zurückkommt?«

»Natürlich wird sie das. Warum sollte sie so weit gegangen sein, nur um dich jetzt im Stich zu lassen?«

»Das tat sie schon einmal … «, sagte ich trocken.

»Nein, dieses Mal hat sie dich nicht allein in der Akademie gelassen«, sagte Zali.

»Hmmm«, ich schaute sie von der Seite an. »Es wäre besser, wenn sie jetzt da wäre und auf mich aufpasst. Aber ich schätze, es ist ihr auch nicht egal. Es war ziemlich beeindruckend, wie sie von dem Schiff in den Sturm gesprungen ist.«

»Das war sie«, nickte Zali. »Eigentlich war sie diejenige, die Oceanus geweckt hat.«

»Sie hat mehr getan als das«, sagte ich leise. »Sie hat mir das Armband gegeben, als ich es wirklich brauchte. Und zwar nicht nur einmal.« Ich hielt mein Handgelenk hoch, das Wasserarmband drehte sich noch immer leise um meine Haut. Zali legte ihren Arm um meine Schultern.

»Ich bin wirklich froh, dass sie auf deinem Schiff geblieben ist, Kapitän«, sagte sie grinsend.

»Ich auch.«

Während wir darauf warteten, dass sie zurückkam, versammelten wir uns alle in der Kombüse. Nach so viel Aufregung und Adrenalin hatten wir alle einen Bärenhunger. Und da wir wieder in der Akademie waren, würden wir unsere Rationen nicht mehr brauchen. Also aßen wir aus den Schränken, was uns schmeckte, während wir versuchten, unseren Angriffsplan auszuarbeiten.

»Die Lehrer werden uns helfen, oder?«, sagte Thom und nahm ein Stück Brot.

»Natürlich werden sie das.«

»Wenn wir Neos als Titanen entlarven, werden dann nicht einige der olympischen Götter auftauchen?«, fragte ich nervös.

»Vronti ist wahrscheinlich schon zu Zeus gegangen«, sagte Arketa. »Es würde mich nicht wundern, wenn er auf dich wartet.« Ein kalter Schauer lief mir über den Rücken.

»Und wie soll ich damit umgehen?«, fragte ich so beiläufig, wie ich konnte. Arketa zuckte mit den Schultern.

»Konzentrieren wir uns darauf, wie wir Neos in die Falle locken«, sagte Ikarus entschlossen.

»Gute Idee«, sagte ich. Wir konnten nicht gegen Zeus kämpfen. Wenn er auftauchte, war das Spiel vorbei. »Vielleicht kann ich Neos irgendwo hinlocken. Er muss ja nicht wissen, dass wir ihm auf der Spur sind. Ich könnte sagen, dass wir bei der Suche nach Oceanus gescheitert sind und dass ich beschlossen habe, meine Wasserkräfte aufzugeben und er mir stattdessen helfen soll, mein Feuer zu benutzen.«

»Das könnte funktionieren«, sagte Ikarus, aber er klang nicht überzeugt.

»Ich denke, wir sollten einen Frontalangriff starten«, sagte Arketa.

»Wirklich?«

»Ja. Überrumple ihn.«

»Leute, Chiron und die anderen wissen, dass wir weg sind und haben wahrscheinlich schon gesehen, dass das Schiff zurückgekehrt ist. Ich glaube nicht, dass wir hier einen Überraschungseffekt haben werden.«

»Gutes Argument.«

»Glaubst du, Hermes wird sich einmischen? Er ist jetzt Schulleiter«, fragte Zali.

»Soweit wir wissen, könnte jeder Gott mitmischen«, seufzte ich. »Solange wir eine ausreichend große Rolle bei der Gefangennahme von Neos spielen, wird Zeus uns allen verzeihen.« Wir wurden still.

»Okay. Ich denke, das Beste ist, wenn wir als Team arbeiten«, sagte Ikarus und stand abrupt auf. »Wir wissen, dass wir stark sind, wenn wir zusammen kämpfen, denk daran, wie wir den Keres-Dämon besiegt haben.«

Dieser Dämon hätte dich fast umgebracht, dachte ich, aber ich hielt meine Lippen fest geschlossen. Ich machte mir Sorgen um seinen Arm und ob er damit kämpfen könnte.

»Wir könnten Gida und seine Freunde um Hilfe bitten«, schlug Zali vor.

»Und ich kann auch andere Schüler dazu bringen, mir zu helfen«, sagte Arketa.

»Was ist, wenn sie verletzt werden? Sollten wir nicht zuerst versuchen, mit ihm selbst fertig zu werden?«, sagte ich und biss mir auf die Lippe. Ich hatte Neos aus der Kiste gelassen. Ich wusste nicht, wie ich damit leben sollte, wenn er jemanden verletzt. Ikarus sah mich an, unschlüssig und besorgt.

»Er ist ein Titan, Dora. Ihn zu fangen, wird.«

»Unmöglich«, beendete Arketa.

»Nein«, sagte ich. »Er hat dir das Leben gerettet, Ikarus.« Ich sage nicht, dass er ein guter Mensch ist, aber ich glaube, er braucht uns. Wir sind irgendwie wichtig für ihn. Ich glaube, wir können mit ihm reden.« Ikarus stieß einen Seufzer aus.

»Gut. Wir können zuerst versuchen, mit ihm zu reden. Aber wenn das nicht klappt, müssen wir alle unsere Gefallen einfordern.«

Ich hatte noch eine Sache zu erledigen, bevor wir in die Akademie zurückkehrten und Neos gegenüberstanden, und darauf freute ich mich wirklich sehr. Vorsichtig trug ich den kleinen Tank mit der goldenen Flüssigkeit, den Oceanus für mich gezaubert hatte, den Korridor entlang zu meinen Gemächern. Drinnen angekommen, stellte ich ihn in der Mitte des Raumes auf den Boden und beeilte mich, Nix Feder zu holen. Ich hatte überlegt, ob ich Ikarus und Zali einladen sollte, um zu sehen, was passiert, aber es fühlte sich nicht richtig an, wenn noch jemand dabei war. Nix hatte sich mit mir verbunden, und dieser Moment sollte unter uns bleiben. Mein Herz hüpfte aufgeregt und ich ließ die Feder vorsichtig in den goldenen Schleim fallen. Sie war so dick und die tiefrote Feder so leicht, dass sie einen Moment lang einfach auf der Flüssigkeit schwebte. Dann begann sie zu sinken und das glitzernde Gold tränkte die weichen Ränder. Ich hielt den Atem an und fragte mich, ob ich Nix hätte warnen sollen, dass ich das tun würde. Ich war so aufgeregt, dass ich nicht einmal daran gedacht hatte, vorher mit ihm zu reden.

Aus dem Tank ertönte ein leises Zischen und ich beugte mich vor, um in die dicke, undurchsichtige Flüssigkeit zu schauen. Ich konnte die Feder nicht sehen. Es zischte noch einmal lauter, dann begann das goldene Zeug zu schmelzen. Ich konnte vor lauter Vorfreude kaum atmen und quietschte, als unter der zurückweichenden Flüssigkeit ein Ei zum Vorschein kam. Als sich alles aufgelöst hatte, hob ich das Ei vorsichtig auf. Es war warm und groß, so dass es gerade noch in eine meiner Hände passte. Ich legte es auf das Bett und betrachtete es. Was passiert jetzt? Als hätte es meine Gedanken gehört, gab es einen winzigen Riss und eine dunkle Linie erschien auf der Schale. Es war geschlüpft! Ich hatte mir vorgestellt, dass ein ausgewachsener Phönix aus dem Panzer schlüpfen würde, feurig, golden und prachtvoll. Doch das war albern. Ich beobachtete atemlos, wie sich kleine Stücke der Schale lösten und vom Rest des Eies abbrachen. Nix hat gesagt, dass die Vögel wiedergeboren wurden, also würde es natürlich ein Ei geben. Nach etwa einer Minute lugte ein winziges, scharlachrotes Köpfchen durch das große Loch in der Oberseite des Eies und blinzelte mit großen schwarzen Augen. Ich starrte zurück auf das kleine Küken.

»Hallo«, flüsterte ich.

»*P-p-p-pandora?*«, ertönte Nix Stimme in meinem Kopf und ich grinste.

»Du bist es immer noch!«, rief ich. Der winzige Vogel schüttelte sich, und der Rest der Eierschale zersprang um ihn herum. Er stolperte auf winzig kleinen Beinen und streckte seine pelzigen Flügel aus, die tiefrot und mit glitzernden goldenen Federn besetzt waren.

»*Natürlich bin ich es*«, schnauzte er und taumelte

über die weichen Laken. Ich ließ mich auf die Knie fallen, sodass ich ihm in die Augen sehen konnte. *Du hast Oceanus gefunden? Und du hast ihn um eine Leiche für mich gebeten.«*

»Ja, das habe ich«, sagte ich strahlend. »Und, was denkst du?«

»Es ist im Moment noch etwas klein, aber.« Zögernd streckte er seine kleinen Flügel aus. *»Aber ich glaube, es wird wunderschön«,* beendete er und schaute mich mit seinen schwarzen Augen an. Ein orangefarbenes Flackern erschien in ihnen, als ich anstarrte. *»Ich danke dir, Pandora«,* sagte er.

»Gern geschehen.« Das Lächeln auf meinem Gesicht schmerzte auf meinen Wangen. Ich konnte nicht glauben, wie schön es war, ein Gesicht zu haben, und Augen, auch wenn es ein Vogel war, der zu der Stimme passte, die ich so gut kannte. »Weißt du, du bist wirklich ziemlich süß«, sagte ich, obwohl ich wusste, dass ich ihn damit sofort verärgern würde.

»Niedlich? Niedlich? Hast du eine Ahnung, wie mächtig ich sein werde, wenn ich ausgewachsen bin!«, schnaufte er, blähte seine Brust auf und ließ sich seitlich auf das Bett fallen. Ich lachte und streckte meine Hand aus, um ihn wieder aufzurichten.

»Daran zweifle ich nicht, Nix. Ich kanns kaum erwarten.«

»Nun, dass musst du aber. Es wird mindestens zwei Jahre dauern«, brummte er. Ein Stich der Traurigkeit durchdrang meine Freude. Vielleicht bin ich in zwei Jahren nicht mehr da, um zu sehen, wie er ausgewachsen ist.

Vielleicht bin ich sogar morgen nicht mehr da, wenn die Sache mit Neos schief geht.

»Dann muss ich wohl das Beste daraus machen, dass du noch eine Weile klein und flauschig bist.«, sagte ich und sprang wieder auf. »In der Zwischenzeit muss ich einen Titanen besiegen.«

SECHSUND-ZWANZIG

Eine weitere Stunde verging und alle wurden unruhig, vor allem ich.

»Wo ist sie?«, fragte ich mich zum millionsten Mal. Meine Mutter war jetzt schon zu lange weg. Wir standen alle an Deck, in Kampfausrüstung, mit den Waffen in der Hand, und das Adrenalin pumpte durch unsere Körper. Wir waren bereit, uns Neos zu stellen, aber wir waren eine Frau zu wenig. Nach allem, was wir zusammen durchgemacht hatten, erschien es mir nicht richtig, die Sache ohne meine Mutter zu beenden. Ein furchtbarer Gedanke nagte an meinem Hinterkopf. *Sie hat dich wieder verlassen. Sie ist bei der ersten Gelegenheit abgehauen und wird nicht zurückkommen. Sie war nur dabei, um Oceanus zu retten, du bist ihr völlig egal.* Ich runzelte die Stirn und schob die Gedanken beiseite. »Wir werden noch eine halbe Stunde warten«, sagte ich.

»So viel Zeit haben wir vielleicht nicht«, sagte Arketa und zeigte in den Himmel.

»Peto?« Mir blieb die Kinnlade hängen, als ich sah, wie mein großer schwarzer Pegasus sich uns näherte, bis ich sehen konnte, dass Fräulein Alma sich unbeholfen an seinen Rücken klammerte. Er trug keinen Sattel und ich hörte ihn kichern und wiehern, als sie näher flogen und wir alle aus dem Weg kletterten. Mit Hufgetrappel und Flügelschlag landeten beide auf dem Deck der *Tethys*.

»Fräulein Alma!«, rief Zali und ich rannte zu Peto, um ihn zu beruhigen.

»Hey, Junge«, sagte ich und strich mit meiner Hand über seine Nase. Er drückte sich gegen meine Berührung und seine Flügel falteten sich leicht, als Fräulein Alma mit einem erleichterten Gesichtsausdruck von seinem Rücken rutschte. Je länger ich sie jedoch ansah, desto ängstlicher wurde ich. Sie hatte dunkle Ringe unter ihren jugendlichen Augen, und ihre moderne Kleidung war zerzaust und zerrissen.

»Hast du ihn gefunden?«, sagte sie und sah mich an.

»Woher weißt du«, wollte ich gerade fragen, aber sie kam rasch auf mich zu und packte mich an den Schultern. Peto stampfte auf, als ich von ihm zurücktrat und versuchte, mich aus ihrem Griff zu befreien.

»Niemand ist böse, Pandora, aber nichts ist wichtiger. Hast du Oceanus gefunden?«

»Ja«, stammelte ich.

»Oh, den Göttern sei Dank. Wo ist er?«

»Wie viel weißt du?«, fragte ich und runzelte die Stirn.

»Ich weiß alles. Neos ist in Wirklichkeit der Titan Crius. Zeus hat die Akademie im Stich gelassen und Neos hat sie mit Gewalt an sich gerissen. Peto und ich sind nur knapp mit dem Leben davongekommen, um dich zu warnen.«

Ihre Worte entfalteten langsam ihre Wirkung, und das Keuchen und Schreien der anderen verstummte, während mein Gehirn versuchte, die Informationen zu verarbeiten. *Neos hatte die Akademie übernommen.*

»Erzähl uns alles«, sagte ich wie betäubt.

»Ich kann es dir schnell sagen, aber wir haben nicht viel Zeit. Er weiß, dass du hier bist.« Ich schluckte und mir wurde schwindelig. »Nachdem du weggelaufen warst, bemerkte Chiron, dass die Kiste fehlte und begann zu raten, was du vorhattest. Nachdem er gedroht hatte, die Götter einzuschalten, bestätigte Dasko schließlich, dass du nach Oceanus suchst. Chiron war wütend, aber Dasko und Fantasma überzeugten ihn davon, dass du deinem Schicksal folgst und dass ihr, du und Ikarus, ein neues Zeitalter des Friedens herbeiführen werdet und dass wir es dich versuchen lassen sollten. Dann, vor etwa drei Stunden, veränderte sich Neos. Es war, als hätte sich etwas in ihm eingeschaltet. Er war manisch und aufgeregt und schoss überall Feuerwerk ab. Zuerst dachten wir, dass etwas mit seinem Gehirn passiert sei. Aber dann wurde er zu einem Gott, glühte, war von Flammen bedeckt und brüllte, er wolle Zeus endlich zeigen, wie es ist, in einer feurigen Höllengrube gefangen zu sein, jetzt, wo sein Bruder frei sei.«

»Oceanus«, hauchte ich. »Vor etwa drei Stunden haben wir ihn geweckt.«

»Glücklicherweise befanden sich die meisten Schüler in den Klassenzimmern im Haupttempel, der über uralte Schutzvorrichtungen verfügt, die bei Bedarf aktiviert werden können. Chiron und Agrius lösten sie aus und befestigten den Tempel, aber Neos nahm den Rest der Akademie als Geisel, darunter mich und Fantasma sowie eine Handvoll älterer Schüler, die sich im Fortgeschrittenenturm befanden. Er rief Zeus an und sagte, er würde die Schule nur freilassen, wenn der Herr der Götter käme und sich ihm stellen würde. Zeus weigerte sich, zu kommen.«

Ich fühlte mich ohnmächtig, als ich ihren Worten lauschte.

»Er würde die Schule opfern?«, fragte Zali ungläubig.

»Zeus mag diese Akademie nicht, sie nimmt Menschen aus der sterblichen Welt an, ganz zu schweigen von den Nachkommen der Titanen.

»Aber er kann doch nicht einen wütenden Titanen im Olymp frei herumlaufen lassen!«, protestierte Ikarus.

»Crius ist nicht der stärkste der Titanen. Vielleicht ist er einer der gefährlichsten, denn er ist unberechenbar, verführerisch und klug, aber Zeus übertrifft seine Macht bei weitem. Er wird die Schule für die Rolle, die sie dabei gespielt hat, leiden lassen, bevor er sich mit ihm befasst.«

Die Rolle, die die Schule spielte.

»Das ist alles meine Schuld«, flüsterte ich. »Alles. Ich habe das alles verursacht.«

»Das ist jetzt nicht wichtig«, sagte Fräulein Alma und drückte mich wieder an den Schultern. »Was zählt, ist, dass wir die Akademie retten. Und Oceanus ist eines der stärksten Wesen, die je gelebt haben. Er kann uns helfen.« Sie hob erwartungsvoll die Augenbrauen.

»Er will nicht gegen Neos kämpfen«, sagte ich, und ihr Gesicht wurde enttäuscht. »Er sagte, wir müssten Neos selbst in der Kiste fangen, um Zeus Erlaubnis zu bekommen, im Olymp zu bleiben und zu leben.«

»Aber.« Fräulein Alma starrte mich an, ihre Augen wurden leicht wild. »Aber wir können keinen Titanen besiegen«, sagte sie, kaum mehr als ein Flüstern in der Stimme.

»Ja, das können wir. Wir haben zwei hier bei uns«, sagte Arketa laut. Wir drehten uns alle zu ihr um und sahen sie mit aufrechtem Gang und erhobenem Kinn an. »Sie sind stärker als alle anderen Schüler an der Akademie. Und die meisten Lehrerinnen und Lehrer, schätze ich«, sagte sie. »Außerdem hat Dora ein magisches Schwert«, fügte sie hinzu und nickte in Richtung *Alifthoros*, dass jetzt in einer behelfsmäßigen Scheide um meine Hüfte geschnallt war. Sie hat mich Dora genannt, wurde mir langsam klar.

»Wenn Oceanus glaubt, dass sie es schaffen kann, dann glaube ich das auch«, sagte Thom und trat neben Arketa nach vorne.

»Ich auch!«, fügte Zali hinzu.

»Ich auch«, sagte eine monotone Stimme, und ich drehte mich erfreut um. Dort, auf einem riesigen Wasserstrahl an der Reling des Schiffes, stand meine Mutter. Sie hielt einen Stab mit einer glitzernden Perle am Ende in der Hand.

»Du bist zurückgekommen!«, hauchte ich und Tränen füllten meine Augen.

»Natürlich bin ich das. Und ich bin nicht allein.«

Ich rannte an die Seite des Schiffes, beugte mich vor und keuchte, als die Hoffnung in mir aufstieg. Die Schildkrötenfamilie war wahrscheinlich die kleinste der Meeresbewohner, die den Wasserstrahl meiner Mutter umgaben. Mit meinen Augen und meinen Wassersinnen konnte ich riesige Haie sehen, die sich unter den Wellen herumtrieben, Delfinschwärme, die rastlos um- und übereinander hüpften, Riesenkrabben, die ihre Scheren aneinander schnippten, lange, neonfarbene Aale, die zwischen den anderen herumschlüpften, ein paar riesige Kraken, die in der Nähe lauerten, und sogar einen Wal etwas weiter draußen.

»Wie hast du.«, hauchte ich und starrte auf das Meer hinaus.

»Ich bin eine der Schwestern von Nereus. Sie haben mir das hier geliehen«, sagte sie und hob den Stab. »Er ermöglicht dir, mit ihnen allen zu kommunizieren.«

»Darf ich mit dir kommen?«, fragte Zali, fast atemlos neben mir.

»Es wäre uns eine Ehre«, sagte meine Mutter und Zali fing an, ihre Jeans auszuziehen. Ein panischer Blick huschte über Thoms Gesicht.

»Du willst weg?«

»Thom, du wirst fantastisch sein. Du kennst jetzt die Stimmen von allen, du wirst das toll machen«, sagte sie ihm.

»Bist du sicher?«, fragte er sie nervös. Sie ließ ihren ledernen Brustschutz auf die Bretter fallen und sah ihn an.

»Ich war mir noch nie so sicher wie jetzt«, sagte sie. Sein Gesicht entspannte sich und seine Schultern richteten sich auf.

»Danke«, sagte er zu ihr, beugte sich vor, nahm ihr Gesicht in die Hände und küsste sie. Sie quiekte wieder und ich konnte mir ein Grinsen nicht verkneifen. »Du wirst das auch toll machen«, sagte er, als er sie schließlich losließ und einen Schritt zurücktrat. Zalis dunkle Haut war gerötet und ihr Lächeln reichte von Ohr zu Ohr.

»Danke«, flüsterte sie und drehte sich dann zu mir um.

»Viel Glück, Dora«, sagte sie und wir umarmten uns fest.

»Vielen Dank, Zali. Du bist die beste Freundin auf der ganzen Welt«, sagte ich ihr.

»Ich weiß«, grinste sie und kletterte auf das Geländer.

»Die Akademie ist verschlossen und wird gut bewacht. Ich glaube, die einzige Möglichkeit, sie zu betreten, ist mit roher Gewalt«, sagte meine Mutter.

»Was ist mit dem Pegasusturm?«

»Neos wird ihn versiegelt haben, seit ich geflohen bin«, sagte Fräulein Alma und schüttelte den Kopf. »Was meinst du mit roher Gewalt? Du kannst die Kuppel, die die Akademie umgibt, nicht durchbrechen«, sagte sie zu meiner Mutter. »Das ist völlig unmöglich.«

»Ich habe eine bessere Idee. Die Kuppel funktioniert nur, wenn sie unter Wasser ist.«

Ich starrte meine Mutter an, als mir klar wurde, was sie damit sagen wollte.

»Du willst die Schule aus dem Wasser heben?«

»Dafür sind sie alle hier«, sagte sie, breitete ihre Arme aus und gestikulierte zu den Kreaturen unter ihr.

»Wenn das funktioniert und wir reinkommen, wirst. Kommst du mit und hilfst mir im Kampf gegen Neos?«, fragte ich mit leiser Stimme.

»Ich möchte nirgendwo anders sein.« Und ich wusste, dass sie es ernst meinte. Ich konnte es in ihrer Stimme hören und in ihren Augen sehen. »Ich habe mein Leben lang über dich nachgedacht, Pandora, und hatte Angst, dass du mich nicht verstehst und ich dich nicht.«

»Du hattest Angst?«

»Ja, panische Angst.« Ich konnte mir nicht vorstellen, dass die strenge Frau vor irgendetwas Angst haben könnte. »Aber du bist stark und freundlich und mutig und alles, was mein Volk am meisten schätzt. Ich bin stolz auf dich.« Die Tränen kamen zurück, heiß und brennend. Wie konnte ich von keine Mutter haben, zu ich mache mir viele Sorgen um diese Frau gelangen?? Ich konnte sie nicht mehr einfach *diese Frau* nennen. Die Blutsverwandtschaft hatte immer bestanden, aber ich weigerte mich, sie zu spüren. Ich wollte nicht riskieren, wieder allein zu sein. Mit einem Lächeln ließ ich die Angst endlich los und ließ das Verbindung einrasten.

»Danke, Mama«, sagte ich. Sie lächelte mich an und ich spürte plötzlich, wie sich das Wasserarmband schnell um mein Handgelenk drehte. Ich hielt es ihr zum Gruß entgegen. »Komm, wir holen uns Neos.«

SIEBENUND-
ZWANZIG

Wir einigten uns darauf, dass ich auf dem Schiff bleiben und meine Wasserkraft über dem Meer einsetzen würde, um die Akademie aus dem Wasser zu ziehen, in dem sie seit Jahrhunderten ruhte.

»Ich kann nicht glauben, dass wir das tun«, murmelte Fräulein Alma, als ich die *Tethys* so steuerte, dass wir direkt bei den Ställen an der Spitze des Pegasusturms ankamen. Peto wieherte, als er das sah, und die Lehrerin strich ihm besorgt über die Mähne »Chiron wird mich umbringen.«

»Wir bringen die Akademie es zurück, versprochen«, sagte ich und schickte stille Gebete an Oceanus, dass wir es tatsächlich schaffen würden.

Tief unter uns gab es ein Rumpeln. Ikarus griff schnell nach meinem Arm, drehte mich zu sich und erschreckte mich.

»Du bist fantastisch, und wir werden es schaffen.

Wir werden Neos besiegen, Zeus beeindrucken und einen Weg finden, deine Kraft zu reparieren«, sagte er eilig.

»Du bist auch toll«, sagte ich ihm und stellte mich auf die Zehenspitzen, um ihn zu küssen. Dann schwankte das Schiff, und meine Wassersinne wurden auf den Ozean unter mir gezogen.

Ich keuchte auf, als meine magische Vision einsetzte und ich sah, was unter uns geschah. Meine Mutter und Zali schwebten fünfzig Fuß unter der Wasseroberfläche und hielten beide den Stab, der jetzt in einem leuchtenden Violett glühte. Ich lenkte meine Sinne von ihnen auf die Schule und stieß einen noch größeren Schrei aus. *Sie stand in Flammen.* Ich konnte keine wirklichen Flammen sehen, aber die Gebäude glühten rot und die Hitze perlte von der Kuppel ab, so dass das Wasser sanft um sie herum sprudelte. Ich hatte Angst um die Menschen im Innern. Dann spürte ich die Kreaturen, die sich auf Anweisungen von Mama und Zali hin um die Kuppel schoben. Ein Strom von Flüssigkeit brach aus meiner Mutter hervor, breitete sich aus und knüpfte sich zu einem riesigen Netz zusammen. Es flog unter die Kuppel, und die spiralförmigen Enden wickelten sich um die mächtigen Kreaturen, Delfine, Haie und Seeschlangen gleichermaßen. Ich sandte meine Kraft aus und fügte dem Netz meine Stärke hinzu. Dann begannen die Kreaturen zu schwimmen. Ich spürte, wie auch Zali ihre Kraft aussandte und das heiße Wasser, das von der Kuppel abperlte, durch kühlende Ströme ersetzte, die die Tiere beruhigten, während sie sich anstrengten.

Eine gefühlte Ewigkeit lang passierte nichts, die riesige Kuppel blieb genau dort, wo sie war. Doch dann gab es ein weiteres Rumpeln und ich spürte, wie sich das Netz zusammenzog, als sich die Kuppel schließlich bewegte. Das Gewicht war zu viel für einige der Meerestiere, die Wassertaue lösten sich auf, als sie lockerließen, aber die größeren Tiere zogen weiter. Dann spürte ich eine gewaltige Präsenz, und Hoffnung erfüllte mich, als ich erkannte, dass es der Wal war, den ich vorhin gefühlt hatte. Er war fast so breit wie die Schule selbst und bewegte sich langsam und methodisch unter der Akademie hindurch. Da mir klar war, dass der Korallengarten seinen Rücken beschädigen würde, wenn der Wal ihn berührte, schickte ich meine Kraft in die Tiefe und schuf ein solides Wasserpolster um den leuchtenden Garten herum. Der Wal stieg langsam auf, bis ich spürte, wie er gegen mein Kissen stieß. Er hielt einen Moment inne, dann setzte er sich wieder in Richtung Oberfläche in Bewegung. Die Kuppel wogte und knarrte, und das Netz wurde erneut gespannt, als Hunderte von Lebewesen, an denen es befestigt war, ihre Anstrengungen verstärkten. Zwischen der Verstärkung des Netzes und dem Halten des Schutzkissens hatte ich nur wenig Kraft übrig, aber was mir blieb, schickte ich in den Ozean selbst und versuchte, das riesige Gewicht der Schule zu heben.

Es funktionierte. Zuerst nur um wenige Zentimeter, aber bald schon um einige Fuß, stieg die Akademie. Und je weiter sie sich bewegte, desto mehr Schwung nahm sie auf und desto schneller stieg sie. Mit geschlossenen Augen spürte ich, wie Ikarus Arm mich stützte, und ich atmete flach, während ich mich anstrengte und jeden Moment unsicher war, ob ich mich halten konnte. Jedes Mal, wenn ich das Gefühl hatte, dass die Kraft zu groß wurde und zu entgleiten drohte, konzentrierte ich mich auf das wirbelnde Armband, das rhythmisch, konzentriert und stabil war. Und jedes Mal, wenn ich spürte, dass sich meine Kontrolle verstärkte, wurde meine Konzentration wieder stärker. Ein gewaltiges Platschen brachte mich an meine Grenzen und ich öffnete die Augen rechtzeitig, um zu sehen, wie die Spitze des Haupttempels durch die aufgewühlten Wellen brach. Ich sah staunend zu, wie der Rest der Schule aus dem Meer emporstieg und zum Stillstand kam, sobald die Spitze der Marmorplatte mit der kühlen Luft in Berührung kam. Einen Moment lang hielt ich meine Kraft im Netz, weil ich befürchtete, dass die Akademie zurück ins Wasser stürzen würde, wenn wir losließen, aber sie schwankte nur einen Moment lang bedenklich, dann stabilisierte sie sich und das gesamte Gewicht verließ das Wassernetz. Die Olympus-Akademie schwebte.

Die Delfine sprangen in weiten Bögen davon, als das Netz verschwand, und ich spürte, wie die Haie, Raubaale und Schlangen davonschwammen und sich wieder auf ihre einsame Pirsch durch die Meere begaben. Ich bedankte mich bei dem riesigen Wal, der jetzt langsam davon trieb. Ich glaubte nicht, dass er mich hören konnte, aber ich schickte meinen Dank trotzdem. Ein

Wasserstrahl schoss an der Reling hoch und setzte meine Mutter und Zali auf dem Deck ab. Meine Mutter landete anmutig auf einem Knie, aber Zali stolperte. Thom sprang nach vorne, um sie aufzufangen, und als sie sich aufrichtete, bemerkte ich, dass sie lachte.

»Das war das Unglaublichste, was ich je in meinem Leben getan habe!«, keuchte sie.

»Es war der Wahnsinn«, stimmte ich ihr zu.

»Ich will diesen Stab!«

»Du hast eine natürliche Begabung. Ich werde sehen, ob ich dir etwas Zeit mit meiner Familie verschaffen kann, um deine Fähigkeiten zu verbessern«, sagte meine Mutter, und Zali klatschte ihre nassen Hände vor Freude zusammen. Ich wollte gerade nach vorne treten und ihr gratulieren, als ich einen Hitzeschlag spürte und sich der Himmel um uns herum augenblicklich verdunkelte.

»Die Entdecker sind also zurückgekehrt!« Neos Stimme hallte um uns herum und Peto begann zu brüllen.

»Wir müssen schnell in die Akademie, bevor er einen anderen Weg findet, uns aufzuhalten«, zischte Fräulein Alma.

»Wir haben kein Langboot mehr«, sagte Arketa.

»Wir können eine Welle herbeirufen, die uns runterholt«, sagte ich.

»Ich werde fliegen«, sagte Ikarus schnell. Er war kein großer Fan davon, seine Flügel nass zu machen.

· · ·

Als der Wasserstrahl uns, nicht gerade sanft, am Rand des Beckens absetzte, begann ein Wirrwarr von Gefühlen durch mich zu wirbeln. Der Pool war mein Lieblingsort in der Akademie, abgesehen von den Ställen. Jetzt war er leer, das Wasser floss vermutlich zurück ins Meer, als sich die Kuppel im Freien aufgelöst hatte und die Marmorfliesen um ihn herum verbrannt waren. Auch das Gras zwischen dem Becken und dem Elementargebäude war verbrannt. Es war heiß, unnatürlich heiß, und Adrenalin ließ meine Haut jucken und meine Handflächen schwitzen. Dies war meine letzte Chance, das wiedergutzumachen, was ich getan hatte. Meine letzte Chance zu beweisen, dass die Titanen nicht nur schlecht sind. Meine letzte Chance, dass Ikarus und meinen Freunden verziehen wurde, dass sie mir geholfen hatten. Das musste ein Ende haben, und zwar jetzt.

»Neos!«, rief ich und lief wachsam und angespannt auf das Elementargebäude zu. Ich warf einen Blick über die Schulter und sah Ikarus, Arketa, meine Mutter und Thom hinter mir. Thom bewegte sich mit einem kleinen Brüllen und breitete seine Flügel bedrohlich aus. Um Arketas Finger schlangen sich Ranken, und der Stab meiner Mutter leuchtete hell gegen den immer noch dunklen Himmel. Wirbelwinde entsprangen Ikarus Fingerspitzen und rasten vor ihm über den Boden. Ich blieb stehen und zog *Alifthoros*, die kleinen Seepferdchen erwachten zum Leben und die Klinge pulsierte in einem wütenden Blau. »Ich glaube, wir müssen reden.«

ACHTUNDZWANZIG

»Sieh an, sieh an, sieh an«, ertönte Neos Stimme, als eine Feuerwand vor mir aus dem Boden schoss. Ich verzog mein Gesicht so gut es ging, um den gleichgültigen Gesichtsausdruck meiner Mutter zu imitieren, als zwei riesige rote Augen aus den Flammen leuchteten.

»Sieh mal, wer ein neues Spielzeug bekommen hat.« Sein Tonfall war spöttisch und kindisch.

»Hast du Angst, mir in deiner alten Gestalt zu begegnen, Crius?«, rief ich.

»Angst? Vor dir?« Gelächter ertönte um uns herum. »Ich gebe zu, ich habe nicht erwartet, dass du die Akademie aus dem Meer ziehen kannst, aber du hattest eine Menge Hilfe, kleiner Titan. Nein, nein, nein, ich habe keine Angst vor dir. Ich brauche meine alte Form nicht mehr, denn Professor Neos ist tot.«

»Du meinst, er hat nie existiert«, spuckte ich.

»Oh, arme Pandora. Am Ende hast du ihn doch ganz

gerngehabt, oder? Er war so gut darin, dir Tricks mit dem Feuer beizubringen.«, verspottete er mich. Er wusste, wie stark die Flammen in mir waren. Er wusste, dass ich sie nicht eindämmen konnte.

»Ich weiß bereits, dass das Feuer mich zerstören wird. Du kannst mir keine Angst einjagen«, sagte ich, und die roten Augen blitzten auf und verschwanden dann. Langsam schritt eine menschliche Gestalt durch die Feuerwand. Ein gutaussehender blonder Mann mit roten Augen. *Neos.*

»Es ist nicht das Feuer, das dich zerstören wird, dummes Mädchen«, sagte er, ohne dass der spielerische Ton in seiner Stimme zu hören war. »Es ist dein schwacher menschlicher Körper. Du hast die Kraft eines Gottes in dieser erbärmlichen Gestalt. Eigentlich hast du die Macht von zwei Göttern! Hast du eine Ahnung, wie selten du bist, Pandora? Was du alles sein könntest?«

Meine Gedanken rasten. Würde ich den Betrüger austricksen können, und so tun als höre ich ihm zu, damit er mir hilft und ich ihn dann in eine Falle locke? Zali war mit der Kiste hinter einer der Säulen am Pool versteckt. Ich brauchte ihn nur für einen Moment außer Gefecht zu setzen.

»Wie bekomme ich den Körper eines Gottes?«, fragte ich ihn zögernd.

»Du fragst einen Gott.«

»Ich dachte, man kann Menschen nicht unsterblich machen?«

Neos spottete.

»Eine dumme olympische Regel, an die sich mein

idiotischer Bruder Oceanus wahrscheinlich halten wird, bis ich ihn daran erinnern kann, wer seine wahre Familie ist. Ich muss dir übrigens dafür danken, dass du ihn befreit hast, er ist für meine Pläne von unschätzbarem Wert.«

»Und die sind?«, fragte ich beiläufig. Er stand jetzt nur noch einen Meter von mir entfernt, seine Hände brannten wie tanzende Flammen und er strich sich nachdenklich über den Kiefer. Mein Herz hämmerte gegen meine Rippen und mein Mund fühlte sich knochentrocken an. Er gluckste.

»Du weißt schon, das Übliche für einen Titanen. Zeus stürzen, über den Olymp herrschen. So etwas in der Art.«

»Ich dachte, Oceanus wäre im Krieg neutral geblieben. Er ist mit den Olympiern befreundet.«

»Das war vorher. Aber ich habe ein paar Ideen, wie ich ihn umstimmen kann«, grinst Neos. »Angefangen damit, wie Zeus seinen neuen Lieblingsnachkommen behandeln wird.« Ein böses Lächeln leuchtete in seinen Augen auf. Ich spürte das Feuer, das er auf mich werfen wollte, im Bruchteil einer Sekunde, bevor er sich bewegte. Ich zog eine halbe Sekunde zu spät eine Wasserbarriere hoch, so dass die Flammen mich noch erreichten, bevor ich den Rest löschte. Ich schrie auf, als das Feuer über meine Wange schlug und meine Haut verbrannte. Mein Körper reagierte auf den Schmerz mit sofortiger Wut, meine eigene Feuermagie brodelte unter meiner Haut und war in ihrer Verzweiflung fast schmerzhaft. Ich konnte spüren, wie sie sich danach sehnte, frei zu sein, zu zerstören. Aber das war es, was er wollte. Ich würde es nicht rauslassen. *Ich konnte es nicht.*

»Ich dachte, du wolltest mir helfen!«, rief ich hinter meinem wässrigen Schild. »Warum versuchst du, mich zu töten?«

»Ich versuche nicht, dich zu töten, kleiner Titan. Ich versuche, dich bewegungsunfähig zu machen, damit ich dich Zeus ausliefern kann!«

»Nur damit Oceanus wütend auf Zeus wird? Erstens glaube ich nicht, dass Oceanus sich so sehr um mich kümmert. Und zweitens, wäre er nicht sauer auf dich, weil du mich ausgeliefert hast?«

»Du würdest dich wundern, Pandora. Nur seine Frau *Tethys* war in der Lage, das Schwert zu führen. Und er wird nie erfahren, dass ich es war, der dich an Zeus übergeben hat.«

»Hilf mir mit meiner Feuermagie«, sagte ich in einem letzten verzweifelten Versuch.

»Ich bin nicht dumm, Pandora. Ich weiß, dass du nur versuchst, mich abzulenken. Ich habe sogar selbst eine Ablenkung, die dir gefallen wird.« Ein Teil in mir wusste, dass er wollte, dass ich den Schild fallen lasse, aber ein noch größerer Teil in mir musste wissen, wovon er sprach. Ich ließ die Wasserbarriere vorsichtig herunter. »Ich möchte dir meinen Freund, Helfer und Stellvertreter vorstellen. Na ja, ich meine, ihr kennt euch ja schon, aber unter einem anderen Namen.« Meine Magenmuskeln krampften sich zusammen. Von wem redete er? Vronti? »Hast du dich nie gefragt, warum dein lieber, lieber

Lehrer so scharf darauf war, dass du dich auf diese ganze Suche machst?«

»Nein«, hauchte ich und mir wurde schlecht. *Nein, das kann nicht sein.* Ich schüttelte den Kopf und traute meinen Augen nicht, als Dasko um das Elementargebäude herumging und langsam auf mich zukam.

»Es tut mir leid, Pandora, Ikarus«, sagte er. »Wirklich, es tut mir leid.«

»Wusstest du, was in der Kiste war?«, fragte ich ihn und meine Stimme blieb mir im Hals stecken. »Du hast mir gesagt, du wüsstest, dass ich sie öffnen würde. Wusstest du, dass die Dämonen da drin waren?« Dasko starrte mich an und ließ dann seinen Blick auf den Boden sinken. Eine neue Welle der Hitze überrollte mich, aber meine Haut fühlte sich taub und kalt an.

»Crius bot mir vor vielen, vielen Jahrhunderten ein verlängertes Leben an, wenn ich ihm zu gegebener Zeit aus der Kiste helfe.«

»All die Seelen, die der Keres-Dämon genommen hat, der Schaden, den der Meeresdämon beinahe an der Schule und den Schülern angerichtet hätte.« Ich starrte ihn entsetzt an. »Ich habe dir vertraut.« Meine Kehle schnürte sich zusammen und mein Kopf pochte. Das konnte nicht wahr sein. Die vielen Stunden, die Dasko mit mir verbracht hatte, in denen er mir geholfen hatte, meine Magie zu erlernen und zu kontrollieren, in denen er mich über die Welt unterrichtet hatte, in die ich gestoßen worden war. *Das alles nur, um Crius zu helfen.*

»Du kannst mir immer noch vertrauen!«

Ich stieß einen Schrei der Frustration aus, als ich in

seine flehenden Augen blickte, und der Schmerz über seinen Verrat riss mich aus meiner Kontrolle.

»Dir vertrauen?«, brüllte ich und Wasser schoss aus *Alifthoros*, so schnell und hart, dass er keine Zeit hatte, es abzuwehren oder sich zu bewegen. Es traf ihn mitten in die Brust und schleuderte ihn nach hinten, bis er gegen die Wand des Elementargebäudes stürzte. »Lieber sterbe ich, als dir zu vertrauen«, rief ich, und Feuer sprang aus meiner linken Handfläche und flog über den Boden auf ihn zu.

»Bitte, bitte, Pandora«, wimmerte er, als ich auf ihn zukam. »Du *wirst* sterben, wenn du mir nicht vertraust.«

»Und ich hätte es verdient«, zischte ich, »für die Rolle, die ich beim Beinahe-Tod von unschuldigen Schülern gespielt habe. Wenigstens habe ich versucht, es in Ordnung zu bringen! Du. du machst mich krank! Du wusstest, was du tust, du hast wissentlich alle in Gefahr gebracht! Und dann versteckst du dich einfach hier und wartest auf deinen Meister?« Mein Feuer war an der Seite des Gebäudes hochgeklettert und nur noch wenige Zentimeter von seinem Gesicht entfernt, und ich war nah genug dran, um zu sehen, wie ihm der Schweiß von den Schläfen rann.

»Du hast recht«, hauchte er und ich hielt inne. »Aber ich kann es nicht reparieren, wenn du mich tötest.«

»Reparieren? Dafür ist es zu spät.«

Ein Schrei ertönte, und eine Stimme rief meinen Namen, während gleichzeitig ein gewaltiger Donnerschlag ertönte. Ich zuckte zusammen, und Übelkeit überkam mich. Neos Ablenkung hatte funktioniert.

Während ich so sehr mit Dasko beschäftigt war, hatte Neos Zali und die Kiste gefunden. Ikarus war dabei, eine böse aussehende schwarze Rauchwolke mit Feuerfunken mit seinem riesigen Tornado zurückzudrängen, und meine Mutter feuerte mit ihrem Stab Wasser auf Hunderte von Feuerbällen. Arketa und Zali hockten mit der Kiste hinter ihnen, und Thom bewachte sie mit seinem riesigen Mantikor-Körper.

»Pandora, ich meine es ernst! Ich habe einen großen Fehler gemacht, bitte lass es mich wieder gutmachen«, murmelte Dasko plötzlich. Ich fletschte die Zähne, meine blinde Wut ließ nach, aber mein Hass auf ihn wurde nicht weniger.

»Du bist erbärmlich«, knurrte ich und befreite ihn von der Wasserdüse, die ihn an die Wand drückte. Ich drehte mich um und rannte so schnell ich konnte. Ich warf meine ganze Kraft in denselben Strahl und schmetterte ihn in die Rauchwolke. Ikarus Tornado wirbelte in mein Wasser und zusammen bildeten wir einen drei Meter hohen Strudel, der sich mit Leichtigkeit durch die rauchige Substanz wühlte.

»Dann wird es Zeit, dass ich eine neue Methode ausprobiere«, dröhnte Neos körperlose Stimme und der Rauch und das Feuer, das uns umgab, verflüchtigte sich und wurde zu etwas Festem. Innerhalb von Sekunden starrten wir auf etwas, das jeden in Albträumen heimsuchen würde. Das Monster war so groß wie der Haupttempel, mit enorm mächtig aussehenden Armen und Beinen und einem riesigen, rotglühenden Zentralauge. Seine Haut sah aus wie schwarze, rissige Erde, unter der geschmolzene Lava glühte, als es einen stampfenden Schritt auf uns zu machte. »Ihr scheint vergessen zu haben«, brummte er, »dass ich ein Titan bin! Ein uralter Gott!«

Ikarus und ich sahen uns an, dann schossen wir den Strudel mit allem, was wir hatten, auf ihn. Der Strudel wuchs, als er sich bewegte, und traf ihn mit so viel Kraft, dass er zur Seite stolperte und auf den Pool zuflog. Aber er kam schnell wieder auf die Beine, klatschte seine monströsen Hände zusammen und brüllte. Als er seine Hände öffnete, brannte ein Feuerball von der Größe eines Hauses zwischen ihnen, und sein hässliches Maul verzog sich zu einem Knurren.

»Ikarus hatte recht, als er dir sagte, dass du mir nicht trauen sollst, kleiner Titan«, sagte er und warf den Feuerball auf uns.

Ich hatte keine Chance, rechtzeitig einen Wasserschild aufzustellen, und schrie auf, als ich plötzlich von den Füßen gehoben wurde. Die Orientierungslosigkeit raubte mir für ein paar quälende Sekunden die Sinne, bis ich merkte, dass wir wieder zurück auf den Boden stürzten. Ikarus hatte mich aufgefangen und uns aus der Schuss-linie des Feuerballs geflogen. Aber sein Griff war unbe-holfen und ich spürte, wie ich ihm entglitt. Als ich wild mit den Füßen strampelte, spürte ich die Hitze des Balles, der auf uns zuschoss. Ich beschwor mein Wasser und sah Mamas Stab in meinem Blickfeld leuchten. Mit ihrer Hilfe ließ ich eine Blase um uns herum entstehen, die den Feuerball sofort zurückschlug.

»Wie lange können wir es halten?«, rief ich, als Ikarus uns sanft aufsetzte. Ich spürte, wie die Blase erzitterte, als der Feuerball sie erneut traf.

»Höchstens ein paar Minuten«, sagte Mama.

»Wie kriegen wir ihn in die Box?«

»Wir packen ihn an. Ziehen ihn hinein«, sagte Arketa und stand auf.

»Er ist dreißig Fuß groß!«, rief ich aus.

»Hast du eine andere Idee?« Ich durchsuchte mein Gehirn verzweifelt nach irgendeiner Inspiration, aber mir fiel nichts ein.

»Okay, wir greifen alle zusammen an. Zali, frier mein Wasser ein, er ist so heiß, dass ihm die Kälte nicht guttun dürfte. Arketa, benutze deine Ranken, Ikarus, versuche, einen Tornado um seinen ganzen Körper zu erzeugen, um ihn zu bewegen. Thom, tu alles, was du kannst, um ihn in Richtung der Kiste zu zwingen. Mama, mach das Gleiche mit deinem Wasser.« Alle nickten mir zu und die Blase bebte erneut, als der Feuerball gegen sie schlug.

»Alle bereit? Jetzt!«

NEUNUNDZWANZIG

Ich ließ die Blase fallen und stürmte los, mein Schwert hoch über meinen Kopf erhoben und ein Brüllen drang aus meiner Kehle. Wasser schoss rechts an mir vorbei und prallte auf den riesigen Feuerball. Während ich rannte, verstärkte ich meine Kraft und erstickte die wütenden Flammen. Als Nächstes schossen Ranken an mir vorbei, die sich schnell um Neos wickelten, als er wieder in die Hände klatschte.

»Haltet ihn davon ab, seine Hände zu öffnen!« Die Ranken wickelten sich um seine Handflächen, und ich schoss meine Wasserstränge hinterher, die die Ranken verstärkten. Ich spürte, wie mein Wasser gefror, als Zali ihre Kraft ausstrahlte, und Neos stieß ein frustriertes Knurren aus. Ich hatte recht, er mochte die Kälte nicht.

»Mehr, Zali!«, schrie ich und rief den Ozean zu mir. Hinter Neos und dem Pool erhob sich eine gewaltige Welle aus dem Ozean, die immer größer wurde, als ich zum Stehen kam und mich konzentrierte. Ein Tornado raste über meinen Weg, fast so groß wie Neos. Ich hob *Alifthoros* hoch und zog mit aller Kraft am Ozean. Die Flutwelle schwankte einen Moment lang, dann stürzte sie auf Neos zu. Er taumelte, seine Hände waren immer noch gefesselt, und Ikarus stürzte über meinen Kopf hinweg und streckte seine Hand aus. Sein Tornado raste auf Neos zu und hatte ihn innerhalb von Sekunden vollständig umzingelt. Ich spürte, wie sich das Wasser meiner riesigen Welle im Wind verfing, verwirbelte und drehte und eine undurchdringliche Mauer um den Titanen bildete, der in dem gewaltigen Strudel aufstampfte und brüllte.

»Die Kiste!«, rief ich, als ich spürte, wie die Temperatur rapide sank und Zalis Kraft wirkte. Ein Schatten erschien über mir und ich schaute auf, um Thom in Gestalt eines Mantikors zu sehen, der die Kiste aus seinem riesigen Maul baumeln ließ. Im letzten Moment tauchte er ab und ließ die Kiste mit einem Klirren am Fuße des Strudels fallen. Die Hoffnung schwoll in mir an. *Wir würden es wirklich schaffen!*

»Zieht!«, schrie Arketa, und alle taten es. Der Strudel zerrte Neos in Richtung der Kiste, das eisige Wasser konnte er nicht durchbrechen und die Ranken von Arketa zogen ihn fest an sich. Er begann zu schrumpfen, je näher er der Kiste kam, und Ikarus, der mit seinen Flügeln schlug, ließ den Tornado mit ihm schrumpfen.

»Es funktioniert!«, hörte ich Zali sagen und mein Herz klopfte. Sie hatte Recht, es funktionierte. Dann spürte ich einen stechenden Schmerz in meiner Brust, stolperte und ließ meinen Schwertarm sinken. Der

Tornado wackelte vor mir und ich blinzelte verwirrt. Der stechende Schmerz kam wieder, dieses Mal schärfer, und ich schrie auf.

»Dora!«, rief Ikarus, als meine Mutter das auch sagte, »Ohne dich kann ich das Wasser nicht halten!« Tränen flossen aus meinen Augen und der Schmerz breitete sich in meiner Brust aus und drückte auf meine Rippen und meine Lunge. Ich schnappte nach Luft und versuchte verzweifelt, das Meerwasser, das in Ikarus Tornado herumwirbelte, unter Kontrolle zu halten, aber es wurde immer schwieriger zu atmen. Ich sank auf ein Knie, als der Schmerz in meinem Inneren zu pulsieren begann und meine Haut brannte, als ob tausend Nadeln sie durchbohren würden.

»Mach, dass es aufhört!«, schrie ich, ohne zu wissen, dass ich die Worte ausgesprochen hatte, und schwarze Flecken begannen meine Sicht zu verdecken. Ich musste raus aus meiner Haut, raus aus meinem Körper, weg von den unerträglichen Schmerzen. Panik überkam mich, als ich merkte, dass ich meine Glieder nicht mehr spürte, und ich kippte nach vorne und landete hart auf meiner Schulter, wobei mein Kopf auf den Boden schlug. Ich schnappte verzweifelt nach Luft, während mein gelähmter Körper weiter versagte und meine Haut sich anfühlte, als würde ich lebendig verbrennen. Ich blinzelte durch die Tränen und sah, dass ich brannte. Ich war von Flammen bedeckt, der Boden um mich herum flackerte und knisterte. *Feuer*. Mein Gehirn wiederholte das Wort immer und immer wieder, und die Qualen, die mich durchfuhren, machten es mir unmöglich, klar zu denken. *Wasser.* Der Gedanke bahnte sich seinen Weg durch die Flammen. *Wasser. Wasser.* Ich versuchte, das Wasser zu finden. Ich versuchte, es um mich herum zu spüren, ich versuchte, es zu mir zu ziehen, versuchte, mir sein kühlendes, beruhigendes Gefühl vorzustellen. Aber das Wasser war weg. Ich konnte es nirgendwo finden. Ein leises Lachen durchdrang meine verwirrten Gedanken.

»Das Feuer hat dich jetzt, Pandora. Ich wusste, ich würde es aus dir herauslocken können. Wie fühlt es sich an, von deiner eigenen Kraft zerstört zu werden?« Ich konnte nicht antworten, nicht einmal in Gedanken. Der Schmerz war zu stark für meinen Körper und ich wusste, dass ich das Bewusstsein verlor. »Und du bist nicht nur dabei, dich zu zerstören. Es sieht so aus, als würdest du die ganze Schule niederbrennen. Sie werden alle mit dir sterben.«

Ich registrierte seine Worte kaum, denn ich war wie benebelt und der Schmerz ließ nach, als ich spürte, wie sich meine Augen zu schließen begannen. *Sie werden alle mit dir sterben. Du bist dabei, die ganze Schule niederzubrennen.* Die Worte schwebten im Dunst und ein Teil von mir wusste, dass es die schlimmsten und wichtigsten Worte waren, die ich je in meinem Leben gehört hatte.

»*Pandora!*« Die raue, uralte, wütende Stimme zerriss die Schwärze. »*Pandora! Wage es nicht loszulassen!*«

»Nix? Nix, ich brenne«, sagte ich zu dem Vogel und wusste nicht mehr, was ich sagen sollte. Der Schmerz war fast verschwunden. »Ich kann meinen Körper nicht spüren.«

»Pandora, du musst aufwachen! Um der Menschen in dieser Schule willen musst du aufwachen!«

Sie werden alle mit dir sterben.

Ein Schmerzensblitz schoss durch mich hindurch e und ich keuchte.

Du bist dabei, die ganze Schule niederzubrennen. Sie werden alle mit dir sterben.

Ich spürte mehr Schmerz, die Schwärze wich schnell und wurde von brüllenden orangefarbenen Flammen ersetzt, die mein Gesicht umschlangen. Alles stand in Flammen. Der Schmerz erfasste meinen Körper erneut und ich schrie.

»Ich kann es nicht, Nix!«, schrie ich und versuchte verzweifelt, meinen Kopf zu heben, aber es gelang mir nicht. Ich sah eine Bewegung und dann landete Nix mit seinem winzigen Vogelkörper, der die gleiche Farbe wie die Flammen um mich herumhatte, wenige Zentimeter vor meinem Gesicht.

»Doch, dass kannst du. Dein Körper ist durch den Schmerz gelähmt, du musst das Feuer kontrollieren. Es kommt aus dir, es ist deine eigene Kraft, deine Seele, dein Wesen. Du kannst es kontrollieren.«

Ich erinnerte mich daran, wie Neos mir gezeigt hatte, wie ich meine Hände anzünden konnte. Damals hatte ich keinen Schmerz gespürt. Ich musste aufhören, das Feuer zu bekämpfen, wurde mir klar. Ich musste es hereinlassen. Ich holte so tief Luft, wie ich konnte, und öffnete mich für die bösartigen Flammen.

· · ·

Für einen Sekundenbruchteil war ich sicher, dass ich tot war. Alles blieb stehen, meine Umgebung verschwand und wurde durch nichts als Purpurrot ersetzt. Der Schmerz war völlig verschwunden, aber auch mein Körper und Nix.

»Wo bin ich?« Ich sprach die Worte laut aus, beendete den Satz aber nicht, als die Welt um mich herum zu tanzen und zu taumeln begann, Funken zu sprühen, zu springen und zu hüpfen. Flammen verschlangen alles, und dann spürte ich mit einem Ruck meine Arme. Und meine Beine. Ich war wieder da.

Ich hob meinen Kopf, und statt Schmerzen war mein Körper voller Kraft. Ich sprang auf die Füße und erwartete, dass mir schwindelig oder schlecht werden würde, aber meine Glieder fühlten sich kraftvoll und schnell an. Ich schaute an mir herunter und spürte einen weiteren Schub an Kraft. Jeder Zentimeter meines Körpers stand in Flammen, genauso wie der Boden um mich herum, und Flammen leckten an den Seiten des Elementargebäudes hoch. Neos stand in seiner Gestalt als Lavamonster vor ihnen, mit verbrannten Ranken um ihn und einem überraschten Blick in seinem einäugigen Gesicht. Die anderen verharrten, hinter einer kleinen Wasserwand, in deren Mitte der Stab meiner Mutter glühte. Alle außer Ikarus, der über dir mit den Flügeln schlug und dem Erleichterung und Liebe ins Gesicht geschrieben standen, als ich ihm in die Augen sah. *Ich würde ihn retten, und meine Mutter und meine Freunde. Ich würde die Schule retten. Eine* Kraft, wie ich sie noch nie zuvor gespürt hatte, brannte darauf, freigesetzt zu werden, und pochte heftig unter meiner Kontrolle. *Ich würde meine Fehler korrigieren.*

»Meine Macht mag mich zerstören, Neos, aber nicht heute«, zischte ich und hob *Alifthoros* mit meiner brennenden Hand auf. Die Klinge schimmerte, als rotes Licht auf das blaue Glühen traf, dann verschmolzen die Farben und lila Licht strahlte aus dem Schwert. Ich kanalisierte all meine zornige Kraft in die Waffe.

Magie strömte aus der Klinge, ein Strom aus Feuer und Wasser, der sich umeinanderdrehte, als er in Neos eindrang. Es war das Schönste, was ich je gesehen hatte: Die Flammen schimmerten violett, als sie sich mit dem Wasser vermischten. Neos schrie auf, und ich rannte, so schnell ich konnte, auf ihn zu. Die Kiste lag auf der Seite, Flammen leckten um sie herum, und ich rief noch einmal das Meer. In der Hoffnung, dass der Ozean mein Flehen verstand, sah ich zu Ikarus hinauf. Thom hatte sich zu ihm gesellt und schlug heftig mit seinen riesigen Flügeln.

»Zielt auf sein Auge!«, rief ich und sah zu, wie sie durch die Luft flogen, Thoms leuchtenden Skorpionschwanz fest im Griff, bereit zuzuschlagen.

Ich sprintete weiter in Richtung Neos und Erleichterung durchströmte mich, als ich beim Laufen Wassertropfen auf meinem Gesicht spürte. Ich sandte ein stilles Dankeschön an das Meer. *Es hatte mich verstanden.* Der Regen, der immer stärker und schneller fiel, begann, die Flammen um uns herum zu löschen, das brennende Gras und die brennenden Gebäude. Er löschte alles außer dem Feuer, das immer noch auf meiner Haut tanzte.

Mein Strom von lila Magie fesselte Neos Arme an seinen Körper, aber aus seinem einzigen Auge loderte Feuer, als Ikarus und Thom versuchten, sich ihm zu nähern. Er war so sehr auf die beiden konzentriert, dass er gar nicht merkte, dass ich ihn erreicht hatte. Ich hob den *Alifthoros* und hieb damit auf seinen schwarzen, rissigen Knöchel. Er brüllte auf, als er stolperte, und begann dann, auf den Boden zu fallen. Ich sprang aus dem Weg, und als er fiel, sah ich, wie Thoms Stachel aus seinem Schwanz schoss und Neos mitten ins Auge traf. Der Titan schrie auf und seine Gestalt als Lavamonster flackerte kurz, während er sich am Boden krümmte. Arketa und Zali rannten durch den strömenden Regen auf uns zu, die Kiste in Arketas Armen.

»Wirf sie!«, rief ich und schickte den lila Wirbel aus Feuer und Wasser los, um die Kiste aufzufangen. Wie ein Lasso wickelte sich der Strom der Magie um die Kiste und ich schleuderte sie auf Neos.

»Neiiiin!«, schrie er, als er zu schrumpfen begann und schwarzer Rauch um ihn herum waberte, während er und die Kiste aufeinander zu flogen. Mit einem letzten Kraftausbruch schmetterte ich die Kiste in seine sich windende Gestalt und fiel auf die Knie, als er darin verschwand.

DREISSIG

Die Welle der Erleichterung, die ich erwartet hatte, blieb aus. Ich hörte, wie die anderen jubelten, und ich war mir schwach bewusst, dass wir gewonnen hatten, als Ikarus neben mir landete und den Deckel der Kiste zuknallte. Aber ich spürte keine Freude oder Glück. Ich fühlte mich heiß. Ich stand immer noch in Flammen.

»Ich kann es nicht aufhalten«, flüsterte ich, während ich durch den strömenden Regen auf meine brennenden Hände starrte.

»Dora?« Ikarus griff nach mir, zog seine Hände aber wegen der Hitze zurück. Seine schwarzen Flügel waren glitschig vom Regenwasser.

»Ich kann es nicht aufhalten«, wiederholte ich lauter und schaute in seine stechend grünen Augen, als ich aufstand.

»Was aufhalten?«

»Der Regen, das Feuer. Ich muss gehen.« Ich merkte, die Wahrheit, die aus meinen Worten sprach.

»Was? Nein-»

»Ich muss jetzt gehen, sonst seid ihr alle in Gefahr!«, schrie ich ihn an. Meine Mutter sprintete zu uns, ihre Augen waren voller Sorge.

»Sie hat recht, Ikarus, wir müssen sie in Sicherheit bringen.« Ich stieß ein bitteres Lachen aus.

»Sicher? Es gibt keinen Ort, an dem ich vor mir selbst sicher bin. « Die Flammen, die meine Haut bedeckten, schlugen höher und der Regen prasselte härter auf mich ein. Der Ozean um die schwimmende Akademie herum war so aufgewühlt und unruhig wie mein Inneres. Ich hatte zu viel Macht in mir aufsteigen lassen und wusste, dass ich sie nicht mehr lange zurückhalten konnte.

»Ich weiß, was zu tun ist«, sagte eine Stimme, und ich drehte mich langsam um, um Dasko anzublicken.

»Geh weg!«, rief ich, aber er hielt die Hände hoch, mit flehenden Augen.

»Ich möchte für meine Taten büßen, bitte, Pandora, lass mich dir helfen.«

»Wie? Wie kannst du ihr helfen?«, bellte Ikarus.

»Neos hat mir vor Jahrhunderten viele Kräfte gegeben, darunter auch die Macht, meinen Körper viel, viel länger leben zu lassen. Lass mich dir diese Kraft geben, Pandora.«

»Was? Das kannst du tun?« Ikarus staunte.

»Ich glaube schon, ja. Diese Art von Magie darf von den Olympiern nicht mehr erschaffen werden, aber ich glaube nicht, dass es gegen ein Gesetz verstößt, wenn wir bereits vorhandene Magie zwischen uns übertragen.«

Ich starrte meinen Lehrer an, seine warmen braunen Augen blickten flehend in meine.

»Du. was würde mit dir passieren?«, fragte ich ihn. Was wollte er für mich aufgeben? Dasko hielt inne.

»Ich weiß es nicht. Aber ich habe ein langes Leben gelebt, auf das ich letztendlich nicht mehr stolz bin. Meine Absichten waren gut, das schwöre ich, aber du hattest Recht. Ich habe viel zu viel aufs Spiel gesetzt, um sie zu verfolgen. Du könntest so viel Gutes in dieser Welt tun, Pandora. Ich flehe dich an. Nimm mein Angebot an.«

»Nimm es«, sagten meine Mutter und Ikarus unisono. Ich schaute durch den strömenden Regen zwischen ihnen hin und her. Ikarus Gesicht war tränenüberströmt und, dass meiner Mutter voller Angst.

»Bitte, Dora«, schluckte Zali und auch ihre großen bernsteinfarbenen Augen füllten sich mit Tränen.

»Hör auf ihn«, sagte Thom, der ohne Hemd und mit grimmigem Blick neben ihr stand.

»Du musst das überleben, Dora«, sagte Arketa, ihre blauen Augen auf meine gerichtet. »Ich glaube, diese Welt braucht dich.«

Ein goldener Schimmer fiel mir ins Auge und Nix flatterte neben mir.

»Das könnte deine einzige Chance sein, Pandora. Nutze sie.«

Aber wie könnte ich auf Kosten eines anderen leben? Selbst auf Kosten eines Menschen, der so viele verraten hatte. Ich würde immer wissen, dass der Preis für mein eigenes Leben der seine war.

»Ich kann nicht. Nicht, wenn es dich umbringt«, sagte ich, und Ikarus schluchzte auf.

»Dora, bitte.«

»Was ist, wenn ich ihm garantieren kann, dass er den Rest seines sterblichen Lebens normal leben wird?«, dröhnte eine Stimme, und meine Magie wogte in mir, als Oceanus sich aus dem stürmischen Meer erhob.

»Oceanus!«, hauchte ich.

»Du musst dich sofort entscheiden, Pandora, du hast nur noch wenig Zeit.« Die Flammen auf meiner Haut loderten als Antwort und ich wurde mir bewusst, dass er recht hatte.

»Wenn du das garantieren kannst, dann ja, ich werde es tun«, sagte ich eilig. Oceanus strahlte mich an.

»Gut«, sagte er, klatschte seine riesigen Hände zusammen und alles wurde schwarz.

Ich öffnete langsam die Augen und blinzelte zur weißen Steindecke hinauf.

»Wo bin ich?«, krächzte ich und Ikarus leuchtend grüne Augen erschienen über mir.

»In der Krankenstation der Akademie«, sagte er. »Du bist okay.«

»Besser als okay«, hörte ich Arketa sagen und drehte vorsichtig den Kopf. Ich fühlte mich wie vom Zug überrollt, mein ganzer Körper tat mir weh. Auf dem Bett neben mir saßen Zali, Thom, Arketa und meine Mutter.

»Was ist passiert?«

»Dasko hat dir seine Macht gegeben. Willkommen zu einem sehr, sehr langen Leben«, strahlte mich Ikarus an.

»Geht es ihm gut?«, sagte ich und setzte mich mühsam auf.

»Ja, er ist da drüben. Fantasma hat gesagt, es wird eine Weile dauern, bis er aufwacht, aber er wird schon wieder.« Ich drehte mich auf die andere Seite und sah, dass Dasko in dem anderen Bett schlief. »Fühlst du dich irgendwie anders?«, fragte mich Ikarus und schaute mir ins Gesicht.

»Nein«, sagte ich und runzelte die Stirn. »Ich meine, ich fühle mich nicht mehr so, als würde ich gleich explodieren.«

»Das ist auf jeden Fall eine Verbesserung«, grinste Zali.

»Sind alle in der Schule sicher?«, fragte ich.

»Ja. Sie haben alles gesehen. Wir sind im Grunde genommen Helden«, sagte Thom fröhlich. »Oh, und Oceanus hat die Schule wieder dahin gebracht, wo sie hingehört.«

»Wo ist Nix?«

»Er schläft da drüben auf dem Regal. Der Kampf hat ihn anscheinend auch mitgenommen«, sagte Zali. »Du warst so tapfer, Dora«, sagte sie, und meine Mutter nickte, als sie aufstand und nahm meine Hand.

»Ich kann nicht lange hier in der Akademie bleiben,

aber ich verspreche dir, dass ich dich morgen besuchen werde. Ich bin sehr, sehr stolz auf dich. Nur wenige würden das Leben anderer vor ihr eigenes stellen, wie du es getan hast.« Ich starrte zu ihr auf und war glücklich.

»Ohne dich hätte ich das nicht geschafft. Danke, Mama«, sagte ich, und sie lächelte, bevor sie sich umdrehte und den kleinen Raum verließ.

»Sie hat recht, weißt du«, sagte Arketa. »Ich kenne nicht viele Menschen, die so mutig sind wie du. Vielleicht bist du ja doch nicht so schlecht. Auch wenn du ein paar wirklich, wirklich dumme Entscheidungen getroffen hast.«

Es klopfte an der Tür und Chiron schritt mit klappernden Hufen und grimmigem Gesicht in den Raum.

»Chiron, es tut uns so leid.« begann ich, aber der Zentaur hielt seine Hand hoch.

»Im Namen der olympischen Götter bin ich hier, um dir mitzuteilen, dass deine Vertreibung eines gefährlichen schurkischen Titanen zur Kenntnis genommen wurde. Und wir haben erfolgreich argumentiert, dass du unter seinem bösen Einfluss standest, als du dich auf deine höchst unangemessene Reise begabst, um Oceanus zu erwecken, und dass du deshalb nicht bestraft werden solltest.«

»Erfolgreich argumäntiert von wem?«, flüsterte ich und eine Welle der Erleichterung überrollte mich.

»Von mir«, antwortete er und seine Miene wurde weicher. »Im Namen der Schule möchte ich euch für eure Furchtlosigkeit loben, euch allen. Eure Willensstärke und eure Fähigkeit, zusammenzuarbeiten, haben Hunderte von Leben gerettet. Ihr verkörpert den Geist der Olympus-Akademie.« Ein warmes Gefühl breitete sich in mir aus und mein Lächeln wurde noch breiter, als er seine Worte verinnerlichte. »Und es gibt noch ein paar Leute, die sich bei euch bedanken möchten«, sagte er und trat von der Tür weg.

»Tak!«, schrie Zali und sprang vom Bett, als Tak den Raum betrat, gefolgt von Kiko, Alexsis und Demitra. Arketa entkam ein gewaltiger Schluchzer und sie stürzte sich auf ihre beste Freundin. Mir stiegen Tränen in die Augen, als Kiko und Arketa sich weinend umarmten und sich fest aneinanderdrückten. Tak schlang seine Arme um Zali, dann um Ikarus, bevor er zu meinem Bett kam.

»Ich habe gehört, du könntest mich jetzt im Schwertkampf schlagen?«, sagte er mit einem bösen Grinsen im Gesicht.

EINUNDDREISSIG

Die nächsten zwölf Stunden schlief ich tief und fest, mein Körper war völlig erschöpft. Als ich das nächste Mal aufwachte, dachte ich, das Zimmer sei leer, abgesehen von Daskos schlafendem Körper auf dem anderen Bett, bis ich das leise Plätschern der Wellen hörte. Ich setzte mich auf und sah einen alten Mann am Fußende meines Bettes, dessen weißer Bart von Korallen und Seesternen umrankt war und der eine passende Krone auf dem Kopf hatte, die sein langes Haar zurückhielt. Er hatte intensive, leuchtend blaue Augen.

»Oceanus«, hauchte ich.

»Pandora«, nickte er mir zu.

»Danke. Dass du mich gerettet hast.«

»Habe ich nicht«, sagte er achselzuckend. »Dasko hatte recht. Wenn ich ein so heiliges olympisches Gesetz gebrochen und dir lebensverlängernde Kräfte gegeben hätte, hätte ich jede Chance auf zukünftigen Frieden zunichte gemacht. Und so sehr ich auch wollte, dass du lebst, konnte ich das nicht tun. Der Frieden im Olymp musste an erster Stelle stehen. Aber die bestehende Macht zu übertragen, war eine kluge Idee.«

»Er ist ein kluger Mann«, sagte ich mit einem Hauch von Schärfe in meiner Stimme.

»Er hat seine Fehler wiedergutgemacht, Pandora genau wie du. Und jetzt musst du lernen, mit der immensen Macht zu leben. Du bist etwas, das der Olymp nur sehr selten sieht.« Ich schaute den alten Gott an, sein wettergegerbtes menschliches Gesicht entspannte mich.

»Was soll das heißen?«

»Im Moment bedeutet das sehr wenig. Du solltest dein Studium fortsetzen und lernen, deine Magie zu nutzen. Aber in der Zukunft könnte es bedeuten, dass du Entscheidungen treffen musst, die viele Menschen angeht.« Er neigte den Kopf. »Du musst sicherstellen, dass du das Vertrauen in dich selbst hast, um die richtigen Entscheidungen zu fassen.« Ich sah ihn nachdenklich an.

»Weißt du, für den mächtigsten Gott des Olymps bist du ein wirklich netter alter Mann«, sagte ich. Er gluckste.

»Die Sache mit der Macht, Pandora, ist die, dass normalerweise diejenigen, die sie nicht haben, zur Schau stellen wollen. Diejenigen, die viel davon haben, sollten sich damit begnügen, dass sie wissen, dass sie da ist, wenn sie sie brauchen.« Ich dachte einen Moment darüber nach.

»Wird meine Kraft noch stärker werden?«, fragte ich ihn nervös.

»Das bezweifle ich. Aber du wirst lernen, mehr Dinge mit dem zu tun, was du hast. Du wirst vorsichtig sein müssen.«

»Ist Zeus sauer, dass du wach bist?«

»Zeus ist immer über irgendetwas wütend. Aber wir haben miteinander gesprochen, und er wird keinen Ärger machen.«

In den Augen des Gottes lag ein böses Funkeln und ich schluckte.

»Ich nehme nicht an, dass du einen Jungen namens Vronti bei ihm gesehen hast? Seine Schwester war eine der Schülerinnen, die von dem Keres-Dämon entführt wurde.«

Oceanus schüttelte den Kopf.

»Nein, aber Chiron hat mir von den Zwillingen erzählt. Sie werden nicht weiter an der Olympus-Akademie bleiben.«

»Gut«, sagte ich. »Was wirst du als Nächstes tun?«

»Nun, ich muss meinen Platz im Olymp finden. Und dieses ganze »Zwölf Reiche, zwölf Götter«-System wird nicht funktionieren.« Seine Augen funkelten, als er sprach.

»Ihr wollt ein neues Reich schaffen?«, fragte ich und zog die Augenbrauen hoch.

»Ja. Und du bist dort willkommen, wann immer du willst.« Ich starrte ihn an.

»Ich werde ein Zuhause haben? Außerhalb der Akademie?«

»Wenn du eines brauchst, ja. Obwohl es scheint, dass mein Schiff dich ziemlich liebgewonnen hat.«

Mein Mund klappte auf.

»Ich könnte auf der *Tethys* leben?« Mein Magen zuckte vor Aufregung und Oceanus lachte.

»Ich denke schon. Aber zuerst musst du dein Studium hier beenden. Und du musst es gut machen.«

Ich nickte enthusiastisch. Ich konnte mir keine bessere Motivation vorstellen, um hart zu arbeiten, als ein eigenes fliegendes Piratenschiff.

»Danke«, sagte ich. »Aber eine letzte Sache wollte ich dich noch fragen.«

Ein wissender Blick ging über sein Gesicht.

»Lass mich raten. Du willst nach Hause gehen können.«

»Ich will mich nur verabschieden«, sagte ich schnell, falls er dachte, ich würde vor allem davonlaufen, wozu ich mich gerade verpflichtet hatte. »Meine Mutter hatte sich in meinem Geburtstag geirrt und. nun, es war keine Zeit, mich zu verabschieden.« Frische Tränen kullerten über meine Wangen und ich fragte mich, wie ich überhaupt noch welche haben konnte. »Könntest du mich dorthin schicken, nur um mich zu verabschieden?«, fragte ich mit leiser Stimme, während ich den Atem anhielt und betete. Oceanus gluckste wieder.

»Pandora, du brauchst mich nicht, um dich irgendwohin zu schicken. Hast du nicht zugehört?«, fragte er sanft. »In vielerlei Hinsicht bist du so mächtig wie ein Gott. Du kannst deinen Vater und deine Schwester so oft besuchen, wie du willst.«

Zuerst verstand ich seine Worte nicht richtig und blinzelte ihn an, als mir: *So oft wie du willst*, einfiel.

»So oft wie ich will?«, flüsterte ich, ohne zu glauben, was er sagte.

Er nickte.

»Ja. Mach einfach ein Portal und geh zu ihnen. Aber du kannst sie nicht hierherbringen«, fügte er noch strenger hinzu.

»Ist das dein Ernst? Ich kann sie sehen, wann immer ich will?« Mein Herz klopfte wild. »Wie?« Ich rappelte mich auf und stolperte in meinem Pyjama über die Laken. Oceanus schüttelte den Kopf, aber er lächelte.

»Spüre deine Kraft, denke an den Ozean. Dann stell dir deinen Vater vor. Stell dir vor, dass eine Tür vor dir liegt, die zu ihm führt.«

Ich kniff die Augen zusammen und tat genau das, was er mir sagte, während ich das Gesicht meines Vaters vor Augen hatte. *Bitte, bitte, bitte, bitte, bitte, lass es klappen*, betete ich. Ich öffnete die Augen und keuchte, als sich vor mir eine violette Leere auftat.

»Muss ich da durchgehen? Sind sie dahinter?«, fragte ich und sah Oceanus an. Gold blitzte hinter ihm auf und ich sah Nix auf mich zu flattern.

»*Du wirst nicht ohne mich auf Weltreise gehen*«, brummte er in meinem Kopf. »*Du wirst wahrscheinlich dort festsitzen.*«

»Ich freue mich auch, dich zu sehen!«, lachte ich ihn an und die Aufregung durchflutete meinen Körper. Ich würde meinen Vater und Mandy sehen!

»*Humpf.*«

Oceanus lachte, ein großes Bauchlachen.

»So liebevoll habe ich diesen mürrischen alten Vogel noch nie erlebt!«, sagte er fröhlich und Nix krächzte gereizt. »Er muss dich wirklich mögen«, sagte Oceanus und zwinkerte mir zu. »Auf Wiedersehen, Pandora. Und danke, dass du mich geweckt hast.« Mit einem weißen Lichtblitz war der Gott verschwunden.

Nix landete auf meiner Schulter und ohne zu zögern schritt ich durch das Portal.

Unser Haus sah genauso aus wie immer und meine Hände zitterten, als ich zu unserem Hinterhof ging, den kleinen Holzzaun aufstieß und zur Küchentür trat. Drinnen hörte ich das Radio laufen. Ich holte tief Luft, mir war fast schwindelig vor Aufregung, und stieß die Tür auf.

Da saß mein Vater am Küchentisch, den Kopf in den Händen, Mandy saß neben ihm und löffelte Müsli in den Mund.

»Papa?«, flüsterte ich und meine Stimme brach augenblicklich. Sein Kopf hob sich und Freude durchströmte mich, als meine Augen seine trafen.

»Dora!«, rief er und sprang so schnell auf, dass sein Stuhl hinter ihm zu Boden krachte.

»Dora!«, kreischte Mandy, und dann waren beiden da und drückten mich in ihre Umarmung, und ich schluchzte und lachte gleichzeitig.

Ich war zu Hause.

ENDE

DANKE FÜRS LESEN!

Vielen Dank, dass du die Olympus-Akademie-Serie gelesen hast. Wenn du auch nur halb so viel Spaß hattest wie ich beim Schreiben, dann hattest du hoffentlich einen Riesenspaß!

Ich möchte mich auch bei meinem Mann und meiner Mutter bedanken, nicht nur für ihren großen Beitrag zur Geschichte von Pandora und Ikarus, sondern auch dafür, dass sie es ertragen haben, dass ich stundenlang Unsinn über griechische Mythologie und Bücher erzählt habe!!! Ohne euch hätte ich das nicht geschafft, danke! xxxx

www.ingramcontent.com/pod-product-compliance
Lightning Source LLC
Chambersburg PA
CBHW060811190726
48285CB00002B/624